R&L

Pierre Veilletet

DER KANADIER

Roman
einer merkwürdigen Vaterschaft

Aus dem Französischen
von Wieland Grommes

Rütten & Loening
Berlin

Titel der französischen Originalausgabe
Cœur de père

ISBN 3-352-00476-5

1. Auflage 1994

Einbandgestaltung Torsten Lemme
Typographie Peter Friederici
Schrift 11 / 13 p Garamond
Clausen & Bosse, Leck
Printed in Germany

1932

1

Es sitzt nackt in seinem Bad. Das Wasser dampft, und doch schlottert das Kind vor Kälte. Das rote Haus ist immer kalt, selbst Feuer wärmt nicht darin. Obwohl der Schaum es blind macht, hat das Kind gerade die hohe düstere Silhouette wie eine gespenstische Erscheinung im Dampf wahrgenommen. Es ist zusammengezuckt, hat die Seife losgelassen, sie sinkt auf den Grund der Wanne. Es hört, wie sie mit einem feinen weichen Laut an die Wand aus Aluminium stößt. Unmöglich: die gefürchtete Gestalt betritt doch nie im Moment der Körperreinigung diesen Raum, nie. Das Kind hat Angst. Kein Laut dringt aus seinem Mund. Mit der linken Hand tastet es nach dem Wasserhahn; mit der rechten versucht es sich flüchtig den Schaum abzuwischen, die Augen brennen ihm. Aber die Gestalt ist bereits näher getreten. Es will aufstehen, da rutscht sein Fuß auf der Seife aus. Zwei Hände, mächtig und eisig, packen es an den Armen, ohne Hast, doch mit furchtbarer Kraft. Langsam wird es hochgehoben. Sein Bauch, dann seine triefenden Beine tauchen aus dem Wasser auf. Jetzt spürt es den Geruch ganz nah: es ist der Geruch des roten Hauses. Der Geruch der plötzlich lebendigen, Mensch gewordenen Kälte. Es erkennt den grauen Stoff mit Fischgrätmuster, schließt die Augen und spürt, während es die Höhe des Gesichts passiert, den Atem des Mannes. Es beißt sich auf die Lippen bis aufs Blut. Sein regloser Körper wird höher gehoben, immer höher. Gleich wird sein Kopf an die in Dampf gehüllte Deckenlampe stoßen. Nein. Das Gehobenwerden bricht ab. Das Kind bleibt, mit ausgestreckten Armen gehalten, endlose Sekunden lang in der Schwebe. Es krümmt sich, damit seine Knie nicht jenes Gesicht berühren; es vermeidet, den Kopf zu senken, um die grauen Haare nicht zu sehen. Und dann schwebt es auf einmal wieder herunter. Mit der gleichen Langsamkeit, mit dem gleichen festen Griff gepackt, ohne Gewalt. Wieder wird es bis zum Bauch eingetaucht, sanft dem lauen Bad zurückgegeben. Es hat keine Angst mehr. Die Hände lösen sich, lassen das Kind los. Immer noch hat es die Augen halb geschlossen. Durch die Wimpern hindurch ahnt es die düstere, riesenhafte Silhouette. Jetzt beugt sie sich zu ihm herab. Es spürt ihren kalten Atem, die Berührung der eisigen Lippen auf seiner Stirn.

Dann ist alles vorbei. Diesmal hat es die Schritte und die sich schließende Tür gehört. Es macht die Augen auf und sieht sich allein in dem in Dampf gehüllten Badezimmer. Wenn es an den Armen, direkt über den Ellbogen, nicht diese roten Male hätte, könnte es glauben, alles sei nur ein Traum gewesen.

Das Kind streckt sich der Länge nach im Wasser aus. Nein, es hat keine Angst mehr, vielleicht wird es sogar nie mehr Angst vor etwas haben. Es läßt seinen Körper treiben, wie er will, und ruft nicht nach der Mutter.

1982

2

Gegen Ende des Sommers verbreitete sich entlang der Strandpromenade das Gerücht, der Fremde sei Amerikaner. Zu dieser Zeit des Jahres hatte der kleine Badeort an der Atlantikküste vor allem Leute aus der Gegend und deutsche Touristen zu Gast. Letztere fanden sicher, daß der Wald, die ausgedehnten, noch nicht überlaufenen Dünen und die Sonne das Nacktbaden um angenehme Seiten bereicherten, die die Ostsee ihnen verwehrte. Zumeist waren diese Besucher bleich und mit Gepäck und Kindern beladen.

Der Fremde war am Saisonende angekommen, allein. Ein Taxi aus Bordeaux hatte ihn vor dem »Hôtel du Grand Large« abgesetzt. Er war ein gut konservierter, pfleglich verjüngter Fünfziger mit braunem, an den Schläfen ergrautem Haar und von wohlsituierter Eleganz. Sein voluminöser Koffer aus gelbem Leder stach deutlich von denen ab, die Denise, das Mädchen für alles in dem Hotel, für gewöhnlich ohne viel Aufhebens in die oberen Stockwerke hinaufbugsierte. Ein so geschmeidiges Leder und von einem so feinen Material: am liebsten hätte man es wie Seide gestreichelt... Zu dicksohligen Schuhen trug er eine beigefarbene Leinenhose. Sein Freizeithemd mit Button-Down-Kragen, ohne eine Falte, ohne eine Spur von Schweiß, strahlte in übernatürlichem Weiß.

In der üblichen Strandbevölkerung, in der am Ende jeder wie jeder x-beliebige andere aussah, war diese Erscheinung wie geschaffen, um die örtliche Neugier von ihren Registrierkassen abzulenken. Kurz, irgend etwas Luxuriöses, etwas Urbanes und Deplaziertes hob ihn von der trauten Anonymität der Kundschaft ab, auf deren Kosten man lebte, ohne sie näher zu betrachten. Schlicht gesagt: der Fremde machte neugierig. Und zwar gleich am ersten Abend, als er in einem marineblauen Blazer und mit einer Yachtclubkrawatte (die er bei sich zu Hause längst nicht mehr trug und zu den alten Sachen gelegt hatte) zum Abendessen herunterkam; und später, als er, nachdem er den letzten Bissen hinuntergeschluckt hatte, nicht den Sonnenuntergang über dem Meer betrachten ging, sondern ihm den Rücken zukehrte und zielstrebig auf jenes Gäßchen zusteuerte, das die Hauptstraße darstellte, wobei er mit großen Schritten mitten auf der Straße dahinschritt und sich nicht einmal so sehr für die Auslagen der Geschäfte und die Terrassen der Cafés interessierte, sondern eingehend den höher gelegenen Teil der Häuser musterte; schließlich, als er das Gleiche noch einmal *in umgekehrter Richtung* tat wie jemand, der ein letztes Mal die Ware prüft, bevor er sich entschließt, sie bar zu bezahlen – und dabei wurde ihm natürlich von Tür zu Tür nachspioniert. Sogar die Sommergäste, die, vom Sonnenbaden verblödet und von den Wellen benommen, zu ihren Campingplätzen zurücktaumelten, fanden noch die Kraft, sich nach ihm umzudrehen, wenn er an ihnen vorüberkam.

Étienne Descats, ein vertrockneter, dunkelhäutiger Greis und neugierig wie eine Elster, entfernte sich nie von der Kasse seines kleinen Ladens. An diesem Abend aber stürzte er, beinahe eine Flasche Ambre solaire von Regal fegend, in den Hinterraum, um Suzanne Labrunie, die Besitzerin des »Grand Large«, anzurufen. Doch vergebens. Denise antwortete ihm, die Chefin könne ihn, da gerade »wahnsinnig beschäftigt«, jetzt nicht sprechen. Dies war das erste einer ungewöhnlichen Reihe von Telefonaten zwischen den Einheimischen, deren kaum verhohlener Vorwand der Fremde war. Schließlich gab es in dieser merkantilen Bevölkerung auch nicht das geringste aufregende Ereignis, das für Abwechslung gesorgt hätte; höchstens mal die eine oder andere Bettgeschichte, die jedoch mit Vorsicht behandelt wurde, um den Skandal zu vermeiden, denn der schadet den Geschäften; hin und wieder einen Ertrunkenen, Vorfälle, über die man möglichst wenig sprach, um die Badenden nicht in ihrem beharrlichen Enthusiasmus zu bremsen; und natürlich die Besuche der Beamten von der Preiskontrolle, doch die hatte jeder zu erkennen gelernt, noch bevor sie aus ihrem Wagen gestiegen waren.

Ein Teil des Schleiers konnte am darauffolgenden Mittwoch gelüftet werden. Da versammelten sich die Ladenbesitzer nach Feierabend beim »Admiral«. Der Brauch wollte, daß man dort den »Ball der Geschäftsleute« vorbereitete, eine in zweifacher Hinsicht symbolische Veranstaltung, denn sie bedeutete das offizielle Lichterlöschen für den Sommer und bot zugleich die letzte Gelegenheit, den letzten Urlaubern die letzten Sous aus der Tasche zu ziehen. Die Veranstalter teilten sich nämlich die Gewinne, mit einer Sonderzuteilung für den »Admiral«, der die Versammlungen auf Kosten des Hauses unter seinem Dach stattfinden ließ. In ihrem Munde gab sich diese letzte Gaunerei tugendsam als Aktion zur Unterstützung notleidender Mitmenschen aus. Man tat, was man konnte, »um die Saison zu retten«. Vergebliche Liebesmüh, denn die Saison war mal schlecht, mal katastrophal, und auch dieses Jahr würde man dem Unvermeidlichen nicht entrinnen. Einzelheiten wie Kartenverkauf und Aufhängen von Plakaten wurden im Handumdrehen erledigt, denn mit den Gedanken war man woanders. Der Admiral füllte die Gläser und stieg in den Keller, um weitere Flaschen zu besorgen.

Seinen Beinamen hatte er von einer siebenmonatigen Fahrt an Bord eines Frachters, der vor dem Krieg die französischen Küsten Westafrikas anlief. In seiner Eigenschaft als Moses hatte er dabei jedoch hauptsächlich in den Laderäumen und mit Bilgen und Besen zu tun gehabt. Seither hatte sein Blick zwar nie mehr auf dem Meer verweilt, doch legte er Wert darauf, seinem Spitznamen alle Ehre zu machen. Sein Bistrot war geschmückt mit Fischernetzen, verrosteten Ankern, Schiffsmodellen und seemännischen Devotionalien. Er selbst hatte sich das Äußere eines Freibeuters zugelegt, der auf seinem abenteuerlichen Fahrtenleben eines Tages überraschend im Brackwasser vor Anker gegangen war. Betagt, ohne Frau und ohne Nachkommen, wurde er von seinen Nachbarn umschmeichelt, und jeder hegte seine eigenen An- und Absichten, die er freilich für sich behielt, über sein Lokal, das man zwar ganz malerisch fand, aber eines modernen Badeortes für unwürdig hielt. Daniel, der die Kühnheit besessen hatte, einen Damenfrisiersalon zu eröffnen und den ersten Diamanten zu tragen, den man je an einem Männerohr sah, erwog bereits den Nutzen, den er aus einer so geräumigen Immobilie schlagen würde: Unterwassermassage, Jet-stream, Finnische Sauna, Whirl Pool... Régis Mata, der Immobilienmakler auf der anderen Seite des Bistrots, träumte von einer Schaufensterauslage, die seinen Ambitionen entsprach. Der Admiral hatte jedoch nie von Verkaufen gesprochen. Keineswegs blind gegenüber den Aufmerksamkeiten, mit denen er bedacht wurde, wartete er gelassen auf den Whirl Pool und hielt sich und sein hohes Alter mit einem gelegentlichen Gläschen Rum bei Kräften. So stand es um das Leben und seine heimlichen Wünsche, vier Monate lang im Jahr, mit zweimal Ebbe und Flut pro Tag und ein paar bedauerlichen Toden durch Ertrinken.

Suzanne Labrunie schöpfte ihre Autorität aus der Zugehörigkeit zu einer der ältesten Familien des Landes. Sie war die Witwe eines ehemaligen Bürgermeisters und führte zwar nicht das einzige und nicht das beste Hotel – denn mittlerweile gab es vier, darunter eines für gehobenere Ansprüche in dem neuen Gebäudekomplex, über den soviel Tinte geflossen war –, doch das »Grand Large« bot, und sie ließ keine Gelegenheit ungenutzt, dies festzustellen, den unvergleichlichen Vorzug, das »einzige traditionelle Etablissement im Ort« zu sein. Den wuchtigen Bau in baskisch-landaisischem Stil, der direkt an der Strandpromenade lag, zählte sie zu einem Kollier aristokratischer Perlen, das von Deauville über Arcachon und Biarritz bis nach San Sebastian reichte.

Als Person, die sich der Pflichten ihres Standes bewußt war, besaß Suzanne Labrunie soviel Eleganz, die Versammelten nicht über die vierte Apéritif-Runde hinaus schmachten zu lassen, und so verkündete sie endlich: »Er ist *bel et bien** ein Amerikaner.«

Auf ihre Erklärung folgte ein kleines Schweigen.

* hier: schlicht und einfach.

Also fand sich die anfängliche Eingebung, die in Form von Mutmaßungen, dann von Gerüchten allmählich Gestalt angenommen hatte, bestätigt. Da das, was sie zu hören bekamen, keine Überraschung war, machte sich Enttäuschung bemerkbar. Schließlich gehörten Amerikaner an der Küste nicht zu einer unbekannten Spezies. Seit einigen Sommern rückten sie in ganzen Scharen sehr blonder, gutaussehender und sehr abgebrannter junger Leute an. Surfer, die eher von der Berühmtheit der Wellen als von den Reizen des Badeortes angezogen wurden. Die meisten kamen in Wirklichkeit nur auf einem Abstecher aus Biarritz, wohin sie anschließend wieder zurückkehrten. Nicht wenige dieser »Amerikaner« waren Australier oder Neuseeländer. Manch einer der Geschäftsleute beäugte sie noch mißtrauisch wie eine Variante neuer Wasserhippies, die unerlaubte Substanzen bei ihnen einführten. Als sichtlich gutsituierter Fünfzigjähriger konnte der Fremde diesen Gemeinden junger Leute mit den zweifelhaften Sitten jedoch nicht zugeordnet werden. Es handelte sich um eine andere Sorte von Amerikanern, die bei ihnen weniger verbreitet war. Suzanne Labrunie wußte darüber noch mehr zu sagen.

»Er heißt Richard Freemont. Er wohnt in New York.«

All diese Aufregung konnte dem Admiral nur gelassene Verachtung entlocken. War er nicht schon von Anfang an überzeugt gewesen, daß der Mann mehrere Ozeane befahren hatte? Also ein Amerikaner mehr, der im Moment wohl ein paar Kabellängen weiter an der Matratze horchte, na und? Klar, daß diese Landratten, die nie über den Rand ihres Ladentisches hinausgeblickt hatten, wegen eines blöden Touristen gleich in solche Wallung gerieten. Und doch nutzte er die Aufregung, um weitere Bestellungen aufzunehmen.

Da übertönte die Klatschbasenstimme des alten Descats den allgemeinen Lärm mit einer absonderlichen Frage:

»Sind Sie wirklich sicher, daß er nicht Kanadier ist?«

»Na, hören Sie mal!« entgegnete Suzanne Labrunie. »Ich habe doch seinen Paß gesehen, als er sich ins Buch eintrug. Er ist *bel et bien* ein Amerikaner. Oder liegt New York vielleicht in Kanada?«

Diese kategorische Entgegnung brachte das Fleisch ihrer Arme und mehrere Armreife zum Beben. (Bei der Besitzerin des »Grand Large« gehörte das Beben ihrer Person und ihrer Geschmeide in gleichem Maße wie der Ausdruck *bel et bien* zu den Attributen ihrer Autorität. Dies zu übergehen hieße sie beleidigen.) Oder hatte sie etwa nicht die besten Voraussetzungen, um sich in die Intimität ihres Gastes einzuschleusen? Ein Mann in guten Verhältnissen und mit Geschmack, das stand außer Frage. (Daß solche Eigenschaften eher die Wahl des »Grand Large« statt des »Hôtel de la Plage« oder des »Navigator« rechtfertigten, fügte sie nicht eigens hinzu, denn die Betreffenden hatten schon verstanden ...) Sein Reisenécessaire, seine Schuhe, seine Garderobe stammten von den besten Häusern. Zum Vergleich mußte sie bis zu jenem Industriellen aus Roubaix zurückgehen (den lediglich seine Krankheit davon abhielt, wieder ins »Grand Large« zurückzukommen, wo noch nicht einer seine spendable Hand vergessen hatte), um sich an eine Ausrüstung von dieser Güteklasse zu erinnern. Monsieur Freemont ziehe sich zweimal am Tag um, was, nebenbei bemerkt, Denise zusätzliche Arbeit mache, denn er zeige sich, was das

Bügeln betreffe, sehr anspruchsvoll. Anspruchsvoll, aber höflich. Ja, er spreche Französisch. Zögernd, aber korrekt. Sicher irgendeine wichtige Persönlichkeit. Er esse wenig, trinke nur Wasser, rauche nicht und telefoniere viel. Wie hoch nach nur sechs Übernachtungen seine Rechnung für Ferngespräche mit den USA sei, wage sie überhaupt nicht zu sagen. Wie lange er bleiben wolle, wisse sie nicht; sie habe das Gefühl, das sei nicht die Art Mensch, die man mit Fragen bestürmt. Weiblicher Instinkt, Erfahrung eben im Führen von Hotels mit Tradition... Dagegen war sie in der Lage, nähere Angaben über den gelben Koffer zu machen, jenen sagenhaften Koffer aus weichem Leder, über den sie alle wie über ein Wunder hatten reden hören, und dies, obwohl er nur zwei Minuten lang in der untergehenden Sonne aufgeleuchtet hatte, bevor der Taxichauffeur ihn Denise übergab. Vielleicht war die Woge von Neugier, die seit einer Woche um die Person des Fremden schwappte, überhaupt nur von der auffälligen Präsenz dieses Gepäckstücks am Strand ausgelöst worden. Die Marke des gelben Koffers war *T. Anthony, Park Avenue, N. Y.*, was selbst der Crème des örtlichen Einzelhandels die Sprache verschlug.

An die berufliche Schweigepflicht gebunden, verbot Suzanne Labrunie es sich, alles zu sagen. Der Admiral fragte sich, was sie auch noch hätte hinzusetzen können, wo sie doch bereits so weit gegangen war, die Unterhosen ihres Gastes zu beschreiben, sicher als Seitenhieb an die Adresse der kleinen Patricia Brun von der Boutique »Chez Patricia et Caroline«, die dies ja in zweifacher Hinsicht anging, da sie mit Unterwäsche und Badeanzügen handelte und mit fast nichts auf der Haut die Männer umstreunte, während Caroline im Laden stand und schuftete.

Das Raffinement dieser Unterhosen beflügelte tatsächlich Patricias Phantasie, denn sie bemerkte verträumt:

»Ich finde, dieser Mister Freemont, so heißt er ja nun mal, sieht Gregory Peck sehr ähnlich…«

»Was? Dem, der mit Grace Kelly gespielt hat?« begann Caroline.

»Nein, das war doch Rock Hudson…«

»Gary Grant«, schaltete sich die Chefin der »Parfumerie du Capitole« dazwischen.

Eine Viertelstunde lang ließen die Versammelten ihr Wissen auf dem Gebiet der amerikanischen Kultur Revue passieren. Dann äußerte Daniel die Hypothese, es könnte sich um einen »dicken Immobilienmanager« handeln. Kürzlich habe die Zeitung doch unter der Hand etwas von der Möglichkeit ausländischer Investitionen gemunkelt, ohne sich näher über ihre Herkunft auszulassen. Mister Freemont sei vielleicht in geheimem Aufrag hier, um das Terrain zu sondieren. Allein schon die Art, wie eingehend er die Fassaden studierte…

»Unmöglich«, fiel ihm Régis Mata ins Wort, »dann wüßte ich was davon.« Er tippte, viel banaler, auf einen Bordkommandanten, der zwischen zwei Flügen eine Woche frei hatte und sich an den Strand begeben habe, der seiner letzten Zwischenstation am nächsten lag. Daniel warf ein, daß er dann wohl zweifellos Biarritz oder Arcachon vorgezogen hätte. Trotz dieses vorsichtigen *zweifellos* verletzte der Einwurf die Chefin des »Grand Large«, aber sie ließ sich nichts anmerken, denn Daniel war im Umkreis von fünfzig Kilometern der einzige Friseur, der etwas von seiner Sache verstand. Die Armreife erzitterten. Sie wies die Möglichkeit weit von sich, Freemont (sie gönnten ihm nun kein *Monsieur* oder *Mi-*

ster mehr) könnte auch einer vom Film oder ein Schriftsteller auf der Suche nach einem ruhigen Plätzchen sein. Obwohl er ein sehr hübsches Ledereetui mit drei Kugelschreibern (Marke *Dunhill*) besaß, hatte sie ihn nie eifrig Papier vollschreiben sehen, wie es solche Leute doch tun.

Nachdem sich herausgestellt hatte, daß ihre Einbildungskraft ihrer Neugier unterlegen war, und der Admiral drei Omelettes mit Schinken und weitere Flaschen Médoc angebracht hatte, schwenkte die Unterhaltung auf ein konkreteres Terrain über. Die unverkauften Lagerbestände, die absehbare Erhöhung der Ablöse, die Zahlungstermine und die barbarische Finanzpolitik der Regierung berührten sie empfindlicher als Familienstandsermittlungen. Sie ergingen sich in der vergleichenden Aufzählung der Meriten von Fahrzeugen mit Allradantrieb, der Vor- und Nachteile der Skigebiete, in denen sie ihren so sauer verdienten Urlaub verbringen würden. War der Winter gekommen, so gelangten die unsichtbaren Ameisen des Sommers auf die privilegierten Höhen der Grillen, wie La Fontaine in seiner Fabel lehrt. Und wer an diesem Abend durch Abwesenheit glänzte, wurde für sein Fernbleiben mit spitzen Bemerkungen bedacht, in denen man einige Übung hatte. Erschien man zu diesen Versammlungen nicht in erster Linie deshalb, weil man Angst hatte vor dem, was die anderen über einen reden könnten, wenn man sich gedrückt hätte?

Nur ein einziger blieb von dem Gerede verschont und war zugleich von der Anwesenheitspflicht entbunden: Jean-François Dubedat, den man je nach dem Grad von Vertrautheit, den man zu dem siebzigjährigen Fuchs und Lebemann erreicht hatte, Jean-François, Jeff oder Monsieur Dubedat nannte. Nicht einmal einer seiner Freunde (und erst recht keiner seiner Angestellten) hätte auch nur im Traum daran gedacht, sich Anspielungen über seine krummen Geschäfte zu erlauben. Obwohl er in Bordeaux lebte und häufig auf Reisen war, gehörte ein Gutteil des Badeortes Dubedat: Grundstücke, Mietshäuser und Läden, deren Dividende er jedes Jahr im Herbst abkassieren kam. Dann hielt die Villa Ouranos, die letzte an der Promenade in Richtung Nordstrand, gastfreies Haus. Dubedat begegnete seinen Gästen als Grandseigneur, jedoch in wohldosierter Weise, denn er unterhielt mit ihnen subtil abgestufte Beziehungen. Manche waren seine Compagnons, alte Komplizen, denen er unbesorgt den Rücken zukehren konnte, wenn sie gemeinsam auf die Jagd gingen; andere dagegen besaßen nur ein einziges Privileg, nämlich ihre Schulden zu begleichen. Er achtete darauf, zwischen den einzelnen ihm Verpflichteten genau zu unterscheiden. Unter den Geschäftsleuten, die an diesem Abend beim »Admiral« versammelt waren, gab es einige, die glauben mochten, sie würden nicht für ihn arbeiten, da ein Netz von kleinen Firmen und Mittelsmännern als Sichtschutz zwischen sie und den lokalen Potentaten geschaltet war. Gleichwohl war seine Macht über den Ort seit der Nachkriegszeit so weit gediehen, daß jeder wußte, daß er ihm vielleicht etwas schuldete oder eines Tages schulden würde. So auch der Bürgermeister, der keine einzige Entscheidung getroffen hätte, ohne sich zu vergewissern, daß sie die Absichten dieser undurchsichtigen Persönlichkeit auch nicht durchkreuzte. Dubedat war auf der einen Seite freigebig bis zur Extravaganz gegenüber denen, die ihm dienten, und auf der anderen Seite dafür berühmt, daß er jeden mit seinem Haß verfolgte, der sich ihm widersetzte. Bestimmte Namen lagen auf der Zunge, wurden aber nicht ausgesprochen. Eine allgemeine Vorsicht bewirkte, daß man möglichst wenig von dem Mann sprach, der über die meisten ihrer Existenzen herrschte.

Der Wein löste die Zungen, und so fielen, unterbrochen von wieherndem Gelächter, in der gewohnten Reihenfolge die ersten schlüpfrigen Witze. Endlich konnten sie sich einmal gemeinsam und offen abreagieren, indem sie über die Lächerlichkeiten der Touristen herzogen. Auf diese Art entschädigten sie sich für die – vielleicht unbewußten – Demütigungen, zu denen ihre Stellung sie verdammte: müßiggängerische und launische Leute zu bedienen, sich zur Höflichkeit zu zwingen, ihre Sprache zu ertragen, von ihrem Wohlwollen abhängig zu sein. Man spöttelte über die Knausrigkeit der Holländer, die Arroganz der Engländer und Spanier. Man lästerte über die Schwerfälligkeit der Belgier. Man riß tausend Witze über das bleiche Fleisch der dicken deutschen Frauen, über ihren ständigen Sonnenbrand und ihre entsetzliche Manie, zu jedweder Tageszeit eine Tasse *café au lait* zu bestellen. Man zog wieder einmal über die Unsauberkeit der Italiener her – die, wie Patricia betonte, beileibe nicht alle wie Marcello Mastroianni aussahen. Man zerriß sich den Mund über die herablassende Art der Pariser.

So wurde das unter innerem Groll erdienerte Geld in einer Flut von Verachtung reingewaschen. Und das war der zweite stillschweigende Grund ihrer Versammlungen: sie fühlten sich endlich unter sich, nächtens zusammengeschweißt gegen die lukrative, doch verhaßte Invasion der Anderen. Sie hatten sich in dem, was dank dieser Anderen nicht mehr so ganz ein stilles Fleckchen war, dennoch ein stilles Fleckchen bewahrt. Darauf konnten sie stolz sein. Bei solchen Anlässen hörten sie auf, übereinander herzuziehen, und hatten das Gefühl, eine Gemeinschaft zu bilden. Jenseits der gegenseitigen Konkurrenz vereinte sie etwas, was an jene Familienbande erinnerte, die beständiger sind als Liebe und Verrat. Ja, sie waren tatsächlich so etwas wie eine Familie: viele liebten einander nicht gerade, manche haßten sich sogar, doch für die meisten war das Bedürfnis, sich ihrer eng verbundenen Schicksale zu erbarmen, wichtiger als diese Zwistigkeiten. Und man entkorkte ein paar weitere Flaschen.

Von draußen drang in Abständen das Rauschen der steigenden Flut herein. Ein Wagen, der von einem Nightclub zurückkehrte, hinterließ eine Spur Gummi auf dem Platz mit Kreisverkehr, der dem Andenken an General de Gaulle gewidmet war. Über dem Wald funkelten die Sterne. Die Luft war mild. In den Gärten der Villen winselten die Hunde im Traum.

3

Soweit er zurückdenken mochte, war stets die Lüge im Spiel. Manchmal sagte sich Richard Freemont, daß er sie wie einen Makel geerbt hatte; aber nichts dergleichen konnte doch in den Familiengenen verankert sein. Er hatte ganz von selbst angefangen zu lügen, erst aus Instinkt, dann um sich zu schützen. Um seine Ruhe zu haben... Er hatte einfach so zum Spaß, aus Gewohnheit und sogar ganz bewußt gelogen. Oft hat das Gute in verdeckter Form mehr Chancen, voranzukommen, als wenn es sich wie geistesabwesend exponierte. Er hatte in vollem Bewußtsein gelogen. Die Lüge steckte in ihm wie ein Talent. Kein Wunder also, daß sie auch zu seinem Beruf wurde.

Das Meer war an seinem Platz, ruhig und blau unter einem Himmel in der gleichen Stimmung, ein Muster an reiner Lüge im Ausschnitt des Fensters von Zimmer Nummer 7. Auf der Tapete mischten sich Lianen, Palmen und Vögel ferner Inseln mit einem Willen zur Exotik, den der Badeort für sich gepachtet zu haben schien. An der Holzdecke hing ein runder rosa Milchglaslüster im Geschmack der dreißiger Jahre. Er beleuchtete einen Spiegelschrank aus lakkiertem Pitchpineholz, zwei Stühle, ein Bett im gleichen Stil, einen Toilettentisch mit Marmoraufsatz und schwenkbarem Spiegel sowie eines jener Nachttischchen, in dem die Franzosen noch vor wenigen

Jahren ihren Nachttopf aufbewahrten und an dessen Stelle nun ein Merkblatt mit »Vorschriften für den Brandschutz« lag. Keine Bibel, kein Fernseher, nur ein Haustelefon ohne Direktanschluß nach draußen. Das Badezimmer war mandelgrün gekachelt. Außerdem stand ihm ein kleiner Balkon über der Terrasse des »Grand Large« zur Verfügung, auf den man sogar noch ein einbeiniges Tischchen und einen Gartenstuhl gequetscht hatte.

Alles war unerwartet sauber und geräumiger, als ein Hotel dieser Kategorie vermuten ließ. Die Wände setzten den Geräuschen aus den Nachbarzimmern, dem Kommen und Gehen auf dem Gang, den Unterhaltungen aus dem Restaurant und der Bar sowie dem Lärm vom Strand her keinerlei Widerstand entgegen.

Dick hatte nicht die Absicht, sich ewig in dieser Gegend aufzuhalten. Sobald jene lächerliche Angelegenheit erledigt war, würde er sich ins erstbeste Flugzeug nach Paris setzen und Jane in die Arme schließen, der er nicht angekündigt hatte, daß er nach Frankreich kommen würde (ist Lüge durch Unterlassung möglich, so ist sie immer noch vorzuziehen), um ihr die Gründe nicht nennen zu müssen. Dann würde er eine Concorde nach New York nehmen und nur hoffen, daß die Nachricht von seinem Mißgeschick nicht schon vor ihm eingetroffen war. Erst gestern noch hatte sich Bob, sein Kommilitone von Yale und (wenn auch nur bis zu einem gewissen Punkt) sein verläßlichster Kollege, am Telefon zuversichtlich gezeigt: von den wahren Motiven seiner Europareise sei nichts durchgesickert. Richard Freemont habe lediglich das Bedürfnis, ein paar Tage auszuspannen. Und warum ausgerechnet in Frankreich? Nun, warum nicht? Sind die Bahamas etwa das einzige, was es auf Erden gibt? Sicher hatte der alte Dick einfach mal Lust, den Wurzeln seiner Mutter nachzugehen: ein sentimentaler Typ eben, auf seine Art...

Die Regung von Neugier, die ihn auf seinen Wegen durch den Badeort begleitete, hatte einem Mann, der gewohnt war, Blicke zu deuten, nicht entgehen können. Sie war in dieser peinlichen Geschichte sogar die einzige Kompensation. Intrigen zu spinnen, die Leute durch falsche Fährten über die Natur seiner Absichten zu täuschen, war ihm absolut nicht zuwider. Für einen Lügner von Rang bedeutet das Erregen von Klatsch über die eigene Person eine zusätzliche Belohnung. Seit seiner Ankunft fühlte er sich umsponnen von einem Geflecht von Märchen, Chimären und Vermutungen. Als er aufgrund der Zeitverschiebung erst spätabends die Besitzerin des »Grand Large« bat: »Könnten Sie bitte für mich diese Nummer in New York anrufen und das Gespräch auf mein Zimmer legen?«, riß ihm das voluminöse Geschöpf mit den klingenden Armreifen die Visitenkarte des Hotels, auf die er die elf Zahlen notiert hatte, förmlich aus der Hand und studierte sie, als ob sie des Rätsels Lösung enthielte. Er sah, wie die Neugier in ihren Augen aufflammte. Da konnte er es sich nicht verkneifen, einen verschwörerischen Blick mit ihr zu wechseln, bevor er wieder die Treppe hinaufstieg.

Bei denen, die ihn hinter ihren Postkartenständern belauerten, wenn er vorüberkam, hoffte er die ausgefallensten Verdachte zu erwecken. Zumindest sollte man ihn für einen jener Gangster halten, von denen auch er zu einer Zeit träumte, als die Heldentaten der *bootleggers* an der kanadischen Grenze noch in genügend lebendiger Erinnerung waren, um die Phantasie eines Kindes zu erregen, das gezwungen war, seine Mahlzeiten im Angesicht der Tafeln des Gesetzes und seines höchsten Vollstreckers auf Erden – seines Vaters – einzunehmen … Vielleicht hätte er für eine verdächtige Ausbuchtung unter seinem Blazer sorgen sollen. Doch der hing im Spiegelschrank auf dem Bügel, zusammen mit den Yachtclubkrawatten, die auf Martha's Vineyard viel zu freizeitmäßig wirkten. Die Gründe seines Aufenthaltes hier waren zwar weniger leicht zu gestehen, aber auch weniger romanhaft.

Von seinem Balkon aus betrachtete er den schnurgeraden Strand und die runde Düne, die im Hitzedunst miteinander verschwammen. Er hätte geschworen, daß er nie wieder etwas von dieser Landschaft hören würde, und nun stand er hier, und seine Augen machten ihm deutlich, wie vergebens sein Bemühen gewesen war, sich diesen Strand aus dem Kopf zu jagen … Alles erkannte er wieder, denn er gehörte zu jenen Menschen, die zu ihrem Unglück nicht vergessen können, was sie einmal gesehen haben. Und doch war außer dem unablässigen Zwiegespräch zwischen dem Meer und dem Sand nichts mehr wiederzuerkennen.

Es war, als hätte ein Trupp von Bühnenarbeitern seine Abwesenheit dazu genutzt, die Kulisse von Grund auf zu verändern, so daß er erst nach den Spuren suchen mußte, die diese Umbauten überlebt hatten. Obwohl renoviert und durch diese Renovierung banaler geworden, gehörten das »Grand Large«, seine gelbliche Fassade, seine Holzbalkons mit dem blutroten Anstrich (während der übrige Ort insgesamt wie in Weiß und Himmelblau gestrichen wirkte), dieses »Grand Large« mit seinem asymmetrischen, spitz wie ein Mützenschirm zulaufenden Dach zu den noch sichtbaren Anhaltspunkten.

Er glaubte sich zu erinnern oder bildete sich vielmehr ein, daß das, was er vergessen hatte, eine Handvoll verstreuter Ferienhäuschen entlang einer breiten, baumlosen Allee gewesen war, die senkrecht auf die Düne zulief. Diese Allee war damals die natürliche Verlängerung und Endstation einer kleinen Bahnlinie gewesen, die heute verschwunden war. Wo genau sich der Bahnhof befand, konnte er nicht mehr ausmachen: vielleicht dort, wo jetzt die Tankstelle war? Oder bei dem Fremdenverkehrsbüro, auf der anderen Straßenseite?... Ein Fremdenverkehrsbüro! Früher hatte es hier nicht einmal Asphalt gegeben, sondern nur einen mit der Dampfwalze festgewalzten Sandboden.

Die Lücken zwischen den Gebäuden, die Armseligkeit der Baumaterialien, aus denen sie zusammengezimmert wurden, der unfertige Eindruck der meisten von ihnen, die verspielte Machart dieser Ferienhäuser, die den wenigen vor dem Krieg gebauten festen Villen frei nachempfunden waren, all das verlieh der umgebenden Unordnung einst jenen Charakter von Zerbrechlichkeit, jene Biwakatmosphäre, wie man sie in den Dörfern erster Siedler findet, die bereit sind, über Nacht ihre Zelte wieder abzubrechen. War es überhaupt ein Dorf gewesen? Nicht einmal ein Dorf, einfach der Ableger eines größeren Ortes, der etwa zehn Kilometer östlich mitten im Wald lag.

Mit dem Sonntagmorgenzug kamen die Familien hier angerückt, um kurz die Füße ins Meer zu tunken, jedoch gingen sie nie weiter als bis zur dritten Welle. Sie picknickten auf der Düne und schützten ihre Köpfe mit geknoteten Taschentüchern gegen die sengende Sonne. Oder man setzte sich zum Mittagessen auf die Terrasse des ebenfalls verschwundenen »Equipage«, das Crevetten oder Miesmuscheln in

Knoblauchsud servierte. Über den Dächern stieg hie und da ein Drachen auf. Am späten Nachmittag drängte sich diese kleine Welt, Strohtasche und Kinderschar hinter sich her schleppend, zurück auf die Bänke aus braunem, patiniertem Holz in den Eisenbahnwaggons. Der Bahnhofsvorsteher gab ein eindrucksvolles Pfeifsignal, und der Konvoi dampfte wieder ab in den Wald. Dann war aufs neue das Kreischen der Möwen zu hören. Nur wenige Leute besaßen Automobile, um sich von ihnen befördern zu lassen, und nur sie ließen sich zu einer richtigen Sommerfrische häuslich nieder. Die Zeiten waren noch ungewiß... Auf alle Fälle war es kein Ort von jener Kategorie, wo eine Hostess in drei Sprachen das Programm des Tages ankündigt.

Alles, was in der ursprünglichen Anlage ein wenig grob gezimmert, rustikal und improvisiert wirkte, war auf die Schnelle ausgebessert und begradigt worden. Da es an den nötigen Mitteln fehlte, war man jedoch in der Phase der Vorhaben steckengeblieben. Alles hatte den Anschein, als wolle man *Eindruck schinden*, um die Besucher zu faszinieren, indem man mit einer Fülle von Details aufwartete. So waren die alten Gaslaternen durch die doppelte Anzahl von Peitschenlampen ersetzt worden. Es gab ein »Einkaufszentrum« sowie Blumenkästen an allen Ecken und Enden – fünfzig Kilo Beton pro Geranie. Es gab *sens giratoires*, Verkehrsverteiler mit Kreisverkehr, *vastes parkings*, großräumige Parkplätze, die durch Rechtecke aus stets frisch gestrichenen gelben Streifen hervorgehoben wurden. Es gab Gehwege und auf den Gehwegen Reklametafeln und Telefonzellen. Auf die sandigen Straßen von einst und auf die Strandpromenade hatte man Teer gegossen, bis hinein in die Sackgassen, in denen die Katzen Halsbänder mit ihrem eingravierten Namen spazierenführten. Es gab Bänke, damit man das Meer betrachten konnte, und an den Spitzen der Masten wehten bunte Flaggen, damit man wußte, woher der Wind wehte.

Entgegen allen Vorsichtsmaßnahmen, die er Leuten in ähnlicher Lage vorzuschreiben pflegte, hatte er Tausende Kilometer zurückgelegt, um jemanden zu überraschen, den er besser nicht gekannt hätte. Trotz der Auskünfte, die man ihm geliefert hatte, wonach die betreffende Person sich nie länger als eine Stunde von ihrem Wohnsitz entfernte, wartete er nun schon mehr als eine Woche auf sie. Was tun? Verlegen, doch bestimmt versicherte ihm sein Korrespondent in Bordeaux, daß sie über kurz oder lang zurückkäme. Ihre Abwesenheit sei unerklärlich, allerdings etwas unpassend. Doch da er sich nun einmal zu dieser Reise entschlossen hatte, die nicht zwingend war, konnte er sich durchaus noch gedulden und New York hinhalten. Es würde etwas länger dauern als vorgesehen; ja, er lege Wert darauf, die Sache selbst zu erledigen, bevor sie ihn in den Schmutz ziehen könnte; daher würde er so lange, wie nötig, auf diese so häusliche Person – es widerstrebte ihm, sie anders zu nennen – warten.

Um die Zeit totzuschlagen, spielte er Golf. Das war in der Tat das letzte, womit er hier gerechnet hätte. Wenn man es recht bedachte, machte das Gelände, das sich in den Wald hineinschlängelte, die Metamorphose des Badeortes vollkommen: es fehlten nur noch das Spielcasino und der Hubschrauberlandeplatz. In der übrigen Zeit sah er sich immer wieder die Orte an, an denen er die Spuren einer Vergangenheit erkennen konnte, die auch trotz des neuen Anstrichs, nur um ihn zu quälen, noch zum Vorschein kamen...

Die meisten Geschäfte, besonders die Reinigungen und die Fotoläden setzten, vom Jahr 2000 benebelt, eher auf die Zukunft und auf ein Weltbürgertum großen Stils. In den Schaufenstern las er die Namen Waikiki, Portofino, Acapulco, Miami. Es war, als hätten die am meisten frequentierten Orte des Planeten hier in Form von knapp ein paar Quadratmeter großen Läden Zweigstellen zum Vertrieb von Strohhüten, Eimern und Schäufelchen eröffnet.

In einer Parallelstraße zur Strandpromenade fiel ein Fischgeschäft durch die ausnahmsweise lakonische Art seiner sozialen Funktion auf. Seine marineblaue Markise trug in gelben Lettern die Aufschrift PÊCHE-POISSONS – FISCHE FRISCH VOM FANG. Zweimal täglich ging Dick daran vorüber, doch jedesmal vergebens.

Trotz ihrer luxuriösen Spiegelverglasung hatte er auf der Hauptstraße die Bäckerei von früher wiedererkannt. Ein junges Mädchen verkaufte ihm eine Semmel, in die er, noch bevor er gezahlt hatte, kräftig hineinbiß. Aber das Wunder von damals wiederholte sich nicht, denn dieses schlaffe, lauwarme und süßliche Etwas hatte nichts von dem kräftigen Geschmack (oder war's der Hunger, war's die Wirkung der Angst, die ihn damals trieb?) jenes Weißbrotstücks, das er an einem ähnlichen Sonnentag wie diesem auf der Düne verschlungen hatte. Sogar der Teig, den Rosie in seiner Kindheit jede Woche vor seinen Augen in den Ofen schob, vor dem er dann wartete, bis er ihn, aufgegangen, heiß und golden, wieder herauskommen sah, hatte weder die Konsistenz noch die strenge und bittere Pracht des Brotes, das er sich an jenem Nachmittag, erschöpft und dem Erbrechen nahe, in den Mund gesteckt hatte. Allmählich war ihm das Gefühl gekommen, er würde an einem Nahrungsmittel kauen, dessen er nicht würdig war. Wie? Das sollte Brot sein, diese kompakte und salzige Substanz? Wohl eher ein Stück Zivilisation, in dem sich ganze Jahrhunderte einer Geschichte verdichtet hatten, die ihm fremd war und sich nun allmählich materialisierte, sich ihm in konkreter Form offenbarte. Zum ersten und einzigen Mal war seine Anwesenheit auf diesem Boden rechtfertigt worden – durch ein Stück graues Brot.

Eine tröstliche Erinnerung zog aber leider zehn andere, unerwünschte nach sich. Er kam sich vor wie jemand, der mit aller Kraft eine Tür zuhält, deren Schloß geborsten ist, und der mit Schrecken den Augenblick kommen sieht, wo sie dem furchtbaren Druck von außen nachgeben wird. Nur kam jetzt der Druck von innen. Was er mit jener Entschlossenheit, die er in jede Handlung legte, all die Jahre verdrängt hatte, lag verborgen in ihm und wartete nur darauf, wieder an die Oberfläche zu kommen.

Die Bedrohung wurde mit dem Abend noch stärker, als er sich wieder in seinem von den Palmen und Tukanen der Tapete belagerten Zimmer befand, nachdem er zum Schein die allzu üppige Küche des Hotels gekostet hatte. Die Hitze vom Tage lastete schwer im Zimmer, doch wegen des Lärms wagte er nicht, das Fenster zu öffnen. Auf dem Bett ausgestreckt und vergeblich um Schlaf ringend, sah er hinter seinen Lidern Schatten, die noch weit enfernt waren, aber immer näher kamen. Verschwommene Bilder von Gewalt zuckten wie Blitzlichter vorüber. Formen und Gestalten, die er unter dicken Schichten des Vergessens vergraben wähnte, bewegten sich durch den Abend. Draußen schien das Rauschen der Flut zu einer Ordnung zu finden, sich mit einem Sinn zu füllen. Als ob der Schlag der Brandung einen Brief heraufbrächte, dann noch einen, unermüdlich immer wieder neue Kräfte sammelnd, um die Briefe in die richtige Reihenfolge zu bringen und schließlich Namen zu buchstabieren, die er nicht hören wollte.

Eigentlich hatte Dick nie richtig Urlaub genommen. In unregelmäßigen Abständen genehmigte er sich lediglich ein paar Pausen, um in seinem heimatlichen Vermont Ski zu laufen (wobei er jedoch die Gegend um Saint Johnsbury mied), oder er zwang sich auf den Bahamas einen Zeitplan auf, der zwar anders, aber nicht weniger streng geregelt war als sein New Yorker Tageslauf: Golf, Angeln im Meer, Cocktails auf Yachten, wo alle Welt versammelt war. Daher beobachtete Dick mit Interesse diese für ihn neue Sitte, diese Form methodischen Nichtstuns, die in der Sonne eines kleinen französischen Badeortes von einer Gruppe von Menschen praktiziert wurde, mit der er für gewöhnlich nicht verkehrte. Auf den ersten Blick unterschieden sich diese Leute kaum von denen, die sich sonntags mit der Familie im Zoo der Bronx ergingen. Wie diese stopften sie von morgens bis abends süßes Zeug in sich hinein, dessen Verpakkung sie dann auf den Boden warfen. Sie redeten laut, hörten die gleiche Musik. Auch hier hielten sich die Erwachsenen peinlich genau an die Kindermode und gaben sich alle Mühe, sich wie in einem Schulbus zu gebärden: die gleichen Reeboks, die gleichen bunten T-Shirts, die gleichen schlabberigen Jogginganzüge. In kaum mehr als einer Generation hatten sich die Franzosen ganz schön verändert, sagte er sich. Wo waren die trockenen, stämmigen Typen geblieben, die er gekannt hatte, wortkarg, klein, verschämt und ziemlich verdreckt? Gab es denn niemanden mehr, der Marcel, Félix oder Armand hieß und sich schon schlampig vorkam, wenn er sich nur aus Versehen das Hemd ein wenig aufgeknöpft hatte? Doch warum sollte die Uniformierung, die er überall im Gange sah, warum sollte die Normierung der Spezies ausgerechnet diesen Teil der Erde verschont haben? Er war sauer auf sich, daß er der wohl naivsten aller Illusionen aufgesessen war, nämlich, daß sich die Dinge, die wir einmal hinter uns gelassen haben, in unserer Abwesenheit nicht um ein Jota ändern. Er sah darin ein übles Spiel der Sehnsucht nach der Vergangenheit, und diese Sehnsucht verbot er sich – genauso wie Fette, Alkohol, Schülertreffen und andere Dinge, die das Altwerden beschleunigen. Eine Diät einzuhalten ist lediglich eine Frage des Willens. Den Angriffen der Nostalgie, ihren blendenden und überraschenden Attacken zu widerstehen erfordert dagegen heroischen Mut.

Die Sprache, die sie benutzten, hatte sich mit der Morphologie der Bevölkerung gewandelt. Dick mußte doppelt so genau hinhören, um den Sinn eines Satzes zu ahnen, der parasitär vom Akzent, von regionalen Wendungen und Neologismen durchdrungen war. Viele dieser Worte schienen aus dem Angelsächsischen zu stammen, waren aber so stark deformiert, daß das Englische ihm dabei in keiner Weise weiterhalf. Andererseits empfand er große Befriedigung darüber, daß er sich trotzdem verständlich machen konnte. Als Kind hatte er mit seiner Mutter fast jeden Tag Französisch gesprochen, was ihm hier zugute gekommen war. Doch wie lange war das her! In New York waren die Gelegenheiten, Französisch zu sprechen, eher rar. Sie beschränkten sich auf jene Dinners, wo es sich empfiehlt, hie und da einen französischen Ausdruck, ja sogar einen ganzen Satz als Zeichen für Distinguiertheit in die Unterhaltung einfließen zu lassen. Mit der gleichen Verlegenheit wie früher wählte er das Genus aufs Geratewohl (er sagte *mon chambre* und *ma linge*, aber genausogut konnte er auch das Richtige treffen), und es gelang ihm noch immer nicht, das französische *u* so auszusprechen, daß es nicht wie ein *ou* klang. Dick, der Fremde, der Ausländer, hatte das Gefühl, sein Französisch sei ziemlich veraltet (seine Mutter redete bereits eine Sprache von früher) und gestelzt. Da er allein schon den Gedanken haßte, man könnte sich über ihn lustig machen – er hatte ein geradezu überempfindliches Gespür fürs Lächerliche! –, achtete Dick darauf, seine Beiträge zu Unterhaltungen auf ein Minimum zu beschränken und sie sich zuerst im Kopf zurechtzulegen. Doch all das war nicht von Bedeutung. Wenn alles so lief, wie er es sich ausrechnete, und er sah keinen Grund, weshalb ihm in seinem eigenen Fall nicht gelingen sollte, was er für andere so brillant erledigte, dann brauchte er nur ein-, zweimal ein ernstes Wort zu reden und könnte dann verschwinden.

Wenig zu reden trägt dazu bei, daß man nicht auffällt. Im übrigen war die Neugier, deren Objekt er war, im Abklingen begriffen, und die Leute, die noch in der Lage waren, sich an ihn zu erinnern, dürften rar geworden sein. Zum Zeitpunkt des Geschehens war er noch blutjung, und die meisten Zeugen mußten inzwischen Greise mit absterbendem Gedächtnis sein. Die einzige Person, die behauptete, sie könnte ihn identifizieren, ließ sich nicht blicken. Und was die anderen anbetraf: falls sie überhaupt noch lebten, kannten die ihn nur unter seinem damaligen Pseudonym, »Le Canadien«.

4

Es sah ihm kaum ähnlich, sich am hellen Nachmittag in einem Hotelzimmer auf einem Bett von erniedrigenden Dimensionen zu räkeln und unter dem Vorwand, »über die Situation nachzudenken«, vor sich hin zu träumen. Das Höchste, was er dabei zu Wege brachte, war, daß er zwischen den Lianen der Tapete die Physiognomie eines wilden Tieres entdeckte und sich, als er sie wieder verloren hatte, vom Gebrumm einer Fliege im Zimmer fesseln ließ. Einer Fliege oder einer Wespe? Selbst darin hätte er sich nicht festlegen können, denn die Manöver des Feindes spielten sich im Halbdunkel ab.

Was er von Horace Freemont, seinem Vater, zumindest doch geerbt hatte, war eine tiefe Abneigung gegen träges Nichtstun, und nun schien Dick sich ihm zum erstenmal hinzugeben. War es die unbesonnene Art dieser Expedition, die so wenig seinen Gewohnheiten entsprach, was ihn plötzlich aus dem Lot brachte? War es die groteske Art seines Falls? Oder das verweichlichende Klima dieses Badeortes, der immer leerer wurde, während er selbst hier noch verweilte? Vielleicht gehorchte diese Passivität aber auch einer unbewußten Veranlagung seines Geistes, ihn gegen die Angriffe der Erinnerung zu schützen, die er über kurz oder lang, das wußte er, nicht mehr würde eindämmen können: eine Taktik also, um sich vor dem drohenden Unwetter zu ducken ... Über all diese undurchsichtigen Beweggründe zu grübeln war auch nichts anderes, als die Tapete zu studieren und den Alpträumen damit die Möglichkeit zu geben, sich neu zusammenzubrauen wie die Wolken in der Ferne über dem Meer. Er mußte reagieren, statt sich zu analysieren: er mußte etwas unternehmen. Und zuallererst einmal einen Sündenbock schlachten.

Eine Viertelstunde später warf ihm der Pitchpinespiegelschrank das Bild eines Mannes der Tat zurück, was ihm den Anflug eines Lächelns entlockte. Atemlos, mit hochroten Wangen, das Haar zerwühlt, stand Dick in Unterhose (einer jener Unterhosen, deren Raffinement Suzanne Labrunie so lobend erwähnt hatte) und mit einem blutbefleckten Frottiertuch bewaffnet, in voller Größe auf einem kleinen französischen Bett. Die Jagd hatte sich dramatischer entwickelt als vorgesehen. Keuchend stand er da, vor sich den umgestürzten Nachttisch, und der Lüster über ihm schwankte noch bedenklich. Am Fußende des Bettes lag das Sühneopfer: dem Anschein nach eine Wespe der allerwildesten Sorte.

Er kleidete sich an und verließ, nicht ohne zuvor das Insekt unter seiner Sohle zu zertreten, das Zimmer. Bevor der Tag zur Neige ging, hatte er ein langes Telefongespräch mit Bob geführt, hatte sich ein ausgezeichnetes Fernglas gekauft, einen kleinen roten Fiat gemietet, in den er nur knapp hineinpaßte, und ein Haus gefunden, das zwar viel zu groß, aber für das, was er seinen Plan nannte, geeignet war – und all dies, um sich zu beweisen, daß er endlich zur Tat schritt. Angesichts des Saisonendes war die Sache mühelos gelaufen.

Nacheinander entvölkerten sich die Villen im Ort. Die mißtrauischsten unter den Besitzern vernagelten ihre Fensterläden und brachten über der Eingangstür eine Nachricht zur Warnung für streunendes Gesindel an: MAISON PIÉGÉE – ACHTUNG: ALARMANLAGE! Und doch kam dieses in Gestalt von umherirrenden, mehr oder weniger räudigen Katzen allmählich aus den Kiefernwäldern hervor und nahm zwischen Beeten bereits verwelkter Hortensien in den zurückeroberten Gärten wieder seine vertrauten Gewohnheiten an. Auf fast allen Balkons waren an Stelle der Handtücher, die noch am Tage oder in der Woche zuvor dort in der Sonne trockneten, Holztafeln oder aus Pappe geschnittene Schilder mit der Aufschrift ZU VERMIETEN, gefolgt von einer Telefonnummer, erschienen.

Das Mädchen von der Immobilienfirma, das bequemer als er in dem Fiat saß, hatte ihm an die zwanzig leerstehende Villen und Ferienhäuser gezeigt, wenn auch nur bei einigen von ihnen die Tür aufgeschlossen. Vorausgesetzt, sie waren möbliert, interessierte ihn die Innenausstattung weniger als die Lage. Beim Betreten dieser verlassenen Häuser, in deren Dunkel noch der Geruch menschlicher Anwesenheit schwebte und die noch Spuren von Sand und Fingerabdrücke an den Fensterscheiben aufwiesen, hatte Dick ein jähes, intensives Déjà-vu-Gefühl. Um es zu verscheuchen, hatte er lauter geredet und sich um eine korrekte Aussprache der französischen Wörter bemüht:

»Non, Mademoiselle, ce n'est pas ce que je cherche. La vue ne me convient pas.«*

Welche Art *vue*, Aussicht, Anblick oder gar Vision gefiel ihm da nicht? Seine Stimme, die in dem leeren Raum hallte, in dem jemand eine Sandale *genau in der gleichen Stellung* vergessen hatte – er erkannte sie

* »Das ist nicht das, was ich suche. Die Aussicht gefällt mir nicht.«

wieder, da er sie beruflich so oft gehört hatte: es war die Stimme der Lüge, die sich bewußt war, daß sie den Raum füllte und falsch klang.

Marianne war um so zuvorkommender, da sie viel Zeit hatte und da die Aussicht auf eine hübsche Provision noch so spät in der Saison ihre Stimmung hob. Ein durchaus angenehmer Gedanke also, den Tag mit einem Spaziergang an der Seite des Fremden zu beschließen. Mit seiner braunen Tolle, seinen grauen Schläfen und seiner hohen, sorgenvollen Stirn erinnerte er sie an einen amerikanischen Schauspieler, den sie unlängst im Fernsehen in den *Kanonen von Navarone* gesehen hatte.

Marianne hielt sich an die Regel, in der Preisklasse stufenweise höher zu gehen, obwohl ihr später Kunde kein Limit genannt hatte. Im übrigen hatte er überhaupt nicht von Geld geredet, und so war sie nicht sehr überrascht, als er sich, ohne daß sie das Objekt erst anpreisen mußte, für das kostspieligste Mietangebot entschied.

Die Villa Éden war ein mächtiger Bau aus Ziegeln und Holz im typischen Strand-und-noch-was-Stil, dem zwei dorische Säulen, auf denen der Balkon des ersten Stocks ruhte, etwas Distinguiertes verliehen. Umgeben von einer Art Park, der wiederum mit einem verrosteten Eisengitter eingezäunt war, beherrschte sie, ohne sich besonders hervorzuheben, die erste bewaldete Anhöhe oberhalb des Ortes. Geschützt vor den wenigen benachbarten Häusern und nahe am Wald gelegen, überblickte die Villa die gesamte flach gegen den Strand gedrückte Ansiedlung. Ihr gegenüber ging die Sonne unter, und zu dieser Stunde warf der endlos weite Spiegel des Ozeans ihren Widerschein zurück, der die Fensterscheiben zum Aufglühen brachte.

Mehrere Gründe hatten Dick in seiner Wahl bestimmt. Von allen Villen, die die Firma anbot, war diese die am wenigsten abstoßende. Der Vorbau, das Rot der Fassade und der Fensterläden, das Mosaikglas der Eingangstür gemahnten von fern an die Häuser seiner Kindheit in New England, die diesem sehr ähnlich waren. Die friedliche Verlassenheit des Parks und auch das Fehlen von direkten Nachbarn war ihm durchaus willkommen. Vor allem aber hatte er sofort den Balkon im ersten Stock entdeckt, der einen idealen Beobachtungsposten abgab. Von dort glitt der Blick zunächst zwischen zwei uralten Palmen, die gegenüber den Säulen aufragten, auf die leere Terrasse der Villa Thais und fiel dann in gerader Linie bis zu der geschlossenen Auslage hinunter, die Dick von hier aus mühelos beobachten konnte, ohne daß er sich in ihrer Nähe herumtreiben mußte. Die Entfernung, die ihn von ihr trennte, betrug nicht mehr als vier- bis fünfhundert Meter Luftlinie.

Durch sein Fernglas konnte er noch einmal die lakonische Mitteilung lesen, die seit kurzem im Fenster des Fischgeschäfts aufgetaucht war: VORÜBERGEHEND GESCHLOSSEN. Sofort war ihm durch den Kopf geschossen, der Grund für diese vorübergehende Schließung sei ein Todesfall und das Objekt des Rechtsstreits könnte sich im wahrsten Sinn des Wortes von selbst erledigt haben, es könnte bereits unter einer Schicht Erde begraben sein, und der Fall wäre beendet. Dann würde er mit einer nutzlosen Reise und vertaner Zeit davonkommen. Doch anstatt ihn zu erleichtern, erweckte diese Hypothese in ihm ein schmerzliches Gefühl von Ohnmacht und Frustration. Und wenn nun der wahre Beweggrund seiner Reise in jener Weigerung lag, sich vorzustellen, daß auch der Zufall die Dinge an seiner Stelle regeln konnte? Bei allem, was er Bob gegenüber stets beteuerte, ging es vielleicht doch nicht nur um die Regelung eines Problems. Irgend etwas trieb ihn dazu, *die Person zu sehen*. Und es schmerzte ihn unendlich, daß er nun einen Vergleich hatte, an dem er ermessen konnte, wie sehr er die Skrupel seiner Mandanten immer mißachtet hatte.

Auf dem Tisch im Salon, dessen Doppeltür sie geöffnet hatten, setzte Marianne den Vertrag auf. Die untergehende Sonne warf ein rosenfarbenes Licht auf das Parkett. Die Luft war lau. Vom Garten her war das Gezänk der Vögel zu hören. Was für eine kuriose Szene, dachte Dick: Ein einsamer Amerikaner, gestrandet in einer Sackgasse an der französischen Küste, mietet sich in der Nachsaison eine Zwölf-Zimmer-Villa, als hätte er auf der ganzen Welt nichts Ergreifenderes gefunden! Er unterschrieb und zahlte für zwei Monate *cash* im voraus. Der Preis erschien ihm lächerlich und die Zahlungsfrist so bemessen, daß die Firma beruhigt sein konnte. So kam er auch in den Genuß verschiedener Sonderleistungen: Marianne würde sich persönlich um Bettwäsche und Handtücher sowie um sein Gepäck kümmern. Schon am nächsten Tag, so versprach sie, könne er die Villa Éden in Besitz nehmen. Den Vorschlag, die zwölf Zimmer einzeln zu inspizieren, lehnte er dankend ab. Er würde ohnehin nur zwei davon benutzen, den großen Salon im Erdgeschoß und das Schlafzimmer am Balkon. Während sie die Eingangstür und die Fensterläden wieder schloß, beobachtete Dick Marianne, die vom Licht der untergehenden Sonne wie von Kinoscheinwerfern angestrahlt wurde. Vielleicht wäre es höflich, ja sogar ratsam, eine so zuvorkommende junge Frau einzuladen, sein letztes Abendessen im Hotel mit ihm zu teilen. Nach Alter und

Beruf entsprach Marianne ganz jenem Beutetyp, dessen er nie überdrüssig wurde.

An den Orten von Manhattan, wo Leute seiner Kategorie, die sich in feinen dunklen Flanell und Maßhemd kleiden, es schätzen, erst dann ihr Privatleben anzugehen, nachdem sie still und heimlich der Sicherung ihres finanziellen *surface* nachgegangen sind, war Richard Freemont dafür bekannt, daß er Abenteuer mit Achtundzwanzigjährigen sammelte, und zwar bereits, seit er selbst dieses Alter erreicht hatte, das er nun seinen Partnerinnen zumaß – Sekretärinnen, Angestellte und vor allem Verkäuferinnen –, kurz, jenen jungen Frauen, die man nie heiratet, zumindest nicht als Mann mit seinem Namen und in seiner Position, und die man auch nicht vorzeigt; und doch war es ihm inzwischen gelungen, sie seinen Freunden jeweils als wechselnde Inkarnation einer einzigen und unveränderlichen Person, nämlich als Dicks Lebensgefährtin unterzuschieben. Dieser Trick erleichterte ihm die Dinge.

Die jungen Frauen in den Luxusboutiquen dienen einer Kaste, von der sie nicht einmal wahrgenommen werden. Die meisten von ihnen betrachten dies als Demütigung, über die sie sich hinwegtrösten, indem sie die arroganten und versnobten Kerle (ohne es ihnen zu zeigen) hassen. Andere dagegen begehren sie am Ende wie Talismane, wie Instrumente der Rache und des persönlichen Erfolgs. Jemanden wie Richard Freemont zu haben (der um so vieles mehr *jemand* war als die namenlosen Wesen, die sie allzufrüh geheiratet hatten) bedeutete, für einen Augenblick zu sein wie er. Es bedeutete, an seinem Wesen teilzuhaben, aufzusteigen in eine höhere Kaste.

Mit diesem Appetit spekulierte Dick bei seinen künftigen Erwählten. Nicht nur warf er seine vorteilhafte Person und seine Ressourcen in die Waagschale, er gaukelte ihnen auch noch einen Brahmanenzauber vor. Im Gegensatz zu seinen spießigen verheirateten Freunden, die sich in den Augen ihrer Mätressen erniedrigten, indem sie sie zu demütigender Heimlichkeit verpflichteten, behandelte er seine flüchtigen Liebschaften wie offizielle Gemahlinnen: Cocktails im »Algonquin«, ein Weekend in Bar Harbor, Golf in Cypres Point, Lügen und kleine Geschenke.

Der fiebernde Blick, der in ihre Augen trat, die Hingerissenheit, die sie hinter rührender Zurückhaltung oder Anfällen von Unverschämtheit verbargen, entfachten sein eigenes Begehren. Sowenig die Mädchen des professionellen Gewerbes, ihr brutaler Markt, ihre blasierte Geduld nach seinem Geschmack waren, erschien nichts ihm so aphrodisisch erregend wie jener Kompromiß, jener stillschweigende Austausch gesellschaftlicher Gelüste.

Die beständige Versorgung mit jungem Gemüse schützte ihn in befriedigender Weise vor den Ängsten des Alters. Der Pygmalion-Effekt bestärkte ihn in seiner Fähigkeit zur Verführung und in seiner Überlegenheit, ohne daß er Komplikationen zu fürchten hatte. Er besaß die Kunst, Schluß zu machen, die ja auch nur eine Form von Überredungskunst war; und die Unaufrichtigkeit war schließlich sein Metier. So hatte er ein Bollwerk von Frivolität gegen das endlose Epos Ehe errichtet – Heirat, Scheidung, Wiederverheiratung, und so fort –, an dem so viele seiner Freunde zerbrochen waren. Diese dienten als Köder für Dicks Beutezüge. Daß sie dazu benutzt wurden, war ihnen bewußt, doch sie nahmen es ihm nicht übel. Insgeheim beneideten sie nämlich diesen ausgekochten Junggesellen, diesen Beutejäger, diesen Egoisten, der, anstatt wie jeder von ihnen brav sein Kreuz auf Erden zu tragen, das Leben wie eine Operette zu nehmen schien. Sicher würde er sie noch alle zu Grabe tragen, mit einem jungen Ding am Arm, blond, braun oder rothaarig, in Stöckelschuhen und sorgsam von ihm auf Trauer gestimmt, um eine Handvoll Erde auf ihre faden sterblichen Hüllen zu werfen.

Sein »Dienstmädchendonjuanismus«, wie Anthony Braxton, nach Art eines reinrassigen *Bostonian* den Mund verziehend, das nannte, verdeckte zweifellos Abgründe, die er sich jedoch weigerte zu erkunden. Um nichts auf der Welt hätte er einem Unbekannten erlaubt, in seinem Urschlamm zu wühlen. Bei so vielen ihm Nahestehenden hatte er erlebt, wie sie, aus einer gescheiterten Ehe mit einer nur leichten Wunde hervorgegangen, Heilung in einer Analyse suchten und dort endgültig den Gnadenstoß erhielten!

Seine austauschbaren Amazonen waren sein schützender Panzer, seine Leibwache. Er liebte es zu sehen, wie sie erstrahlten, wenn die Boutiquen schlossen, makellos übertrieben geschminkt, in hautenge Kostüme gezwängt, um wie gehobene Geschäftsfrauen und nicht wie simple Verkäuferinnen zu wirken; und dennoch verzichteten sie nicht auf die sichtbaren Vorzüge einer Größe 10 gegenüber einer Größe 12, deretwegen sie nun auf vielsagende Art die Beine kreuzen mußten, wenn sie in die Hocke gingen, um das Sicherheitssystem zu verriegeln, das sinnigerweise fast auf der Höhe des Trottoirs angebracht war. Dann richteten sie sich mit einem einzigen Schwung wieder auf (mit achtundzwanzig beherrscht man diese Bewegung bis zur Perfektion, das heißt ohne die naive Quirligkeit der Jugend und ohne die Steifheit des Alters), gaben ihrem Kopf einen raschen Dreh, um das Haar aufzublähen, ohne Hand anlegen zu müssen, und zogen sich ihr Kostüm und den Riemen der Handtasche auf der rechten Schulter zurecht; zum Schluß vergewisserten sie sich noch, mit einem flüchtigen Blick zwischen einer Strähne und der bereits in Bewegung begriffenen linken Schulter hindurch, der Anwesenheit der unterjochten Bevölkerungsschichten in ihrem Rücken und schritten dann siegesgewiß durch die Fifth Avenue. Allein, zu zweit und untergehakt oder in kleinen parfümierten Trupps kamen sie angerückt. Und alles Leuchten des Tages glitt zu ihren Strümpfen hinab, um sie sanft zu umschmeicheln.

Als Angetraute von biederen Typen, die, eine Pulle Bud entkapselnd, vor dem Fernseher auf sie warteten und die von ihnen jeden Abend mehr verachtet wurden, da sie selbst den Tag über in einer erregenderen Welt verkehrten, waren die Amazonen von Manhattan zugleich fürstlich und verfügbar. Zumindest entflammte Dicks kampferprobter Blick jedesmal aufs neue, wenn er im Fahrwasser einer von ihnen die unabdingbare Verbindung dieser zwei Qualitäten entdeckte. Sie repräsentierten das sinnliche, sonnenhafte Gegenstück zu den Frauen aus seinem Milieu, die Jogging, gesellschaftlicher Streß, Diät und bürgerlich korrekte Ansichten zu Mumien gemacht hatten und die zur Krönung des Ganzen auch noch aufgehört hatten, die Pille zu nehmen, um nicht wider die Gesetze der Natur zu handeln.

In dem wildreichen Revier, in dem er seinen Aktivitäten nachging, galt Richard Freemonts Vorliebe den Schuhgeschäften. Die Art, wie die Verkäuferin einem den Knöchel berührte, wie sie mit dem Schuhlöffel hantierte und vor allem wie sie die Schnürsenkel knotete, lieferte ihm über ihre Person und ihre Gelüste Informationen, die der weitere Verlauf der Dinge noch selten entkräftet hatte.

Obwohl die Angestellte eines Immobilienbüros für ihn zu einer unbekannten Kategorie gehörte, hatte Dicks Auge fast mechanisch bestimmte Züge ihres Verhaltens registriert. Die Art, wie sie sich beim Öffnen eines Fensters vorbeugte und ihr Gesicht mit geschlossenen Lidern dem Licht hingab, wie sie sich bückte, um ein Stück Papier aufzuheben, wie sie von einem Raum Besitz ergriff, wie sie sich, die Fäuste in die Hüften stemmend, in die Mitte eines Schlafzimmers stellte und ihren Blick der Anziehungskraft des Bettes nachgeben ließ, um sich dann zu entfernen und anschließend mit einem Ausdruck gespielter Gleichgültigkeit wieder zurückzukommen, all das war durchaus nicht ohne Aufschlüsse. Marianne war jünger als dreißig und älter als fünfundzwanzig. War sie auch nicht fürstlich – Mangel an Klasse in der Haltung der Schultern, fehlende Grandezza in den Bewegungen –, so war sie doch verführerisch. Und verfügbar.

An eine der Palmen gelehnt, deren noch lauwarme, glatte Rinde er unter seinen Fingern fühlte, betrachtete er die junge Frau, wie sie auf ihn zukam und ihm die Schlüssel überreichte.

»So, nun sind Sie in Ihrem Zuhause…«

Die Art ihres Gangs war *comme il faut*. Kein am Schatten kontrollierter Schritt, sondern, im Gegenteil, unüberlegt, getragen von beschwingter Neugier. Sie lächelte. Als er sich bereits seine Worte zusammensuchte, um sie *à la française* einzuladen, materialisierte sich der Blick, den Madame Labrunie auf sie beide geworfen hätte, so bohrend vor seinen Augen, daß er verzichtete. Dick war nicht in unternehmungslustiger Stimmung. Weit entfernt von seinen Stützpunkten und den taktischen Vorteilen, die sie ihm lieferten, fühlte er sich entwaffnet. In seinem Aktionsradius in Manhattan brauchte er nur selten die Initiative zu ergreifen. Seine Exfreundinnen, deren Komplizenschaft er sich mit Hilfe von Gefälligkeiten sicherte, spielten ihm unfehlbar immer wieder neue Opfer zu. Er wagte sich nur auf erobertem Terrain vor, ein Verhalten, das seiner Aversion gegen das Scheitern entsprach. Andererseits wirkten die Gründe seines Besuchs nicht gerade ermunternd auf den Eroberungsgeist. Einen Körper an diesem Ort in Besitz zu nehmen hätte sogar etwas Schamloses gehabt und konnte sich letzten Endes nachteilig für ihn auswirken. Daher beschränkte er sich darauf, Marianne zu verstehen zu geben, daß ihr Mieter sie in seinem Hause, sollte sich die Gelegenheit einmal bieten, herzlich willkommen heißen würde. Sie nickte, ohne sich zu zieren. Dann stiegen sie in den Fiat und fuhren zum Meer hinunter.

Dick teilte Madame Labrunie mit, daß er schon am nächsten Tag das »Grand Large« verlassen werde, wobei er natürlich mit keinem Wort die Villa Éden erwähnte. Sie würde schnell genug dahinterkommen, daß er noch weiter im Ort blieb, und weiß Gott welche Schlüsse daraus ziehen, die die allgemeine Neugier wiederbeleben würden. Im Augenblick war sie jedoch untröstlich. (Wie sollte man ahnen, welchem Verlust sie am meisten nachtrauerte: der Großzügigkeit des Gastes, dem Klatschthema oder dem sagenhaften gelben Koffer?) Er mußte sich in das Gästebuch eintragen. Es ließ sich einfach nicht vermeiden, daß er auf Schritt und Tritt Spuren hinter ließ... Nachdem er zu Abend gegessen hatte, rief Dick aus einer der gläsernen Kabinen auf der Strandpromenade sein Büro an. Die Verbindung war ausgezeichnet. Ihm war, als würde nur die Dunkelheit ihn daran hindern, New York zu erkennen. Die Stadt lag direkt vor seinen Augen, so nah, daß er sogar ihre Geräusche im Hintergrund von Bobs Worten hören konnte. Ein wenig Wasser und Nacht, das war alles, was sie voneinander trennte. Genau wie früher. Als Jugendlicher unterhielt er sich per Telefon mit seiner verbotenen Verlobten. Die Nase an die Scheibe gepreßt, führte er – schon damals liebte er es, zu überzeugen – endlose Gespräche mit ihr. Am anderen Ufer ahnte er die Lichter des ihm verschlossenen Hauses, in dem sich das Mädchen, in der gleichen Lage wie er, den Hörer ans Ohr preßte.

Bevor er sich zu Bett begab, entdeckte er eine Spinne. Sie hing an einem langen Faden, der sie mit ihrem Netz verband, das sie zwischen dem Schrank und der Wand gewebt hatte. Gerade wollte er den Faden kappen, da besann er sich anders.

5

»Fassen wir zusammen, wenn Sie wollen.«

Maître Duffour schien die Angewohnheit zu haben, zwischen seinen Sätzen eine Pause von einigen Sekunden entstehen zu lassen, als wollte er seinem Gesprächspartner die Möglichkeit geben, die Nuancen dessen zu erfassen, was er gerade gesagt hatte, und sich selbst genügend Zeit, um das Folgende noch modifizieren zu können.

Als Richard Freemont Jane in Paris angerufen hatte, um sie ganz beiläufig zu fragen, ob sie nicht zufällig einen Bordelaiser Anwalt wüßte wegen eines Falles, auf dessen Inhalt er nicht näher eingegangen war, hatte die treue Freundin geantwortet: »Versuchs doch mal mit Duffour...«. Er war ein majestätischer Sechzigjähriger, bei dem alles – Gestalt, Gesicht, Worte und Gesten – wie mit einem delikaten Schmelz überzogen wirkte, alles bis auf den Mund, der so schmal wie das Band der Ehrenlegion war, das er am Revers trug. Der *»ancien bâtonnier de Bordeaux«*, wie seine Karte vermerkte, erschein ihm wie ein beruhigendes Relikt des Franzosen von einst, auch wenn er nicht hätte sagen können, ob dieser Eindruck vom Schnitt des marineblauen Zweireihers, vom Krawattenknoten, von einer bestimmten Art, sich auszudrücken, oder von der Harmonie herrührte, die diesen Mann mit seinem in Mahagoni gehaltenen Büro vereinte.

Um sie vor der Sonne und dem Straßenlärm zu schützen, tauchten Markisen die Kanzlei in ein schweres Dämmerlicht. Der Raum von bescheidenen Ausmaßen hatte zwei Fenster, die einen Spiegel umrahmten, in dem die Tonsur des Anwaltskammerpräsidenten zu sehen war und vis-à-vis ein Kamin aus Marmor, mit zwei chinesischen Vasen darauf. Die Seitenwände verschwanden hinter empiregrünen Aktenschränken und in Leder gebundenen juristischen Büchern. Mit Ausnahme des gebohnerten Parketts, das wie eine Sammlerwaffe glänzte, war alles mit einem feinen Staubfilm überzogen, der aufs Körnchen genau dosiert war, so daß die Noblesse dieser Patina nicht mit Nachlässigkeit zu verwechseln war. Die gesetzte Ruhe dieses Kabinetts verlieh dem Beruf des Anwalts einen Charakter, der sich von Grund auf von demjenigen unterschied, den die Großraumbüros von Ransom, Wilcox & Freemont ausstrahlten. In diesen schlug eine ununterbrochene Hektik gegen die Fensterfronten, wo sie vom brutalen New-Yorker Himmel noch eine zusätzliche elektrische Ladung zu empfangen schien. Unbequem auf seinem Stilmöbel sitzend, mußte Dick unweigerlich an diesen Unterschied denken. Er ahnte, daß Maître Duffour ihn ebenfalls vor Augen hatte, während er mit einem Nachdruck, in dem zwischen mechanisch unterwürfiger Höflichkeit und gedämpfter Ironie nur schwer zu unterscheiden war, seine »cher confrère«-Formeln destillierte. Dieser rosige Honoratior, sagte sich Dick, würde nicht übel in eine Pokerrunde passen – und das bedeutete für einen Anwalt der Alten wie der Neuen Welt soviel wie eine Empfehlung.

»Einen Mann der Praxis von Ihren Qualitäten möchte ich natürlich nicht mit Details des französischen Gerichtsprocederes belästigen...«

Mit einem unterschwelligen Schmunzeln (oder war es vielleicht doch keins?) unterstrich Maître Duffour sein Kompliment auf die Berühmtheit von Richard Freemont, dem glorreichen Helden der Scheidungen zwischen *rich and famous Americans*, dem berüchtigten Spezialisten im Abschmettern von Vaterschaftsklagen. Wann immer die Bedienung eines Restaurants behauptete, sie sei von einem angeheiterten Schauspieler, Businessman oder Footballstar geschwängert worden, pflegten diese ihn um seinen vernichtenden Beistand zu ersuchen. Wollte man ein uneheliches Kind loswerden, das man angeblich bei einem nächtlichen Seitensprung in einem Motel gezeugt hatte und das plötzlich wie eine Halloweenmaske vor den Fernsehkameras gezückt wurde, dann gab es an der East coast keinen, der Dick das Wasser reichen konnte. Mußte er aber hinter der Beweihräucherung, die Maître Duffour da von sich gab, nicht auch einen Hauch von Niedertracht erkennen? Er witterte darin jenen versteckten Vorwurf, den die »lieben Kollegen«, die es ohne schlechtes Gewissen auf Kosten der Unterschlagungen und Straftaten ihrer Mandanten zu Wohlstand bringen, für diejenigen parat haben, die sich dafür entschieden haben, sich an schmutzigen Laken und Sperma zu bereichern.

»...Doch zweifellos dürfte Ihnen bekannt sein, daß bei uns das Verfahren einer Vaterschaftsfeststellung, damit der Anspruch nicht verfällt, seitens der Mutter innerhalb von zwei Jahren nach der Geburt des Kindes beantragt werden muß. Die Klage ist zwar auch noch zu einem späteren Zeitpunkt zulässig, sofern man nachweisen kann, daß die Identität des mutmaßlichen Vaters zum Zeitpunkt des Geschehens nicht bekannt war oder daß dieser zunächst verschwunden war und erst zu diesem späteren Zeitpunkt identifiziert werden konnte. In einem solchen Fall ist das Verfahren aber Sache des mutmaßlichen Sohnes bei Erreichen seiner Volljährigkeit, und die Mutter kann, sofern sie nicht verheiratet ist, Anspruch auf Entschädigung für die Jahre erheben, in denen sie für das im Stich gelassene Kind gesorgt hat. Genau dies ist der Sachverhalt, cher confrère, in dem uns vorliegenden Fall. Es würde also genügen, den Nachweis zu erbringen, daß Sie physisch mit der Mutter keinen Kontakt haben konnten, da sich Ihr ständiger Wohnsitz ja in den Vereinigten Staaten befand; aber ich darf annehmen, daß Sie, wenn Sie es für zweckmäßig hielten, sich persönlich herzubemühen (Pause) und mir die Ehre zu geben...«

»Ich war tatsächlich hier in der Gegend, vom Sommer 1944 bis zum Frühjahr 45.«

»Ach!... Die Daten stimmen überein, in der Tat. Darf ich mir die Frage erlauben, ob Sie noch Erinnerungen an diese... Das Ganze liegt ja schon weit zurück, nicht wahr?«

»Ich war siebzehn und wohnte seit ein paar Monaten bei meinem Onkel in Iberville, nicht weit von Montreal. Meine Mutter war Kanadierin französischer Abstammung – aus Saintonge, genau gesagt. Alice Delaveau hieß sie. Damals hatte ich eine doppelte Staatsbürgerschaft. Mein Onkel war ein schwacher Mensch, daher hat er sich meinem – wie sagen Sie? – *coup de tête*, meiner fixen Idee nicht widersetzt. Ich wollte mich engagieren, in Frankreich kämpfen, die Deutschen bis nach Berlin verfolgen und als Held nach Hause kommen.«

»Diese Ambition ehrt Sie.«

»Nicht so sehr, wie Sie glauben, cher confrère... Eine Menge persönliche Gründe, falsche Gründe... Mein Onkel Delaveau war schwach, doch er hatte

Verbindungen. Dank seiner Hilfe konnte ich mein Geburtsdatum fälschen und in einer Gruppe kanadischer Freiwilliger, fast alles Leute aus Quebec, anmustern. Wir wurden nach London verschifft und dann im Juli über Cognac abgeworfen. Ganz in der Nähe von Saintonge! Die Umstände wollten, daß ich mich in Bordeaux und dann, ab Ende August, in der Schlacht von Médoc wiederfand. Am 14. April wurde ich verwundet, evakuiert, dann in Bordeaux verarztet und schließlich Ende Mai 1945 von Le Havre aus wieder nach New York gebracht. Und ich hatte absolut nicht das Gefühl, ich käme als Held nach Hause. Hören Sie, Monsieur, ich habe mehrere Monate lang mit Spaniern, Senegalesen, Marokkanern und allen möglichen tapferen Franzosen zusammengelebt, aber an eine Madame Lacoste, ich meine, an ein Mädchen dieses Namens, der ich einen kleinen Michael gemacht haben soll, kann ich mich überhaupt nicht erinnern.«

»Michel... Michel Lacoste... Ich verstehe durchaus. Aber der Richter wird sicher wollen, daß...«

»*Wait a minute*! Verzeihen Sie, Monsieur Duffour, aber einen Richter, ein Gericht wird es nicht geben, o.k.? Ich bin nicht hierher gekommen, um mich der französischen Justiz auszuliefern. Das Ganze ist eine lächerliche und für mich sehr peinliche Geschichte. Ich bin gekommen, um herauszufinden, was dahinter steckt, und um die Sache auf gütlichem Wege zu regeln, verstehen Sie?«

Die – wohlvorbereitete – Geschichte seiner kämpferischen Jugend hatte Dick in einem Ton beinahe spöttischer Distanziertheit erzählt. Die Erwähnung eines gerichtlichen Nachspiels hatte dagegen seine beruflichen Reflexe und seine Energie wachgerüttelt. In seinem eigenen Fall von der Methode abzuweichen, mit der er soviel Erfolg hatte und die sich mit wenigen Worten, nämlich: »Besser einen guten Handel als einen riskanten Prozeß« zusammenfassen ließ, kam nicht in Frage. Seinen großen Namen und seine ebenfalls nicht geringen Honorare verdankte er schließlich der Kunst, seinen Mandanten die stets peinliche Publicity eines Prozesses dieser Art zu ersparen. Als Tenor der Gerichtssäle hatte sich Richard Freemont nie hervorgetan: aber er war stets der Zäheste, wenn es ums Verhandeln ging. Die wenigen Fälle, in denen er sich gezwungen sah, für den faulen Kompromiß eines Vergleichs zu plädieren, auch wenn er den Prozeß gewonnen hatte, konnte er an fünf Fingern abzählen. Die gütliche Einigung in beiderseitigem Einvernehmen, die er zu erzielen pflegte, ließ zwar alle Zweifel bestehen, doch in neun von zehn Fällen konnte er beweisen, daß dies genau das war, was die Klägerinnen – abgesehen davon, daß sie natürlich keineswegs auf persönlichen Vorteil aus waren! – erreichen wollten: eine offene Hintertür, einen ehrenvollen Abgang für sie, denn da man die Streitsache nicht restlos geklärt hatte, wurden ihre Behauptungen auch nicht durch die Schande einer öffentlichen Zurückweisung dementiert. Sie konnten weiterhin an ihr Märchen glauben – wenn es ein Märchen war –, ohne daß sie ihr Gesicht verloren hatten. Im entgegengesetzten Fall half Dick einem Lügner oder Feigling, das Fleisch von seinem Fleische ins Dunkel zu verstoßen; aber dieses Unrecht – wenn es ein Unrecht war – war immerhin einer Zerstörung gleich mehrerer Existenzen in ihren zartesten Bindungen vorzuziehen, oder nicht? Die Höhe der Entschädigung, die, so verlangte es Dick, großzügig sein mußte, und zwar selbst dann, wenn er die Gewißheit hatte, daß sein Mandant im Recht war, genügte im allgemeinen, um beide Parteien zu befriedigen. Die Erfahrung hatte ihn gelehrt, daß hinter drei Vierteln dieser Klagen die Hirngespinste oder die Habgier eines armen Mädchens, geschürt von einem gerissenen Winkeladvokaten, steckten. Lieber in den Augen der Leute geleimt von zwei miesen Typen als tatsächlich besudelt von einem Skandal. Sein Gewissen hatte ihn bisher nie geplagt. Er hatte die Interessen seiner Mandanten zu vertreten und erledigte den Auftrag so gut wie irgend möglich. Nirgendwo stand geschrieben, Richard Freemont hätte die persönliche Pflicht, die Wahrheit aus einem Reagenzglas zu destillieren. Es war nicht seine Aufgabe, den Kindern der Evastöchter einen Vater zu geben, er war mitnichten Vollstrecker der Ratschlüsse des Allmächtigen.

Maître Duffour begann zu verstehen: Das As im Abschmettern von Vaterschaftsklagen wurde belangt wegen Verleugnung eines Kindes! Auch ohne die Karriere des amerikanischen Anwalts oder das Milieu, in dem sie sich abspielte, im einzelnen zu kennen, konnte er ermessen, wie paradox diese Umkehrung der Rolle war und wieviel Zündstoff sie für böse Zungen abgäbe, wenn sie publik werden würde. Seine Erfahrung flüsterte ihm ein, daß auf der anderen Seite des Atlantiks die Kollegenschaft durchaus zu Bestien werden konnte. War Richard Freemont etwa das Opfer eines abgekarteten Spiels? Warum aber in Frankreich inszenieren, was sich mit Sicherheit zu Hause viel leichter steuern ließ?

»Also, verstehen Sie, ich würde nicht sagen, daß Corinne Belmont, die die Lacostes vertritt und die ich einmal als Referendarin kennenlernte, zur Spezies der Winkeladvokaten gehört. Als Anstifterin zu der Aktion kann ich sie mir kaum vorstellen. Was diese Madame Lacoste betrifft, so stellen mich die Auskünfte, die ich über sie besitze, vor ein Rätsel. Ich denke vor allem an sie, denn ihr Sohn wird uns als etwas grobschlächtiger, undurchsichtiger Bursche geschildert. Er ist ein Fischer, von dem nur eine einzige Leidenschaft bekannt ist: das Surfen. Seine Mutter führt das Fischgeschäft, das Sie kennen, mit ihrem Sohn und einem Angestellten. Es handelt sich, so scheint es, um eine energische, entschlossene Person, um eine robuste Frau, sozusagen. Das muß sie auch sein, um sich dort, wo sie lebt, in ihrer Situation als (Pause) ledige Mutter (wieder eine Pause) zu behaupten. Finanziell soll sie abgesichert sein. Möglicherweise hat jemand Sie neben einem der Stars photographiert, die Sie verteidigt haben, und ein französisches Klatschblatt von der Sorte, wie die Frauen sie beim Friseur lesen, hat dieses Photo mit Nennung Ihres Namens und Ihrer (Pause) Eigenschaft abgebildet.«

»Ja, möglich ist das schon. Jane hat mir häufig vorgeworfen, daß sie in Paris nur dann etwas von mir hört, wenn sie die Zeitungen liest. Aber das ergibt keinen Sinn: Warum ausgerechnet ich, wo ich doch nicht mal weiß, wer diese Person ist?«

»Eine Verwechslung: sie wird Sie mit einem anderen verwechselt haben, und der Zufall wollte, daß Sie ideal zu der Situation passen.«

»Aber, Monsieur Duffour!«

»Ja, ich weiß. Ehrlich gesagt, ich persönlich habe in Geschichten, die mit Haß zu tun haben, auch nie an den Zufall geglaubt. Wir können die Hypothese in Betracht ziehen, wonach jemand die Lacostes manipuliert. Irgend jemand, der weiß, wie er Ihnen schaden kann, und der Ihnen hinreichend böse ist, um sich einen so vertrackten Plan auszudenken, verführt Francine Lacoste, indem er ihr vorspiegelt, was sie und ihr Sohn dabei herausschlagen können. Kurz, irgend jemand, der Sie gut kennt und der so machiavellistisch und so zielstrebig ist, daß ich Mühe habe, ihn mir vorzustellen.«

Kerzengerade in seinem Fauteuil sitzend, die beiden Armlehnen umfassend, verharrte der ehemalige Präsident der Bordelaiser Anwaltskammer seit dem Beginn der Unterredung in schier vollkommener Ungerührtheit. Nicht eine Falte seines Gesichts hatte gezittert, nie hatte sein Auge geblinzelt, nicht einen Millimeter hatten sich seine Füße unter dem Schreibtisch bewegt, als wären sie mit dem Boden verschweißt. Das Möbel und er bildeten in dem dämmrigen Raum auf magische Art eine des Sprechens fähige Skulpturengruppe. Sobald der Mund sich schloß, um eine seiner Pausen zu machen, hätte man meinen können, die Gruppe würde versteinern. Dick hatte das Gefühl, er befände sich allein an einem heiligen Ort, gegenüber einer Art Statue des Komturs – schon wieder einer –, deren vorwurfsvoller Ausdruck jede Sekunde des Schweigens lastender machte. Auch als Maître Duffour die Ellbogen auf den Schreibtisch stützte und seine Hände unter dem Kinn faltete, verlieh diese erste echte Regung eines Gefühls, obwohl sie den Ton seiner so liebenswürdigen Stimme nicht im geringsten veränderte, der nun folgenden Frage einen beunruhigenden Nachdruck:

»Sind Ihnen irgendwelche persönlichen Feinde bekannt, Monsieur Freemont?«

»In Frankreich? Nicht daß ich wüßte... In New York? Ungefähr genauso viele, wie ich Freunde habe. Das heißt: viel zu viele. Aber dort weiß bis auf zwei, drei Ausnahmen, für die ich die Hand ins Feuer lege, niemand etwas von meinem kleinen Krieg im Médoc.«

Auf diesem verdammten Museumsstuhl konnte

Dick keine Fassung finden, und der sarkastische Ton, den er ungewollt in seine Worte legte, gefiel ihm überhaupt nicht.

»Es ist meine Pflicht, Sie von einer peinlichen Information in Kenntnis zu setzen. (Pause) Aufgrund einer – möglicherweise beabsichtigten – Indiskretion seitens Corinne Belmont glaube ich, daß sie auf einen Zeugen aus der damaligen Zeit setzt. Einen Augenzeugen.«

»Daran ist nichts ungewöhnlich. Schließlich habe ich nicht allein gegen die Deutschen gekämpft. (Nun spöttelte er bewußt blind drauflos...) Ich habe auf Überraschung gesetzt. Doch zu spät... Inzwischen muß mich jemand wiedererkannt haben.«

»Das ist möglich und würde erklären, warum die Lacostes sich entfernt haben, obgleich ich Ihnen versichert hatte, und zwar aus verläßlicher Quelle, glauben Sie mir, daß sie niemals den Ort verlassen. Wenn jemand im Hintergrund die Fäden zieht, dann will er Sie höchstwahrscheinlich verunsichern. Aber ich dachte an eine andere Art Zeuge, verehrter Kollege. Soviel ich weiß, handelt es sich um eine Person, die bezeugen würde, daß Sie physisch der Vater von Michel Lacoste sein können.«

»Einfach absurd! Hören Sie, diese Art Zeuge kenne ich zur Genüge.«

»Was ich Ihnen sagen wollte, ist etwas anderes, Monsieur Freemont. Sehen Sie, ich habe seit langer Zeit mit den Leuten in dieser Gegend zu tun. Sie sind eine Rasse für sich. Ihre Logik könnte sich für Argumente, wie Sie sie gewohnt sind, als unempfänglich erweisen. (Pause) Sollten sie sich zu unserem Bedauern und aus einem Grunde, der sich unserer Kenntnis entzieht, einbilden – zu Unrecht, versteht sich! –, sie wären im Recht, dann habe ich Mühe zu glauben, daß ein angebotener Handel sie bewegen könnte, auf eine gerichtliche Belangung Ihrer Person zu verzichten.«

»Wir werden ja sehen. Monsieur Duffour, ich danke Ihnen.«

Dick hatte sich jäh erhoben. Und nicht weniger überstürzt hatte er sich verabschiedet, was den ehemaligen Anwaltskammerpräsidenten schockiert haben mußte, obwohl er dabei seine urbane Gefaßtheit nicht verlor. Dick war verärgert über sich selbst, da er die süßliche Rhetorik dieses Mannes, seine Floskeln à la »Sollten sie sich zu unserem Bedauern einbilden…«, »zu Unrecht, versteht sich…« oder »ich habe Mühe zu glauben…« nicht mit mehr Humor ertragen hatte. Kannte er die Täuschungsmanöver allzu ausgewogener Phrasen, die gehässigen Einschübe nicht zur Genüge? Und doch: welch schönes Beispiel jenes alten, noblen und heuchlerischen französischen Stils! Welch durchtriebener Tartuffe! Von Anfang bis Ende des Gesprächs hatte Dick hinter der Höflichkeit, ja geradezu tadellosen Besorgtheit um seinen Fall bei Janes Protégé etwas Gewundenes und Argwöhnisches gespürt. Ohne seine Worte in Zweifel zu ziehen, davon war er himmelweit entfernt, hatte dieser Schuft von Duffour ihm doch zu verstehen gegeben, daß er ihm nur zur Hälfte glaubte und daß sein berühmter, viel zu berühmter amerikanischer Kollege ihm wohl nicht die ganze Wahrheit gesagt hatte.

Die Sprache der Franzosen ist gespalten, und sie fahren wie die Irren. Auf dem Asphaltband, das schnurgerade dem Sonnenuntergang entgegenraste, ließ Dick sich ruhig überholen. Durch die offenen Fenster des Fiats atmete er den Geruch des Waldes ein: Harz und warmes Holz… Diese Landstraße, die sich nur wenig verändert hatte, und dieser Geruch erinnerten ihn an Dinge, deren nähere Betrachtung er lieber vertagte. Seine Erinnerung wanderte weiter zurück, zu einem anderen Wald mit anderen Gerüchen.

Da ist er der einsame Junge, der auf die Bäume zurennt, jenes Einzelkind in Vermont, das tagein, tagaus auf den Augenblick wartet, wo es aus dem roten Haus abhauen kann. Sprungbereit lauert er in der kalten Küche, lauscht dem Schritt seines Vaters in der Praxis gleich neben der Veranda, wartet auf den Moment, wo nach dem gefürchteten Geräusch seiner Schritte Stille einkehren wird; gleich wird er hören, wie sich der schwere schwarze Wagen auf der Einfahrt entfernt. Eine, zwei Minuten wird er verstreichen lassen, aus Furcht, die Mutter könnte dazwischenkommen (in Wirklichkeit kommt es nur selten vor, daß sie diese Schonzeit nicht respektiert), dann wird er sich durch das Gartentor verdrücken... So schnell sie können, tragen ihn seine kleinen Beine dem Waldrand entgegen. Dunkel und feucht zu jeder Jahreszeit, durchgeistert vom Rascheln der Tiere, macht er ihm damals Angst, doch auf eine weniger heimtückische Weise als das rote Haus; und am Rand der Lichtung liegt sein Reich, sein uneinnehmbarer Zufluchtsort.

Mittlerweile trägt das Sägewerk den Namen Perkins. Es ist eines der Besitztümer, die man bei der Zerstreuung des Familienimperiums günstig abgestoßen hatte. Die Ansiedlung der Freemonts in New England war erst in jüngerer Zeit erfolgt, so daß sie sich nicht gegen das Altersvorrecht der Gründerdynastien behaupten konnten. In Salem, Ipswich oder Concord hatten sie nicht Fuß fassen können. Doch ihr im 19. Jahrhundert auf Manufakturen gegründeter Reichtum hatte immerhin drei Generationen zu Wohlstand gebracht, bevor es bergab ging. Der normale Kreislauf, durch den der Vorsehung zurückerstattet wird, was sie zuweilen leichtfertig gewährt.

Dies ist die Überzeugung von Horace Freemont, seinem Vater, den die Banker von Saint Johnsbury und Montpelier auch mitten in der Depression weiterhin ehrerbietig grüßen. Er verfügt über mehr als solide Reserven. Die Prinzipien von Sparsamkeit und Strenge, die sein Leben bestimmen, haben ihn von den schweren Schlägen des Bankcrashs verschont. Da Spekulieren nicht seine Art ist, sieht er sich nicht vor die Entscheidung gestellt, sich seiner Verantwortung durch einen Sprung aus dem Fenster entziehen zu müssen und auf einem städtischen Bürgersteig zu zerschellen. Zu einem solchen Sakrileg können nur jene hirnlosen Individuen greifen, die sich in den Sündenbabeln New York und Boston drängen. Er, Horace Freemont, zieht, sommers wie winters in den nämlichen Anzug aus anthrazitfarbenem Tuch mit Fischgrätmuster gekleidet, den Farmerfrauen weiterhin ihre blutverschmierten Kinder aus dem Bauch. Anschließend wäscht er sich sorgfältig die Hände.

Da das Sägewerk als letztes verkauft worden ist, setzt man es immer noch mit dem Namen Freemont in Verbindung. Der Junge hat dort freien Zutritt. Zu jeder beliebigen Stunde kommt er, stets außer Atem, angerannt. Ohne die Zähne von der Fünf-Cents-Pfeife zu lösen, die er trotz des Verbots, das er den Arbeitern auferlegt, ununterbrochen raucht, gibt Jos Cusak ihm ein Zeichen, es soll sich aus dem Bottich neben dem Schuppen eine Flasche Coca-Cola holen, dann entkapselt er sie ohne sichtliche Mühe mit dem Daumen der rechten Hand. An der linken Hand besitzt er nur noch zwei Finger; außerdem fehlen ihm ein Stück Ohr und einige Zähne. In den Adern von

Jos, dem Werkmeister, fließt ein Gemisch aus indianischem und polnischem Blut sowie Schwarzmarktwhisky. Er arbeitete in dem Sägewerk bereits zu einer Zeit, wo sich dessen Sägeblätter noch für die Freemonts drehten. Wenn er Dick unter seinen Schutz nimmt, dann beileibe nicht, um seinem früheren Boß einen Dienst zu erweisen, denn er liebt Dr. Freemont nicht gerade. Er weiß, daß sein Sohn sich ungehorsam zeigt, wenn er sich an diesem gefährlichen Ort herumtreibt, wo man Individuen von wenig empfehlenswertem Leumund anzustellen pflegt. Nein, was ihm an dem Jungen gefällt, ist, daß er den Eindruck macht, als sei er ganz allein auf der Welt, und daß er trotzdem um keinerlei Trost bettelt, ein Verhalten, das Jos Cusak als Bastard und Waise besonders gut verstehen kann.

Unter anderen Wundern hat ihm der Werkmeister einen etwa zwanzig Zoll langen Einbaum, eine Rattenfalle, einen Bogen aus Hickory und sechs Pfeile mit Hornspitzen gebastelt. Dick bewahrt diesen Schatz in Jos' Schuppen auf. Es ist besser, wenn man nicht erklären muß, woher die Dinge stammen. Der Bogen und die Falle gehören ganz wie die Coca-Cola zur unendlich weiten Kategorie der schändlichen Dinge. Bei Tisch reden, grundlos lachen, von Zimmer zu Zimmer rennen, illustrierte Heftchen lesen, im Bett auf der faulen Haut liegen oder sonntags am Radioknopf drehen, all das ist weniger schändlich als heimlich ins Sägewerk zu kommen, um dort das lange Metallband zu betrachten, dessen Zähne sich mit trunken machender Wildheit in das Holz fressen und ihm einen Regen von Sägemehl ins Haar schleudern. »Nicht zu dicht ran«, schreit Jos, doch er läßt ihn gewähren.

Manchmal wagt sich Dick, bewaffnet mit seinem

Stock mit geschnitztem Knauf – ein weiteres Geschenk von Jos, für den Fall, daß er Schlangen begegnet –, in die Wälder. Nur selten dringt er weiter als bis Oak's Falls vor, um dort auf dem dunklen Weiher seinen Einbaum schwimmen zu lassen. Er fürchtet diese von unheimlichen Lauten erfüllte Welt, die sich nie ganz öffnet und sich hinter ihm sofort wieder schließt. Unter dichtem Laubdach herrscht ein mächtiger Modergeruch. Das Tageslicht läßt nur ein schemenhaftes Schimmern eindringen, vereinzelte helle Flecke, die unheimlich über den Humus kriechen. Leider ist Dick nicht der Sohn eines Pioniers, eines Waldläufers, der ihm beigebracht hätte, den Ruf des Uhus von dem eines gewöhnlichen Waldkäuzchens zu unterscheiden oder keine Angst davor zu haben, unter freiem Himmel zu schlafen, während Wildkatzen die Zweige um das Lagerfeuer zum Knacken bringen. Er ist der einzige Sproß einer unscheinbaren Frau und eines Gynäkologen, der die Natur zwar verehrt, aber als geistige Vorstellung, als eine ländliche Heilige, Gegenbild zur versuchungsreichen Großstadt, der er den Rücken zukehrte, sobald er seine Diplome in der Tasche hatte. Lieber im hintersten Winkel von Vermont leben, wo die Freemonts noch einen Teil ihres Familienbesitzes haben, als in der Hölle von Boston und der Verderbtheit der State Street.

Nur ein einziges Mal wird Dick von seinem Vater zu einem Angelausflug eingeladen. Der Vater nimmt ihn an der Hand, um ihm über die Steine im Fluß zu helfen. Einen ganzen Tag lang angeln sie schweigend. Auf dem Nachhauseweg trägt er den Weidenkorb am Riemen über der Schulter, in dem auf einem Bett aus Blättern noch zuckende Elritzen, zwei hübsche

Brachsen und ein kleines, immerhin zehn Zoll langes Hechtchen liegen. Zeitlebens hat ihn nichts mit soviel Stolz erfüllt wie diese einmal freudige Rückkehr in das rote Haus.

Lieber hält sich Dick in der Nähe des Sägewerks auf, wo der Wald auch ohne eine einzige seiner Gefahren noch all seine Macht und seinen Zauber hat. Innerhalb dieses eingezäunten Bereichs ist er wie gebändigt, mit einem Maulkorb versehen, gezähmt. Wenn das Kind die Finger über die noch ungeschälten Stämme wandern läßt, kann es diesen allgegenwärtigen Zauber fühlen. Vielleicht steckt er sogar noch in den Rundlingen, zwischen den fein beschweißperlten Brettern, in dem Haufen hingeworfener Abfallblöcke in den Lagerschuppen, auf dem Grund des gelben Wassers im Schwemmbecken. In diesem Labyrinth, umgeben von schrillem Lärm, streunt er wie in einem eigens für ihn gezähmten Wald umher.

Obwohl er ihn aus der Ferne überwacht, läßt Jos ihn auch auf die Böschung klettern. Von dort rutscht er geschwind wie auf einer Rutschbahn hinunter und läßt sich ein, zwei Meter schräg darunter in einen Haufen Sägemehl fallen. Wenn es noch frisch ist und seit mehreren Tagen trockenes Wetter herrscht, fühlt es sich nicht weniger weich als eine Daunendecke an... Lachend, niesend wiederholt er ein, zwei, zehn Mal diese Übung und vergißt darüber die Splitter unter der Haut, die der Preis für dieses Herumtollen in einer traumhaften Materie sind. Dort ist ihm die Ahnung gekommen, daß das Holz, selbst wenn es verbrannt ist, zu Asche oder zu Papier geworden, nie ganz und gar tot ist. Die Erinnerung an das Holz lebt bis in die mumifizierte Gestalt von Maître Duffours Schreibtisch hinein weiter.

Wenn sich pfeifend der Waldarbeiterzug in seinem Halo aus Staub ankündigt, weiß Dick, daß es an der Zeit ist, zu verschwinden. Er klopft sich in Jos' Schuppen die Kleider ab und nimmt den Weg übers Dorf, um aus der Richtung zu Hause zu erscheinen, die keinen Verdacht erregt. Er verweilt ein paar Minuten in der Bibliothek, um sich ein Alibi zu schmieden und sich noch rasch mit einem erbaulichen Werk zu bewaffnen.

Während er sich heute durch einen anderen Wald dem Badeort näherte, war ihm ganz ähnlich zu Mute. Im Grunde unterschied sich dieser Ort kaum von dem Dorf seiner Kindheit: die gleiche Verflochtenheit von Klatsch und Tratsch, die gleiche sich zuziehende Schlinge. Gerüchte nährten sich dort in der gleichen Atmosphäre von muffiger Stube und Gallsucht. Mit jedem ging man täglich ins Gericht, jeder war abwechselnd Richter und Bezichtigter. Es genügte nicht, sich mit einem frommen Buch oder irgendeinem anderen Patent der Sittsamkeit zu wappnen, um die Neugier zu entmutigen und ihr, noch schlimmer, nicht selbst nachzugeben, denn sie bildete die Substanz der Gemeinschaft, ja ihre Lebensenergie. Und da man die Unerwünschten nicht mehr auf den Scheiterhaufen warf und den Sünderinnen keinen scharlachroten Buchstaben mehr aufs Hemd nähte, griff man auf geistige Pranger, auf das schwelende, unsichtbare Feuer der Anspielung zurück.

Die Klägerinnen, deren Behauptungen er abzuschmettern hatte, tauchten fast immer in Siedlungen solcher oder kaum größerer Dimension auf. Beinahe ebenso gewiß war der Verantwortliche ein Ortsfremder: alles Übel kommt von draußen. Wenn sie sich dafür entschieden, ihr Unglück an die Öffentlichkeit zu bringen, so geschah dies aus den Motiven heraus, die er Maître Duffour dargelegt hatte, aber auch aus einem jähen Bedürfnis aufzutrumpfen. Sie errichteten selbst den Pranger, stellten selbst den scharlachroten Buchstaben zur Schau, den sie gestickt hatten. So als wäre die Publicity, das Aufsehen eines Prozesses gegen einen Prominenten das einzige Mittel, das ihnen einfiel, um Schluß zu machen mit dem Begrabensein ihrer Person unter stillschweigender Verurteilung, oder als wäre das tausendfache Getuschel hinter ihrem Rücken das einzige Mittel, um der Tag für Tag bis zur restlosen Tilgung immer mehr verdünnten Buße – nicht der Schuldigen, sondern des aus dem Skandal geborenen Kindes – zu entgehen.

War es nicht sein Ziel gewesen, jener Gesellschaft gegenseitiger Überwachung, der unausweichlichen Auflösung des Ichs im Blick des Anderen den Rükken zu kehren, als er nach dem Tod seiner Eltern beschloß, sich in New York niederzulassen, in der Stadt, die Horace Freemont als die moderne Wiederauferstehung von Sodom und Gomorrha betrachtete? Gewiß, beruflicher Ehrgeiz und Lust auf Vergnügen waren bei dieser Entscheidung auch von Gewicht gewesen. Der Wunsch, in der Menge aufzugehen, schien ihm jedoch der entscheidende zu sein. Für nichts auf der Welt hätte er nämlich in seinem Geburtsort Vermont praktiziert – der sich überdies in einen einzigen ausgedehnten Ferienwohnsitz verwandelt hatte. Und nun fand er auf einmal eine französische Kopie dessen wieder, wovor er geflohen war. Madame Labrunie glich in mehr als einem Punkt Debbie Everett, der Wirtin des »Old Mill Inn«, einer Gerüchteköchin, die sich in einem britischen Akzent gefiel. Und auch Ted, den Automechaniker, und das

Raubvogelpaar, das den Drugstore führte, und Miß Hopkins von der Post, deren Lorgnon geradezu das Symbol der Neugier zu sein schien, sie alle sah Dick in seiner Erinnerung wieder wie Wachtürme aufragen.

Er hätte noch eine Menge weiterer Ähnlichkeiten zwischen den beiden Orten und ihren Typen nennen können, auf denen Miasmen der gleichen Art lasteten. Dort hielten Berge und Wald sie gefangen. Auch hier bildeten Bäume einen Schirm, und der Wind war außerstande, sie ins Meer zu jagen. Vielleicht würde aus einem dieser Wälder gar noch der Geist des Vaters heraustreten, um zu wiederholen, was er seinem Sohn jedesmal einzutrichtern pflegte, wenn er ihn auf frischer Tat ertappte oder eines Vergehens verdächtigte: »Denke daran: Gibt es hier auf Erden schon nicht viele Orte, wo man der Gerechtigkeit der Menschen entrinnen kann, so gibt es keinen, wo man sich dem eigenen Gewissen und noch weniger dem Zorn des Himmels entziehen kann.«

Diese alte Litanei klang Dick in den Ohren, als er die Villa Éden betrat. Er begab sich auf den Balkon im ersten Stock und hob das Fernglas an die Augen. Und da entdeckte er, daß die Klägerin und ihr Sohn zurückgekehrt waren.

6

Der Tabak- und Zeitungskiosk gegenüber dem Fischgeschäft hatte verschiedene Drehständer auf der Straße stehen, die groß genug waren, um Deckung zu bieten. Dort hatte Richard Freemont Stellung bezogen und tat, als würde er sich für die Postkarten interessieren.

Die Verwendung des Fernglases hatte sich als frustrierend erwiesen, doch er wollte noch eine Weile länger sehen, ohne gesehen zu werden, aber aus größerer Nähe. Sich noch weiter zu nähern war unmöglich: vier, fünf Meter von ihm entfernt stand ein Fuhrwerk, bestehend aus einem Landrover und einem Anhänger mit einem großen Boot, gefüllt mit Netzen, und gleich dahinter befand sich, weit geöffnet, das Fischgeschäft. Zwischen dieser Folge schützender Schirme (im Vordergrund die Zeitungen und Postkarten, im Mittelgrund die Passanten auf der Straße, dann die parkenden Autos und schließlich die Kunden vor der Auslage des Geschäfts), konnte er in Abständen das Hin und Her eines blauen Kleides erkennen. Plötzlich nahm Francine Lacoste sein gesamtes Blickfeld ein, in einer Hand hatte sie ein Beil und mit der anderen hielt sie ein Stück Thunfisch gepackt. Obwohl ihr rätselnder, müder Blick, als sie aufschaute, nicht ihm galt, zog sich Dick rasch hinter den Drehständer zurück, versetzte ihm einen Schwung und wartete, bis die Schulter eines Kunden verschwand, damit er einen neuen Blick riskieren konnte.

»Eine robuste Frau«, hatte Maître Duffour von ihr gesagt. Sie paßte auf diese Beschreibung. Ihre Gestalt war gut verpackt, jedoch recht gleichmäßig, so daß man nicht von Molligkeit sprechen konnte. Andererseits erweckten ihre Person wie ihre gemessenen, beinahe langsamen Bewegungen den Eindruck einer seelenruhigen Energie, was vielleicht mit jenem Fehlen von Hast zusammenhing. Robust, ganz zweifellos: stark an jener Kraft, die in bestimmten Menschen, anstatt sich bei jeder Gelegenheit und in bedrohlicher Weise zu äußern, die meiste Zeit, unter einer Schicht von Lässigkeit gleichsam überwinternd, ungenutzt bleibt. Eine Kraft in Reserve, wie die von Jos Cusak. Die Kraft starker Männer.

Francine Lacoste war für französische Verhältnisse durchschnittlich groß, also eher klein und wirkte um die Fünfzig – etwas älter, wenn sich alle Spannung der Muskeln zu lösen und einem Anfall von Erschöpfung zu weichen schien; etwas jünger, sobald sie das Kinn hob oder die Hand nach einem entfernten Gegenstand ausstreckte. Nichts Schlaffes am Hals oder unter den Armen, an jenen Stellen eben, wo bei den Frauen mit zunehmendem Alter das Gewebe zu ermüden beginnt. Ihr schwarzes, wahrscheinlich gefärbtes Haar war kurz geschnitten. Sie hatte einen sonnengebräunten Teint, dunkle Augen, gesäumt von markanten feinen Fältchen, eine kleine Nase mit geblähten Nasenlöchern, füllige, nicht geschminkte Lippen. Das Hauptmerkmal dieser Physiognomie schien ihm ihre wenig ausdrucksvolle Miene zu sein. Sie blickte die Kunden an, redete ein paar Worte, deutete ein Lächeln an, jedoch ohne daß dies ihre Gesichtszüge verändert hätte. Zumindest in diesem Punkt unterschied sie sich von der typischen Klägerin, deren dünn-nervige Emotionalität er bereits auf den ersten Blick zu erkennen gelernt hatte, jene unkontrollierbare Mischung aus Angst und Aggressivität, die sie im Nu außer Rand und Band geraten ließ und die er Maître Duffour gegenüber unter dem mißbräuchlich klinischen Begriff Hysterie zusammengefaßt hatte. Francine Lacoste wirkte absolut nicht hysterisch. Irgend etwas sagte ihm, daß diese Ungerührtheit nicht gespielt war, daß sie auf einem Sockel, so hart wie Granit, ruhte und daß er sie nicht im mindesten aus der Ruhe gebracht hätte, wenn er plötzlich auf den Gedanken gekommen wäre, die Straße zu überqueren und das Geschäft zu betreten. Ihr Ausdruck wäre der gleiche geblieben wie jetzt, da sie gerade auf ihrer Registrierkasse herumtippte.

Ganz klar, es war ein plebeisches Gesicht, doch ohne etwas Vulgäres, zumindest ohne jenes vulgäre Etwas, das er sich darin vorgestellt hatte. Wie eine Fischhändlerin, wie ein Fischweib sieht sie eigentlich nicht aus, hätte er sich gesagt, wenn er auf diesem Gebiet irgendwelche Erkennungskriterien besessen hätte. Zweifellos schöpfte er sein Vorurteil aus der Folklore der Neu-England-Staaten, nämlich aus der Figur der Heringsverkäuferin: Sie galt als ebenso versoffen und rachsüchtig wie die Walfänger, man begegnete ihr auf Schritt und Tritt in allen Häfen der Kolonie, und die frommen Bürger kauften bei ihr, wenn auch angewidert, ihren samstäglichen Räucherfisch. Dieser Brauch wurde in seiner Kindheit zwar noch gepflegt, doch man versorgte sich mit dieser Spezialität längst nicht mehr bei Hexen mit zahnlosen Fratzen... Die und ein Fischweib? Diese Frau wäre in der Apotheke nebenan genausogut an ihrem

Platz gewesen, oder auch als Empfangsdame im »Grand Large«, mit dem Geklimper von Suzanne Labrunies Geschmeiden an ihrem immer noch schönen Arm. Ihre Stellung hatte nichts Entehrendes. Sie gehörte zu jener Welt kleiner Geschäftsleute, der Richard Freemont durch sein New-Yorker Leben entzogen worden war, in der er in seiner Jugend aber durchaus verkehrte. In diesen Kreisen hatte er sich seine wenigen Klassen- und Schlittschuhkameradschaften erwählt und dort hatte er auch in Gestalt der grazilen, stolzen Lisbeth seine erste Jugendliebe kennengelernt, als die heimlichen Ausflüge zum Sägewerk und das Spielen mit Pfeil und Bogen nicht mehr genügten, um ihn aus der Macht des roten Hauses zu befreien.

War er nicht auf dem besten Wege, die Klägerin zu schätzen, sich einzureden, daß Francine Lacoste einmal recht hübsch gewesen sein mußte? Als ob es ihm gelegen käme, daß er nicht die Harpyie aus den klassischen Sagen des Altertums vor sich auftauchen sah! Obwohl diese Anwandlung auch einer Erleichterung nahekam, verdrängte Dick sie sofort wieder und ordnete sie irgendeinem männlichen Reflex zu. Dies war weder der Ort noch der Moment, seiner verdammten Dienstmädchenlibido freien Lauf zu lassen. Wie er Maître Duffour ganz richtig zu verstehen gegeben hatte – etwas zu vehement freilich, um den guten Mann nicht stutzig zu machen –, kannte er die Frau ja gar nicht...

Er kannte sie nicht, doch – wie ließe sich etwas so Eigenartiges in Worte fassen – völlig unbekannt erschien ihm dieses Gesicht trotzdem nicht. Kam es daher, daß er es seit mehreren Minuten, und Gott weiß wie intensiv, betrachtete? Ihm fiel wieder der dicke Wälzer ein, aus dem sein Vater die Geschichten aus der griechischen Mythologie vorzulesen liebte. Es enthielt Illustrationen, ein viel zu seltener Fund in jenem Haus, als daß Dick sich nicht so manche Winterstunde, während der Schnee seine Isolation noch größer machte, in die Betrachtung der Kupferstiche vertieft hätte, und zwar so sehr, daß ihm später hin und wieder ein Gesicht, das er zum ersten Mal sah, vertraut vorkam, da es ihn an das Bild der Jocaste oder der Artemis erinnerte. Rührte sein unangenehmes Déjà-vu-Gefühl vielleicht von einer ähnlichen Sinnestäuschung her? Sah Francine Lacoste, was viel banaler war, vielleicht einem vergessenen Verhältnis ähnlich, dessen Namen ihm wieder einfallen würde? Oder gehörte sie gar einer dunklen Kategorie des Traumbewußtseins an, gehörte sie zu jener Kohorte von Gestalten, die zwischen Erinnerung und Vorahnung umherschweifen und überraschend an den Wegkreuzungen des Lebens auftauchen, mit sacht streifendem Flügelschlag die Träume durchziehen, ohne daß der Schlafende oder der staunende Passant, der sie flüchtig erblickt, zu sagen wüßte, ob er sie je wiedersehen wird, ob er diese Lippen einmal mit den seinen berühren oder ob er vor dieser totenäugigen Chimäre sein Leben lang die Flucht ergreifen wird? Hatte dieses prosaische Gesicht sich aus der Noria der Masken gelöst, die die Reue wachrüttelt, wann immer es ihr beliebt? Wer das Gekreisch dieses Treibens vernimmt, das ihn fortzureißen droht, ihn in eine noch tiefere Nacht entführt, der sucht ihm zu entrinnen. Woher aber rührt dieses Entsetzen, wenn dahinter nicht das schlechte Gewissen steckt? Es gibt Gesichter, von denen man sich wünschte, man wäre ihnen nie, nicht einmal im Traum begegnet: woher kommt diese Vorahnung?

Plötzlich schrak Dick zusammen. Im Hintergrund des Ladens hatte sich eine Tür geöffnet, die ihm bisher nicht aufgefallen war, und gab Einblick in einen mit Fischereigerät überladenen Hof. Im Gegenlicht zeichnete sich eine massige Gestalt ab. Um durch die Tür zu treten, mußte der Mann den Kopf einziehen. Er trug ein Unterhemd und eine blaue Segeltuchhose. Dunkle Augen, dicke Lippen und breite Schultern neigten sich mit einer beschützenden Geste zu Francine Lacoste herab: es war der Sohn.

Drei, vier Sekunden lang verharrte Dick wie versteinert, dann drehte er sich auf dem Absatz um, bezahlte die nutzlosen Postkarten, die sich in seinen Händen angesammelt hatten, und kehrte zur Villa Éden zurück.

Zwei Stufen auf einmal nehmend, stürmte er nach oben und richtete das Fernglas auf das Fischgeschäft, als wollte er im wahrsten Sinn des Wortes seinen Augen nicht trauen. Dann stieg er mit einem sarkastischen Lachen über seine eigene Dummheit wieder nach unten. War es die Macht der Gewohnheit oder seine Unfähigkeit, seit er den Fuß auf diesen Boden gesetzt hatte, sich zu konzentrieren und die Dinge so zu sehen, wie sie wirklich waren? Diese Frau war über Fünfzig, und er hatte damit gerechnet, einen kaum der Mutterbrust entwöhnten kleinen Bengel vorzufinden. Egal, wie alt seine Mutter sein mochte, Michel Lacoste jedenfalls war siebenunddreißig... Das wußte Dick. Es war reine Mathematik, eine simple Substraktion; unbewußt war er jedoch bei dem Neugeborenen aus dem üblichen Repertoire stehengeblieben. »Sehen Sie doch selbst! Dem Vater wie aus dem Gesicht geschnitten!« jubelt die Klägerin und zeigt mit dem Finger auf ein wimmerndes Etwas in Windeln.

Zumindest hatte der Auftritt eines ausgewachsenen Mannes den Vorzug, daß er den schlüpfrigen Spekulationen ein Ende setzte, zu denen sich Dick noch vor wenigen Augenblicken um ein Haar hätte hinreißen lassen. Das Konditional, die Möglichkeitsform, kam nicht mehr in Frage. Wäre Francine Lacoste in einem parallelen, phantasmagorischen, rein hypothetischen Leben zur Not noch in Betracht gekommen, so war ihr Sohn dagegen *inconcevable* – undenkbar. Genau das richtige Wort! Von der Empfängnis ausgeschlossen. Es gab, es konnte nichts Gemeinsames geben zwischen Richard Freemont, fünfundfünzig Jahre, ledig, Rechtsanwalt, wohnhaft in der Park Avenue, New York City, und diesem vierschrötigen Kerl mit fliehender Stirn... Auf diese Art formuliert, fand er das Theorem sogar erheiternd. Also mußte er nur noch sein Überredungstalent anwenden, um die Betroffenen vom Tatbestand zu überzeugen, und dann den Preis festsetzen. Das würde ihm natürlich spielend gelingen – und zugleich dem ehemaligen Präsidenten der Bordelaiser Anwaltskammer beweisen, daß es kein Land und keine Leute gibt, die für dieses Argument nicht empfänglich wären, vorausgesetzt, man behandelt sie mit Takt. Dann würde sich das quälende Gefühl von Unwirklichkeit, in dem seine Willenskraft bereits seit über zwei Wochen zu versinken drohte, ganz von selbst verflüchtigen. Er würde wieder zu seinen alten Gewohnheiten, seinem Stammtisch im »Hubert's«, seinen lustbetonten Intermezzi zurückkehren sowie zur geruhsamen Abwicklung von Affären, in die man selbst nicht verwickelt ist. Eines Tages würde er es vielleicht sogar ganz pikant finden, sein Mißgeschick als Anekdote für den Dienstgebrauch zu erzählen: »Kennen Sie eigentlich den Fall *Freemont gegen Lacoste, Frankreich 1982*?«

Dick saß im Erdgeschoß in dem einzigen Sessel, einem Morris-Sessel. Die Villa war so ruhig, wie Marianne versprochen hatte. Nicht ein Laut drang herein. Selbst die Ende September noch lebhafte Sonne wurde von den Musaikfenstern dezent gebeten, nicht lästig zu fallen. Sonderbar: noch vor kurzem hatte er zu Bob gemeint, bleiverglaste Mosaikfenster sehe man immer seltener. Seine ganze Kindheit war in ihr gedämpftes, klerikales Licht gehüllt gewesen. Es gab sie in der Kirche und im roten Haus, aber auch auf dem Gut von Saint Albans und bei den Großeltern in Boston – bei den traurigen Anlässen, wo man sie aufsuchte, nämlich nur zu Beerdigungen; sich zu Hochzeiten auf die Reise zu machen empfand sein Vater als überflüssig, da Ehen ohnehin zum Scheitern verurteilt seien.

Und nun fand er ausgerechnet in der Villa Éden Mosaikfenster.

Unmerklich glitt er zurück in die Vergangenheit, zu jener Kindheit und zur düsteren Gestalt seines Vaters, zu Dingen, an die er während seiner New-Yorker Jahre praktisch nicht mehr gedacht hatte. *Rat race*, hätte Horace Freemont gesagt. Kein Zweifel: wenn man nur in den Rückspiegel starrt, gewinnt man kein Rennen. Außerdem war es bequemer für ihn, Erinnerungen zu verdrängen, auf die er nicht gerade stolz sein konnte. Als er, noch auf dem Wege der Genesung und wirr im Kopf, aus seinem kleinen französischen Krieg heimkehrte, erfuhr er, daß sein Vater gestorben war.

Einige Monate zuvor hatten sie sich nach einem Streit getrennt. Besser gesagt, sie hatten sich getrennt, um ein Drama zu vermeiden. Dick war bald siebzehn, die Gründe zu Konflikten häuften sich. Seine

Mutter hatte die Idee zu diesem Aufenthalt bei ihrem Bruder jenseits der Grenze gehabt. Unter dem Vorwand, sein Französisch aufzufrischen, bevor er mit dem Studium an der Universität begänne, hatte sie ihn auf die Reise geschickt, da sie fühlte, daß sie nicht mehr die Kraft haben würde, sich zwischen ihren Mann und ihren Sohn zu werfen, und dies um so weniger, als weder der eine noch der andere auf sie hörte. Die Reibereien zwischen Vater und Sohn stammten bereits aus der Zeit, als Dick noch ein Halbwüchsiger war. Der Anlaß war gewesen, daß sein Vater ihm ausdrücklich verboten hatte, Lisbeth zu treffen oder mit ihr auf welche Weise auch immer zu korrespondieren. In der Tat nur ein Vorwand, denn eine ganze Reihe von Fällen gegenseitigen Unverständnisses, bei denen die Mutter stets die machtlose Schlichterin war, waren diesem Vorfall vorausgegangen, dem einzigen, in dessen Verlauf der Sohn sich offen, beharrlich und heftig der väterlichen Autorität widersetzte. Danach war von dieser Lisbeth nicht mehr die Rede. Dick stellte die endlosen Telefongespräche ein, die den Zorn seines Vaters erregt hatten, jeder von ihnen vermied es, mit dem anderen zu sprechen, und keiner von beiden schien zu bemerken, daß Alice Freemont in immer tieferen Kummer versank.

In Iberville, Québec, beschloß Dick, nach Frankreich zu gehen, und er fand in der Person seines Onkels einen Verbündeten. Soweit er sich erinnern konnte, war er damals beseelt von einer Entschlossenheit zu handeln, etwas zu tun, an die Front zu gehen, bevor der Krieg zu Ende sein würde. Als dann die Landung der Alliierten in der Normandie stattfand, während er in London saß und seine Zeit totschlug, erfüllte ihn dies allerdings nicht mit Freude;

ihm war, als würden damit all seine Hoffnungen begraben. Und doch hegte er in seinem tiefsten Innern den Wunsch, seinem Vater zu beweisen, daß er sich von ihm nichts mehr befehlen zu lassen brauchte. Seine Meldung zum Militär erlaubte ihm nun in ganz großem Stil die Flucht von zu Hause, von der er so oft geträumt hatte. Zu alledem kam amüsanterweise noch ein ironischer Aspekt hinzu: In ihren Familien war es Brauch, daß die jungen Leute eine Reise nach Europa machten, bevor sie in das aktive Leben eintraten. Hielt sich Dick also nicht lediglich an die Tradition?

Die erste Reaktion seines Vaters war, über die kanadische Grenze nach Iberville zu gehen und eine Erklärung zu fordern. Seiner Mutter war es jedoch gelungen, ihm dies auszureden. Hatte sie zeitlebens überhaupt etwas anderes getan, als darauf zu achten, daß sie die beiden Menschen, die sie so gerne vereint gesehen hätte, voreinander schützte? Danach hatte sich Horace Freemont weiterer Kommentare enthalten. Den ganzen Sommer und Herbst über kam ihm der Name seines Sohnes nicht ein einziges Mal über die Lippen. Doch immerhin widmete er, der stets nur mit Verachtung von Zeitungen und Rundfunknachrichten sprach, diesen nun eine ungewohnte Aufmerksamkeit.

Dick hatte ihnen drei oder vier Postkarten geschickt, ähnlich denen, die nun vor ihm auf dem Boden lagen, nur in Schwarzweiß. Ansichten vom Strand und vom Wald, und darauf ein paar so lakonische Sätze, als befände der Soldat sich vor dieser Kulisse in den Sommerferien. Und dieser verspätete, leicht überholte, in einen entlegenen französischen Landstrich verbannte »kleine Krieg« konnte in den Augen der Welt, die nur auf Berlin gerichtet waren, tatsächlich als Sommerfrische betrachtet werden. Kein Hahn krähte mehr nach diesem Kriegsschauplatz.

Kurzum, bei seiner Rückkehr hatte er seine Mutter allein im roten Haus vorgefunden, in Trauer zwar, doch trockenen Auges, denn sie hatte keine Tränen mehr. Sie schilderte ihm ihre letzten, in Schweigen verbrachten Monate bis zu jenem Tag, wo es passiert war. Nämlich gegen Ende des Winters. Es war noch sehr kalt, Dr. Freemont war am Morgen zu einer Niederkunft in einer Farm gerufen worden. Wie es seiner Gewohnheit entsprach, war er aufgebrochen ohne zu sagen, wohin er fuhr und wann er voraussichtlich zurückkommen würde – solche Dinge hatte sie ihn nie gefragt. Erst am späten Nachmittag begann sie sich Sorgen zu machen, denn ein Schneesturm hatte eingesetzt. Die Sicht war nur noch zwei, drei Meter weit, der Schnee ging wie in wilden, gischtenden Brechern nieder. Von den Bäumen im Garten wurden Äste losgerissen und schlugen gegen die Mauern. Das Haus selbst knarrte in allen Fugen, es war, als würden weiße Laken gegen die Fenster geschlagen. Dann hatte der Farmer angerufen, der über das Ausbleiben des Doktors beunruhigt war. Seiner Frau gehe es sehr schlecht, sie phantasiere im Fieber, habe schon eine Menge Blut verloren. Es handelte sich um einen abgelegenen Hof in den Bergen im Wald, zwanzig Meilen vom Dorf entfernt. Unmöglich, bei diesem Unwetter einen Suchtrupp loszuschicken. Einen Teil der Nacht hatte sie neben dem Telefon sitzend verbracht, bevor ihr klar wurde, daß die Leitung unterbrochen war. Am nächsten Tag hatte sich, wie so oft in solchen Fällen, der Wind wieder gelegt.

Unter einem Himmel von wunderlicher Klarheit

strahlte der Schnee, soweit das Auge reichte. Für gewöhnlich zeigen bildliche Darstellungen die Schöpfung als eine pflanzliche Explosion, ein Brodeln und Wuchern der Arten. Seit seiner Kindheit hatte Dick sie sich dagegen eher in dieser strahlenden, eisigen Blöße und Leere vorgestellt. Ein Schweigen aller Dinge inmitten einer gleichwohl klingenden Fülle, eine unerhörte Stille, ein absolutes Weiß, durchdrungen von sich selbst, das strahlende Weiß unberührter Wäsche: so mußte, dachte er, der erste Morgen der Welt gewesen sein, und so war der letzte für seinen Vater gewesen.

Man fand den Wagen nicht weit von der Farm am Rande eines Forstwegs und schaufelte ihn frei. Horace Freemont hielt noch mit beiden Händen in Lederhandschuhen das Steuer umfaßt, auf dem sein Kopf ruhte. Sein grauer Mantel mit dem Otterkragen war steif wie Holz, der neben seine Arzttasche auf den Sitz gefallene Hut ebenfalls. Eis, Schnee und Rauhreif hatten ihm eine weiße, bläulich schillernde und ausdruckslose Maske auf das Gesicht gelegt. Höchstens seine leicht geöffneten Lippen ließen ein diskretes Erstaunen ahnen. War ihm schlecht geworden? Hatte er den Wagen in diesen Weg hineingefahren, um in seinem Schutz auf eine mögliche Beruhigung des Wetters zu warten? Warum hatte er den Wagen nicht verlassen und versucht, zu Fuß weiterzukommen, wo der Hof doch nur noch etwa zwei Meilen entfernt lag? Waren die Türen bereits verklemmt? Glaubte er, von der Dunkelheit und der Heftigkeit des Schneesturms getäuscht, er hätte sich verfahren? Seine Mutter hatte ihm einige der Fragen resümiert, die man sich damals stellte, ohne daß man auch nur eine einzige hätte beantworten können. Die offizielle Schlußfolgerung war die gewesen, Horace

Freemont sei in der Nacht vom 19. auf den 20. März 1945 erfroren. Dick hatte nichts gesagt. Er hatte seine Mutter nur in den Arm genommen und verwundert festgestellt, daß sie dünner geworden war. Sie nahm nur noch wenig Raum darin ein.

Am nächsten Tag hatten sie gemeinsam den Friedhof von Saint Johnsbury besucht, wo Dr. Freemont neben seiner älteren Schwester ruhte. Nach einigem Zögern hatte sich Dick seine Uniform angezogen. Es war ein herrlicher Tag, Eichhörnchen spielten zwischen den Gräbern, Stare und Mehlschwalben, alle Arten von Vögeln tanzten trunken von Licht und Duft zwischen den Ulmen. Als sie wieder zum »Atheneum«, der prächtigen Stadthalle, zurückgingen, stützte sich seine Mutter mit ihrem Arm auf den seinen, wie sie es bei ihrem Gemahl zu tun pflegte, wenn sie zu dritt zur Messe gingen. Dick hätte sich beinahe umgedreht, um nach dem Kind zu suchen, das ihnen eigentlich hätte folgen müssen.

Die Dinge kamen wieder ins Lot. In Yale – wo es jede Menge Mosaikfenster gab – war Dick ein mustergültiger Student geworden, noch gewissenhafter als ein Stipendiat. Die Verantwortung, die er sich für das, was vorausgegangen war, anlastete, war für ihn so etwas wie eine zu begleichende Schuld. Richard Freemont wollte die Jahre 44–45 zurückzahlen, indem er die von Horace Freemont gesetzten Regeln und Fristen streng einhielt. Er war ein verbissener Arbeiter und brillanter Zögling, aber auch ein langweiliger Kommilitone. Zwar trug er das blaue Hemd der Football-Mannschaft, begleitete seine Kameraden aber nie zu den Besäufnissen im Lawn-Club oder auf irgendeiner ihrer nächtlichen Exkursionen nach New Haven. Einen »Spielverderber« nannte man ihn damals. »Und der bist du geblieben, mein Lieber«, fügte Bob auch heute noch hinzu, wenn Dick es ablehnte, ihn zu einem jener Altschülertreffen zu begleiten. »Und dich hält man für einen Libertin? Daß ich nicht lache. Ich kenne keinen, der so wenig zum Glücklichsein taugt wie du.« Vielleicht hatte Bob ja recht, zumindest, was jene Jugendjahre betraf, in denen er ständig mit dem Gefühl lebte, er müsse eine Pflicht erfüllen.

Im Frühling seines letzten Universitätsjahrs mußte er noch einmal zurück nach Vermont. Man hatte Alice Freemont tot vor dem Rosenstrauch gefunden, der ihr ganzer Stolz gewesen war. Sie war einem Herzschlag erlegen und hatte ein letztes Mal die Hände an jenes Herz gepreßt, dessen Regungen sie so oft unterdrückt hatte. Nur spärlich war die Familie auf dem Friedhof erschienen.

Im darauffolgenden Jahr verkaufte der verwaiste Sohn den gesamten Familienbesitz. Nicht das kleinste Stückchen Erde verband ihn mehr mit Vermont. Gut ausgestattet mit seinen Diplomen und einem ansehnlichen Vermögen, stürzte er sich kopfüber in das *rat race* von New York, in das wilde Getümmel, wo die Champions der Ivy-League einander Konkurrenz machen und wo es ratsam ist, unter die Gürtellinie zu schlagen. Richard Freemont hatte beschlossen, unter seine angemaßte Schuld einen Schlußstrich zu ziehen. Für all diese Herzstillstände – den seines Vaters, den seiner Mutter und warum nicht auch den des Babys in den Bergen – war, verdammt noch mal, doch nicht er verantwortlich! Diese Überzeugung hatte ihm geholfen, sich blind und stur in die Arbeit zu stürzen, als es an der Zeit war, doch fortan würde er sich von diesem bösen Stachel nicht mehr das Leben vergiften lassen. Wenn er schon nicht zum Glücklichsein taugte, dann wollte er sich wenigstens damit trösten, daß er sich durch Vergnügen und Erfolg vor dem Unglück schützte.

Kaum war er dank einer Empfehlung – der letzten, um die er einen Vetter aus Boston gebeten hatte – auf der untersten Sprosse der Leiter bei Wilcox & Ransom eingetreten, überraschte er seine Kollegen und Rivalen damit, daß er den Finanzstreitfällen den Rücken kehrte, um sich dem Familienrecht zuzuwenden. Und die Evolution der Moral gab ihm recht. Schon bald sollte jede amerikanische Familie einen Psychoanalytiker *und* einen Anwalt haben. Je reicher sie waren, desto mehr Hilfe brauchten sie und desto mehr wünschten sie dafür zu zahlen, daß jemand ihre häuslichen Desaster verwaltete. So hatte Dick es zum Hauptaktionär und Star von Ransom, Wilcox & Freemont gebracht: ein so perfekter, ein so rasant die Hürden nehmender Aufstieg, daß er sich vom Alptraum der lästigen Ausbildungsjahre bereits für immer befreit glaubte. Und nun fand er ihn im grünen und roten Licht der Mosaikfenster auf einmal unversehrt wieder. Eine Unterbrechung im Alltagstrott, ein einfacher Ortswechsel, eine Vakanz des Geistes hatten genügt, um den schlummernden Schmerz wachzurufen, und gerade hatte ihm wieder die Strafpredigt in den Ohren geklungen: »...es gibt keinen Ort auf Erden, wo man entrinnen könnte...«

Reglos und allein in seinem Fauteuil der Villa Éden, ist der in die Jahre gekommene Anwalt wieder das Kind des roten Hauses, und es blickt zu dem holzgetäfelten Stiegenhaus auf. Die Treppe ist aus Eiche, am unteren Absatz steht eine schwere Säule mit einer düster glänzenden Kugel darauf. Zwei Schwünge breiter und abgetretener, bohnerwachsglänzender Stufen, in die Wand eingelassen und auf halber Höhe durch einen Absatz unterbrochen, streben feierlich zum oberen Stockwerk hinauf. Dort wird das Geländer zur Balustrade einer Tribüne, die den Raum gegenüber der Eingangstür in seiner ganzen Breite überspannt. Hier steht er, hoch aufgerichtet wie Captain Ahab »in unbeschreiblich arroganter Würde« auf dem erhöhten Achterdeck der *Pequod*, wie der höchste Richter, der Herr über die Zeit und die Bewegungen im Hause. Er ist groß, trocken, unabänderlich in Grau gekleidet. Sein Haar ist ebenfalls grau. So hat das Kind ihn immer gesehen. Grau und in Höhe der Ohren mit weißen Koteletten. Er hat eine markant geschwungene Nase und das Kinn der Freemonts, wie es auf den drei Ahnenporträts zu sehen ist, die im Treppenhaus hängen. Die gleiche düstere Kleidung, die gleichen hageren Yankeegesichter, deren Entschlossenheit sich auf fast emphatische Weise an der Spitze des Kinns in fester Form ausgeprägt hat. Er wirkt nicht wie ihr Nachfahre, eher wie ihr Bruder, ja ihr Ahne. Er ist ein Mann der Vergangenheit. Nicht aus nostalgischer Sehnsucht nach der guten alten Zeit – er glaubt nicht daran, daß eine bestimmte Zeit besser als eine andere oder absolut »gut« sein kann –, sondern weil er den Fortschritt verabscheut. Die Vereinigten Staaten (die für ihn im Süden immer noch an der Mason and Dixon Line enden) gehen ihrem Untergang entgegen aufgrund der üblen Auswüchse jenes Fortschritts, der sich in zwei Worte fassen läßt: Stadt und Konsum. Das ist auch der Grund, weshalb er, nachdem er Boston um Saint Johnsbury willen verlassen hat, wo seine Schwester lebt, wiederum dieses Saint Johnsbury flieht und die spät geehelichte Alice in eine bescheidenere Ansiedlung und sogar noch ein wenig abseits von dieser entführt. Das rote Haus ist eine vom Fortschritt umzingelte Insel. Der letzte Honoratior im County, der sich noch im Landauer fortbewegt, während alle Welt bereits mit einem ›automobilen Wagen‹ fährt, ist Horace Freemont. Zur Anschaffung eines T Model entschließt er sich erst in dem Jahr, als Ford die Produktion des Wagens einstellt, und er behält ihn zehn Jahre lang. Dann tauscht er ihn gegen einen Packard ein, der sein Sarg werden wird. Als man das Fahrzeug aus dem Schnee freischaufelt, wird die Betagtheit des Vehikels Kopfschütteln erregen.

Das rote Haus ist auch einer der wenigen Landsitze von jener Qualität, wo keiner der Dienstboten an Ort und Stelle wohnt. Rosie, die Tochter eines Nachbarn, kommt dreimal in der Woche Mrs. Freemont helfen. Die einzigen Gerätschaften modernen Komforts sind ein Kühlschrank sowie ein Radiogerät, das jedoch fast nie eingeschaltet wird. Keine Waschmaschine, kein Plattenspieler. Man kauft nur das Nötige, darunter Kleidung aus dem Sears & Roebuck-Katalog. Sobald die Post sie liefert, werden die Waren mit Sorgfalt geprüft. Horace Freemont duldet in seinem Hause nur, was solide und haltbar ist. Das gilt für Dicks Spielsachen und Schlittschuhe ebenso wie für die Säge, die Milchkannen oder die Bettwäsche. Nichts, was repariert oder noch verwendet werden kann, wirft man weg. Dieser Horror vor Verschwendung und Überfluß hat nichts mit schnödem Geiz zu tun. Die Freemonts sind nicht geizig, sie sind sparsam. Die Mahlzeiten, denen eine kurze Lektüre aus der Heiligen Schrift vorangeht, werden auf die Unze genau abgewogen, um den Hunger zu stillen, ohne der Völlerei zu schmeicheln – eine Portion und nicht zwei; sie werden zu festen Zeiten und in Schweigen eingenommen. Zweimal pro Woche, wenn er im County-Hospital konsultiert, kann der

Doktor nicht zum Mittagessen nach Hause kommen. Dann nehmen Mutter und Sohn die gleichen Plätze ein und wahren das gleiche Schweigen. Als wäre das Haus selbst sparsam mit Worten.

An den Winterabenden brennt ein Feuer aus drei Scheiten – niemals mit großen Flammen – still vor sich hin im Kamin. Im Sommer zieht man die Stühle auf den überdachten Vorbau des Hauses hinaus. Bei bestimmten außergewöhnlichen Anlässen krächzt das Radio. So etwa, wenn Franklin Delano Roosevelt eine seiner Reden hält, die um so deprimierender sind, als sie die Nation zusammenschweißen sollen. Der Präsident fleht zu Gott, er möge Amerika segnen, und dies in einem Ton, der nur zu sehr deutlich macht, wie es um beide, nämlich um ihn und das Land, steht... In den meisten Fällen greift seine Mutter dann wieder zu einer Näharbeit und sein Vater zu einem seiner alten gebundenen Folianten, die die Macht der Gewohnheit an der gewünschten Stelle von selbst aufschlägt. Auf diesem Gebiet gibt es noch weit weniger Neuerungen, vor allem keine Autoren, die gerade in Mode sind (alles Leute, die so dämlich sind, daß sie an einem verschluckten Zahnstocher sterben!): nein, er liest immer wieder die griechische Mythologie, die ewige »Chronik Englands«, Emerson, Milton, Bunyan, Emily Dickinson, an die zwanzig Bücher, die jedoch weniger oft herangezogen werden als die Bibel mit ihrem durch häufiges Benutzen verzogenen Einband. Die Spur seiner Hand ist ihr unverkennbar aufgeprägt.

Und doch hat er nichts von einem Fanatiker. Er steht nicht in der vordersten Reihe der Gläubigen, seine Stimme übertönt nicht die der anderen beim Absingen der Choräle. Er pflegt keinerlei besonderen Umgang mit dem Pastor und enthält sich der Einmischung in das Betragen der anderen. Auch wenn er die Menschheit und den Irrweg, auf dem sie sich befindet, zuweilen verdammt, erlaubt er sich doch selten ein Urteil über die Menschen seiner Umgebung. Wie in Worten und Gesten ist er auch sparsam in der Religion. Die einzige Lehre, auf der er zuweilen mit Nachdruck besteht, betrifft die Handlungen: und auf diese, so meint er, komme es weniger an als auf ihre *Folgen*. Die Tragweite unserer Handlungen könnten wir nur an ihren Folgen ermessen, und diese seien von Dauer. Unzerstörbar. Vielleicht ist dies der Grund, weshalb er fürchtet, was kommen wird, während nichts ihn zu erschrecken scheint, was ist.

Wie er sich auch immer verhalten mag, er ist der VATER.

Er verkörpert den Allmächtigen in jeder Faser seines Wesens. Wie andere schielend oder als Linkshänder geboren werden, so scheint er als Vater geboren zu sein, mit der Mission, hoch aufgerichtet auf der Tribüne zu stehen, sich mit beiden Händen auf die Balustrade zu stützen und seinen Blick ohne Nachsicht oder Haß, seinen Vaterblick in die Seele des Sohnes zu senken. Liebt er ihn? Auf Horace Freemont bezogen, hat die Frage keinen Sinn. Er fürchtet Gott, er ehrt die Fahne, er liebt seine Frau, und er erzieht seinen Sohn. Die Art von Liebe, die er ihm entgegenbringt, wenn man schon dieses Wort verwenden muß, steht in der Heiligen Schrift geschrieben:

> Wer die Rute spart, haßt seinen Sohn, /
> wer ihn liebt, nimmt ihn früh in Zucht.
> Sprüche Salamonis 13,24

Er haßt seinen Sohn nicht. Wenn er zur Peitsche greift, die die Kutsche und das alte Zugpferd überlebt hat, dann tut er es gleichsam mit Bedauern. Er gebraucht sie, ohne zu übertreiben, so wie man eine Pflicht erfüllt, und bald macht er überhaupt nicht mehr von ihr Gebrauch. Selbst dann nicht, wenn Dick, das Verbot übertretend – er ist erst vierzehn Jahre alt –, in der Nähe der Grube auf der Derry-Farm überrascht wird, wo die Hahnenkämpfe stattfinden und wo die Wettenden, irische Katholiken zumeist, den verbotenen Alkohol trinken. Nie züchtigt er ihn in Gegenwart Dritter (in einem solchen Fall weiß selbst seine Mutter, daß sie sich zu entfernen hat), und er verlangt, daß Dick seinem Blick bis zum letzten Wort standhält. Auch Gesten der Zuneigung hat er nicht mehr für ihn. Er berührt ihn nicht. Bis auf zwei denkwürdige Male. Während jenes Angelausflugs, von dem Dick ganz verklärt nach Hause gekommen war, und bei einer früheren Gelegenheit, im Badezimmer. Jenes wie ein Traum so wunderbare Mal: fünf Jahre ist er alt, er wird es nie vergessen.

Wie alt er auch immer sein mag, er ist der SOHN.

Dick ist von dem Mann mit dem grauen Haar und dem kalten Atem gezeugt. Er ist gezeugt worden, um aufzublicken zu der Gestalt, die auf der Tribüne steht. Von ihr hat er Leben und Legitimation. Seine Gedanken hängen von seinen Gedanken ab. In ihm ist nichts, was nicht den Vater durchscheinen lassen könnte, das weiß er. Vergebens hat er versucht, diesem Blick auszuweichen. Dick kann sich nicht definieren, außer in Bezug zur Gegenwart des Erzeugers hier auf Erden, die bereits für sich allein eine Autorität darstellt. Er unterwirft sich ihr – und erstickt. Er widersetzt sich ihr – und leidet. Gegen den Gerechten ist kein Kraut gewachsen. Und sein Vater personifiziert die erhabene Gestalt des GERECHTEN.

Liebt er ihn? Auf Richard Freemont bezogen, läßt

die Frage mehrere Antworten zu. Zuallererst fürchtet er ihn. Er hat eine Heidenangst vor ihm. Er ist seiner Größe, seiner tiefen Stimme, seiner aufbrausenden Art, seinem düsteren Blick ausgeliefert wie Naturphänomenen, die in der Lage sind, ihn zu vernichten. Es ist, als wohne ein Gewitter im roten Haus, ein Gewitter in menschlicher Gestalt und ständig kurz vor dem Ausbruch. Zweitens achtet er ihn – ohne daß er deshalb aufhörte, ihn zu fürchten. Er ist ein Mensch und keine kosmische Kraft, ein Mann, hart und ohne jene Zärtlichkeit, die von der Mutter ausgeht. Er tröstet nicht. Er macht die Welt so schroff, so unlebbar, wie er selbst ist, aber er kennt ihren Sinn... Und drittens haßt er ihn – ohne daß er deshalb aufhörte, ihn zu fürchten oder zu achten. Er haßt ihn mit einer solchen Leidenschaft, daß es vielleicht sogar Liebe ist. Er glaubt nicht mehr, daß er recht hat, er will sich befreien von seinem Joch, von dem Friedhofsklima, für das der Herr im roten Haus sorgt. Er opponiert gegen seine Prinzipien, rebelliert gegen seine Autorität, aber er tut, als würde er sich unterwerfen. Eine Eskalation würde sie beide zu weit fortreißen. Ob er einmal daran gedacht hat, die Hand wider ihn zu erheben? Oh ja! Oft und oft, während jener bedrückenden Abendessen, wo er, das innerliche Beben seiner Mutter ahnend, bleich dasitzt und weder zu ihm noch zu ihr den Blick zu heben wagt. Vermutlich geht es vielen Söhnen so: Er hat sich für die Ausflucht, für die Lüge entschieden – der Gerechte unter den Gerechten hat ihn zum Lügner gemacht –, um die offene Konfrontation zu vermeiden. Bis auf ein einziges Mal. Sie stehen einander gegenüber, zum Berühren nahe. Sie beschimpfen sich, und plötzlich hört Dick sich brüllen: »Vater, ich hasse Sie!«

Er ist bereit, den Schlag zu empfangen, und er weiß, daß er ihn ausführen wird. Hinter der Tür huscht immer wieder der Schatten seiner Mutter vorüber. Er preßt die Fäuste zusammen. Da kehrt sein Vater ihm den Rücken zu, tritt langsam ans Fenster und fängt an, die Farben des *indian summer* zu betrachten. Sein Gesicht drückt weder Zorn noch Empörung aus. Eine gewisse Befriedigung scheint sogar seine Züge zu entspannen. Mit der halbgeöffneten Gardine in der Hand steht er da, den Blick in Richtung Sägewerk gewandt, und betrachtet die prächtige Glut der Ahornbäume und wie sie sich mühen, den Glauben an die Herrlichkeit dieser Welt zu lehren. Nach einer Weile läßt er die Gardine wieder fallen und sagt in besänftigtem Ton: »Gott vergibt dir, mein Sohn.« Dick ist erschlagen vor Schande.

Das Band, das Richard mit Horace Freemont vereint, läßt sich nicht in Liebe messen. Es gehört nicht zur Billigware der aufkündbaren Gefühle. Es ist weniger eine Leidenschaft oder Passion als eine Bindung theologischer Natur. Ein Bund, der sich ihrem Verständnis entzieht; Dick kann sich von ihm abwenden, aber er hat nicht die Macht, ihn zu brechen. Er glaubt, daß sein Vater ihm in der Zeit nicht nur vorausgegangen ist, sondern daß er auch nach ihm kommen wird. Er bleibt. Sein Verschwinden unter dem Leichentuch aus Eis – nichts als Schicksalsschlag und falscher Schein! Der Herzstillstand: nichts als ein Trick! Er ist der Bleibende in der Abfolge der Tage, er ist Teil des gelben und roten Lichts der Mosaikfenster. Er steht auf jeder Treppe immer oben.

7

Die Tage wurden kürzer.

Zwischen den Morgennebeln und der abendlichen Kühle verwöhnte die Sonne mit ihren letzten Feuern eine gelichtete Gästeschar. Für das Saisonpersonal war der Augenblick gekommen, zusammenzupakken und die Winterquartiere aufzusuchen. Für den Rest genügte auch die örtliche Bevölkerung. Manche Cafés öffneten nur noch eine Hälfte der Terrasse und verbannten die andere unter Zeltplanen. Wenn die Ober die Rattantische auf die Straße herauszogen, wenn sie den Sand zwischen den Stühlen zusammenfegten, wenn sie die Gußeisenfüße der Sonnenschirme heranschleppten, fehlte es ihnen an Elan. Die meisten Geschäfte hatten montags nicht mehr geöffnet, andere endgültig geschlossen. Der kleine Badeort, der sich soviel Mühe gab, groß zu erscheinen, schrumpfte sichtbar ein. Alles, was man versucht hatte, als solide und dauerhaft zu präsentieren, offenbarte von neuem seine Zerbrechlichkeit. Nachdem die exotischen Schilder entfernt und die falschen Fassaden abgenommen waren, blieb in der Herbstsonne nur noch ein altes, abgenutztes Gerippe übrig.

Selbst in nobleren Sommerfrischen trägt die Nachsaison mit ihrem sinkenden Licht eine endspielhafte Melancholie heran. Hier jedoch erweckte das sichtliche Schwinden der Örtlichkeiten noch zusätzlich den Eindruck einer drohenden Katastrophe. (In ähnlicher Weise kann man auf den Inseln im Pazifik beobachten, wie sich die Orte beim Aufziehen eines Wirbelsturms gleichsam zusammenducken.) Da er sich aller überflüssigen und zerbrechlichen Dinge entledigte, sah es so aus, als bereite sich der kleine Badeort auf eine Tracht Prügel vor.

Doch eine reduzierte Freizeitkolonie wahrte auch jetzt noch zwischen den strategischen Punkten von Hotels, Campingplätzen und Hauptstraßengeschäften den Schein von Leben. Da die Jugend wieder die Städte in Besitz genommen hatte, gehörte der Strand nun den eher älteren Semestern (darunter einem noch bedeutenden Prozentsatz von Deutschen), was den Geräuschpegel und den Lebensrhythmus im Ort spürbar sinken ließ. An die Stelle der lärmenden Erregtheit des Sommers, seines Schulhof- und Sportplatzgeplärrs waren die gesetzteren Gewohnheiten aus den Parkanlagen von Altersheimen getreten. Weniger Autos, Skateboards und Surfbretter, dafür mehr Spazierstöcke und mehr Hundchen an der Leine. Weniger Badende und mehr Spaziergänger, die mit bedächtigen Schritten die letzten Sonnenstrahlen des Jahres und die letzten ihres Lebens genossen. Eine beschauliche, vage todesahnungsvolle Stille lag über diesen Tagen. Man schrak zusammen, wenn ein Bremsenquietschen oder ein Kinderschrei die Ruhe auf der Promenade störte. Jede Stunde, die verging, zählte doppelt, wie bei langen Krankheiten. Nur die Möwen und der Clan der Surfer entgingen der allgemeinen Lethargie.

Der Fremde saß auf der Düne am Nordstrand und beobachtete sie. Hätte er sich mit dem Rücken an den Bunker in seiner Nähe gelehnt, hätte er zwar bequemer gesessen, doch schon der Gedanke an diese Berührung hatte ihn davon abgehalten.

Von Hawaii hielt Dick nicht sonderlich viel, und auch an die West coast begab er sich nur, um zwischen Carmel und Monterey Golf zu spielen. Alles, was mit Baden, Eintauchen in Wasser, sei es auch nur in das eines Swimmingpools, zusammenhing, war ihm zuwider. Zwischen dem nassen Element und ihm mußte die beruhigende Dicke eines Pontons oder der solide Rumpf eines Segelboots liegen. Die Welt der Surfer war ihm unbekannt. Tatsächlich war es das erste Mal, daß er sie aus so großer Nähe sah. Mit bloßem Auge oder mit Hilfe seines Fernglases folgte er ihrem beängstigenden Treiben. Man hätte von einem Ritual sprechen können. Die etwa zwei Dutzend jungen Leute, die sich mit einem Meer maßen, das stärker war als sie, widmeten sich mit einer solchen Besessenheit, einem solchen Ernst ihrem Tun, daß man ihnen nicht den Vorwurf machen konnte, sie würden sich nur amüsieren. Machte ihnen das Ganze überhaupt Spaß? Da hatte Dick seine Zweifel. Was er in ihren Gesichtern las, sah eher nach Konzentration, Sammlung, einer innerlichen und im übrigen wenig geselligen Befriedigung als nach Entspannung aus.

Ihre Bemühungen bestanden im wesentlichen darin, sich gegen den Strom vom Ufer zu entfernen. Gelegentlich von ihren Brettern unterstützt, doch auch von ihnen behindert, schienen sie nur unmerklich weit und zum Preis mühseliger, ungelenker Bewegungen voranzukommen. Man hätte meinen können, es wären Insekten, die sich an Strohhalme klammerten und sich an der Wasseroberfläche abstrampelten, um herauszukommen. Durch ihre schwarzen Gummianzüge und die Entfernung wurde diese Ähnlichkeit noch verstärkt: kopflos herumzappelnde Insekten in einer von einem Kind aufgerührten Wanne... Wenn sie nach langen Minuten der Anstrengung an das unsichtbare Ziel gelangt waren, das sie sich gesetzt hatten, trieben sie auf der Stelle. Mit dem Rücken zum Stand und darauf bedacht, nicht zu rasch wieder zurückgetrieben zu werden, starrten sie suchend aufs offene Meer und schienen in der bleifarbenen Brandung, noch bevor sie sich gebildet hatte, jene günstige Welle zu ahnen, auf die sie warteten und die Dick selbst mit Hilfe seines Feldstechers noch nicht ausmachen konnte.

Im letzten Augenblick davor lagen sie noch bäuchlings auf ihren Brettern. Dann stützten sie sich mit einem flinken Ruck auf ein Knie, gingen in die Hocke, richteten sich auf. Den Rücken leicht gekrümmt, die Arme als Balancierstange einsetzend, suchten sie ein Gleichgewicht zu finden, das von weitem gesehen etwas Unwirkliches hatte, während die aufkommende Brandung die Geschwindigkeit des Bretts beschleunigte. Die Woge erhob sich über ihre schwankende Gestalt, und wenn diese sich für einen flüchtigen Moment stabilisierte, entrollte der Schaumkamm seinen antiken Fries zum Hintergrund einer Statue, die umzustürzen drohte. Oder aber der Surfer erschien, eingekreist von einem flüssigen Ring, einer glattwandigen Röhre, wie ein Geschoß im blauen Lauf einer Kanone.

Schließlich brach die Welle wie ausgehöhlt zusammen. Sie zerfloß zu einem heillosen Chaos, konnte sich selbst nicht mehr halten und schwand plötzlich unter den Füßen der Akrobaten. Wie sie in den Abgrund der Rückflut stürzten, war stets ein jämmerlicher Anblick: wie auf den Strand gekotzt unter anderem Unrat. Dann begannen sie ihr Spiel von neuem.

Zunächst fand Dick ihr Treiben eintönig und albern: ganze Stunden für einen Höhepunkt von wenigen Sekunden zu opfern, sofern sie es überhaupt schafften, die Welle zu nehmen. Mit der Zeit begann das Schauspiel ihn jedoch zu interessieren. Er verlieh ihm Bedeutungen, über die die Surfer höchstwahrscheinlich gelächelt hätten. Ihr Verhalten, ihr Aufzug, ihre Fetische und Amulette, ihre erstaunliche physische Ähnlichkeit (diese Haare, die viel zu methodisch ausgebleicht waren, als daß das Salz der Grund dafür sein konnte), all das deutete auf ein Stammesverhalten hin. Wenn sie ihre Bräuche, ihre Versammlungsorte und ihre eigene Sprache hatten, so besaßen sie auch einen gemeinsamen Glauben, mit Dogmen, zu deren Verständnis der einfache Betrachter keinen Zugang hatte. Darauf hatte es Dick auch kaum abgesehen: er deutete ihre bravourösen Leistungen lediglich auf seine Art.

(Zumindest war er so gefesselt, daß er nichts von der eingehenden Beobachtung bemerkt hatte, deren Gegenstand er selber war. Etwa dreißig Meter im Hintergrund sah Étienne Descats Dick zu, wie dieser den Surfern zusah. Der Alte fuhr sich mit der Hand unter die Baskenmütze und kratzte sich am Schädel. Er kniff sich in die Nase, ins Ohr, zog sich die Hose hoch und stampfte mit den Füßen. Unruhig rutschte er auf seiner Bank hin und her wie jemand, den es zur Weißglut bringt, daß er nicht beim Namen nennen kann, was ihm *auf der Zunge liegt*. Jedesmal, wenn er dem Fremden über den Weg lief, geriet er in diesen Zustand. Heute ganz besonders, denn die Stelle, an der dieser auf der Düne saß, schien einen entscheidenden Hinweis zu enthalten. Aber welchen? Mit den Surfern hatte es nicht das geringste zu tun. Was konnte den Fremden ausgerechnet an dieser Bande von Taugenichtsen interessieren?)

Dick, in Gedanken immer bei noch Horace Freemont, zog aus den Figuren der Surfer die Lehren, die auch sein Vater gezogen hätte, wenn er diese Meeres-Sisyphusse bei ihrem Werk gesehen hätte: »Auf den Hochmut folgt der Fall«... »Wer wie ein Engel fliegen will, stürzt in den Abgrund«... »Welche Vermessenheit, zu glauben, man erlange zu gottlosem Zweck das Privileg der Engel, auf den Wassern zu wandeln« ... Aber er gab diesem Treiben auch einen Sinn, der ihn selbst noch näher betraf. Soviel Enttäuschung im Warten auch liegt, sinnierte er, verbietet dies uns noch lange nicht, trotzdem zu warten – auf die günstige Welle oder auf all das, was sie symbolisieren mag. Auch wenn die Chance gleich Null ist, muß man versuchen, sie zu nutzen.

Durch die Fangleine, die das Surfbrett mit seiner Fessel verbindet, ist der Surfer gebunden wie die Folgen an die Tat. Er scheint zu dem absurden Kreislauf des ewigen Wieder-von-vorn-Anfangens verurteilt zu sein. Immerhin sah Dick in den erhebenden Sekunden, die dem Moment des Zusammenbruchs vorausgingen, flüchtig eine Chimäre aufstrahlen, das Trugbild der schützenden Höhle, die zugleich ein Ort des Lichts ist. Dieser Schutz mußte den, der sich in ihr befand, für einen Augenblick von der Last, von den Folgen und von jeder anderen Schwere befreien. Spiegelte das Gleichgewicht, das sie im Innern dieses Zufluchtsortes wie durch ein Wunder erreicht hatten, nicht auch einen genauso wunderbaren Ausweg vor? Jenen endgültigen Fluchtpunkt, den sie mit ihrem starren, weder auf das Wasser noch auf den Strand, noch in den Himmel, sondern in ihr eigenes Inneres gerichteten Blick zu suchen schienen. Würde diese Illusion, daß es einen Ausweg gibt, auch nur für einen blitzartig kurzen Augenblick Wirklichkeit werden und vor ihren Augen Gestalt annehmen, so wäre allein das schon Grund genug, immer wieder von vorn zu beginnen.

Jagte Michel Lacoste, denn besonders auf ihn hielt der Fremde sein Fernglas gerichtet, solchen Wahnbildern nach? Wollte er sich nur die Zeit vertreiben, oder wollte er seinen Stil verbessern? Denn berühmt war er ja nicht gerade, dieser Stil... In dem Mann war zwar eine Naturkraft zu ahnen, aber eine, die sich selbst im Wege stand. Er war zu massig, vielleicht auch schon zu alt, um jene schwerelose Anmut zu erreichen, die seine Gefährten in die untergehende Sonne hob. Dick konnte sich ihn eher auf einem Kahn vorstellen, wie er mit seinen muskulösen Armen Netze, prall gefüllt mit Fischen, einholte. Immer wieder versetzte ihn seine schmale, niedrige Stirn in Erstaunen. Sie verlieh seinem kraftvollen Gesicht – hervorstehende Augenbögen, ausgeprägte Backenknochen, schweres Kinn – etwas Verstocktes. Jedoch eher der wortkarge, ungehobelte Typ als der verschlossene, hinterhältige. Sicher ein grober Klotz, aber harmlos. Mit seiner Mutter hatte er die innere Energie gemein, auf die er jedoch, so schien es, gleich ihr nicht zurückzugreifen brauchte, und auch die gleiche Sicherheit in der Bewegung.

Sich auf das Gebiet der Ähnlichkeiten zu begeben war eine schreckliche Manie, von der in Dicks Augen alles Übel auf der Welt rührte. Aber er ließ sich wie alle anderen von ihr hinreißen, aus Gewohnheit, aus einem sozialen Reflex, aber auch deshalb, und das konnte er nicht mehr länger vor sich verbergen, weil ihn diese Frage brennend interessierte.

In seinem dritten Studienjahr in Yale hatte ihm ein Spiegel auf brutale Weise das Bild seines Vaters zurückgeworfen: Sosehr er sich auch anders frisierte und anders kleidete, sich anders fühlte, hatte Dick doch, ohne es zu bemerken, die gleiche Haltung und Art angenommen. Er ging mit weit ausladenden Schritten, verschränkte dabei die Hände genau so, wie es sein Vater im roten Haus zu tun pflegte, im Rücken, ballte die linke Faust in der rechten und senkte den Kopf zu Boden. Damals verfolgte Horace Freemont ihn lediglich in seinen Gedanken, doch nun erhielt er in seinem Sohn auch noch eine Kopie seiner selbst, die Dick in jenem Spiegel bestürzt entdeckte. Es war, wie wenn dieses Verhalten bereits lange vor dem Erscheinen des alten Horace im Erbgut der Freemonts verankert und von Generation zu Generation weitergegeben worden wäre, um Dick zu zwingen, es zu wiederholen und dann seinerseits weiterzuvererben.

Unter den Gründen, die Dick davon abgehalten hatten, Vater zu werden, gab es die gewöhnlichsten wie auch die weniger löblichen. An erster Stelle stand der Egoismus, oder wie immer man ihn nennen mag, jener Hang, das freie und alleinige Urteil über sich selbst vor jeglicher Beeinträchtigung zu schützen. Schlicht die Ablehnung von Verantwortung und der Zwänge, die sie hervorruft, der Unruhe, die in die stille egoistische Sphäre einbricht und deren ewiger symbolischer Stachel der Schrei des Kindes ist. Denn er nimmt nie ein Ende, dieser erste Schrei des Neugeborenen, der die Eltern in Rührung vereint und sich dann in eine Waffe verwandelt, zu der das Kind nach Belieben greift, um sich zu behaupten oder sich zu rächen. Um sich, selbst wenn es bereits erwachsen ist, Gehör zu verschaffen. Und dieser für jeden anderen unhörbare Schrei – ob Hilferuf oder Empörung – bohrt als gellender Stachel unausgesetzt in des Vaters Ohr, was dem Erzeuger die Gegenwart des Sohns auf alle Zeit verleidet.

Dick teilte einige der Abneigungen, die die dünnhäutige Zunft der Junggesellen begründen, wenn auch nicht gerade zusammenschweißen. Jedes ihrer Mitglieder ist bemüht, durch möglichst noble Vorwände seinen Stand zu rechtfertigen (denn immer wieder muß man ihn rechtfertigen, sei es auch nur vor sich selbst). Dick war scharfsinnig genug, um zuzugeben, daß es den seinen an Noblesse gebrach, doch das hinderte ihn nicht daran, von diesem Scharfsinn beruflichen Gebrauch zu machen. Man kann andere um so besser verteidigen, je mehr man selbst verurteilt, was sie fürchten.

Von einer Berufung konnte bei ihm nämlich nicht die Rede sein. Auf Bitten eines Freundes von der Juillard School, dem er diese Gefälligkeit nicht abschlagen konnte, hatte er sich 1975 zum erstenmal auf dieses Gebiet gewagt. Der Fall erschien ihm sofort aufregender als alle obskuren Börsenschiebereien, mit denen er sich bis dahin herumzuschlagen hatte, und er erregte in der Presse ein gewisses Aufsehen. Richard Freemont war auf eine Ader gestoßen, für deren Ausbeutung er die erforderlichen Befähigungen und Überzeugungen besaß. Zudem regte ihn die Entwicklung von Sitten und Moral dazu an, diesen Weg weiter zu verfolgen. Die Familie war leckgeschlagen, also erforderte sie mehr und mehr juristischen Beistand. Der Status des Vaters war in dieser Havarie besonders gefährdet. Die alte Vorschrift *Frauen und Kinder zuerst* hatte schließlich die Oberhand gewonnen, und damit war das Urteil über den Kapitän gesprochen. Mit anderen Worten, die Vaterschaft stand vor dem Bankrott.

Einem alten Impuls folgend (den eine seiner Bostoner Ahninnen im übrigen mit gefördert hatte), hatte sich das Jahrhundert allmählich entschlossen, das Gewichtsverhältnis zwischen den Waagschalen umzukehren. Er mochte darüber denken, wie er wollte – doch Dick hatte der Sache der Frauen stets mit Sympathie gegenübergestanden –, das Recht gewährte ihnen jedenfalls künftig wenn nicht gerade den Vortritt, so doch zumindest ein günstiges Vorurteil und ließ ihnen im Falle eines Konflikts fast stets den Vorteil in der Sache. Ziemlich oft war der Vater nur noch jemand, der für Identität und Unterhalt sorgte. Bestenfalls ein männliches alter ego der Mutter – oder ein Vormund. Und den Vormund zu spielen war immerhin noch eine geachtete und nützliche Rolle. Wenn Dick sich jedoch das Bild seines eigenen Vaters vor Augen hielt, so sah er ihn eher als die gewaltige Sequoia auf dem Dorfanger denn in Gestalt jenes toten Stückchens Holz, das im Garten in den Boden gesteckt war, um einen jungen Setzling zu stützen. So manche Anzeichen ließen ihn ahnen, daß die Bewegung nicht mehr rückgängig zu machen wäre. Das Recht ließ den Vater fallen und entzog ihm, da es nicht mehr an sie glaubte, seine Macht. Mochte die Mutterschaft durch den fleischlichen Akt des Gebärens auch unstreitig besiegelt sein und die Empfängnis dagegen mit Zweifeln behaftet, so war der Vater doch zuallererst das Produkt des Rechts, die symbolische Summe der Machtbefugnisse, die dieses Recht ihm in den Augen der Welt verlieh. Könnte man eines nicht mehr fernen Tages nicht einer Frau begegnen, die sich beim Einkaufen, weil sie gerade Lust darauf hat, noch rasch ein Fläschchen Vaterschaft kauft? Dick hatte zwar die Kälte eines Vaters ertragen müssen, die entsetzliche Kälte des Herrn über seine Tage unter seiner Maske von Langmut – doch was war erst von einer Vaterschaft aus der Tiefkühltruhe zu erwarten?

Es erschien ihm also nicht weniger legitim, die Väter zu verteidigen als die Bosse der Wall Street, und sei es nur deshalb, weil es sich um jene jämmerliche Sorte von Vätern handelte, denen man auch noch ihr letztes Privileg zu entreißen suchte: einen Namen und die Mittel, die er verleiht.

Die Gefälligkeit, die er dem Musiker von der Juillard School erwies, hatte ihn gezwungen, seine Lehrbücher wieder aufzuschlagen, sich aufs neue in seine Lektionen zu vertiefen, in den Dschungel der Jurisprudenz einzutauchen, kurz, noch einmal zu studieren. Mit Erstaunen hatte er sich dabei gefragt, warum ein entscheidender Punkt des Römischen Rechts ihm nicht schon damals ins Auge gesprungen war, als er es in den Hörsälen von Yale gepaukt hatte. Dieser Rechtsbrauch warf nämlich ein ergreifendes Licht (das um so aufschlußreicher war, als sein Vater mit Vorliebe Werke über die Antike las) auf eine Szene seiner frühesten Kindheit. Es war das sogenannte *tollere liberum*. Dick liebte es, den Inhalt dieses Brauchs vor seinen Mandanten zu resümieren.

Im alten Rom ging der Vater bei der Geburt eines Kindes folgendermaßen vor: Wenn er die Tochter anerkannte, befahl er, man solle ihr die Brust geben. Bei einem Jungen wurde anders verfahren. Gleich nachdem die Nabelschnur durchtrennt war, wurde er auf die Erde gelegt. Dann nahm der Vater ihn in seine Arme und hob ihn hoch. Durch diese Geste, das *tollere liberum*, eine zweite Geburt, deren Urheber nun er war, erkannte er die Vaterschaft an und die absolute Macht, die sie ihm verlieh. Seinen Zuhörern gab Dick damit zu verstehen, daß die *natürliche* Vaterschaft keinerlei Bedeutung hatte. Lange Zeit waren Erzeugersein und Vatersein zwei voneinander getrennte Dinge. Man *erklärte* sich zum Vater. Durch freiwillige Verpflichtung, durch Anerkennen und Übertragen eines Rechts von Mann zu Mann. Allein der Wille, Vater zu sein, machte den Vater zum Vater. Das Vergegenwärtigen dieses vergessenen Ritus' war für diejenigen, die davon hörten, nicht weniger ermutigend als für den, der an den Brauch und seinen Sinn erinnerte.

Was Richard Freemont in seiner Ablehnung der Vaterschaft jedoch am meisten bestärkt hatte, war vielleicht jene Abneigung, ja jener Ekel vor der *Ähnlichkeit*. Wie viele Väter unter seinen Freunden hatte er voller Ungeduld darauf warten sehen, daß sie zum Vorschein kam! Wann immer sie sich durch eine jener typischen Eigenheiten äußerte, die Dick plötzlich an sich selbst festgestellt hatte und die ihn mit Entsetzen erfüllten, kannte ihr Stolz keine Grenzen! O wie wunderbar! Was da vor ihren entzückten Augen lebte und atmete, war wirklich ihr eigen Fleisch und Blut! Dem Himmel sei Dank, es sah ihnen *ähnlich*! Die Möglichkeit, daß das nicht das Beste war, was den armen Kindern passieren konnte, kam ihnen nicht in den Sinn. Daß aus diesen wie aus dem Gesicht geschnittenen Porträts, aus diesen phantastischen Kopien, in die sie ihre eigenen hochfliegenden Träume projizierten, auch völlig farblose Wesen, Versager, gemeine Schurken oder – warum nicht? – Vatermörder werden könnten, war für sie schlicht und einfach undenkbar. Sollte das Schicksal ihnen bedauerlicherweise nicht recht geben und müßten sie eines Tages eingestehen, daß sie letztlich Nichtskönner oder Psychopathen hervorgebracht hatten, dann würden diese läßlichen Sünden im Namen der heiligen Ähnlichkeit geduldig ertragen und verziehen werden. Sie war ein Zeichen der Erwähltheit, eine läuternde Gabe, der magische Ring, der sie gegenüber den Nachstellungen der Realität unsichtbar machte.

In jüngster Zeit hatte die Förderung des Jugendkultes, der die zivilisierten Gesellschaften infizierte, manche dieser verblendeten Väter dazu getrieben, in einer Art Zwillingsverhältnis noch ein Mehr an Ähnlichkeit zu suchen. Die sichtbaren Beweise der Abstammung genügten ihnen nicht, sie schufen sich auch noch eine Mimikry in Verhalten, Kleidung und Sprache, um ihre Nachkommenschaft zu imitieren. Kopien von sich selbst zu produzieren genügte nicht, nein, sie wollten auch noch die Doppelgänger ihrer Söhne sein. Angesichts solcher befremdlichen Phänomene von Homomorphie drehte sich Dick der Magen um, ja ihn erfaßte eine regelrechte Aversion. Von all seinen Phobien auf diesem Gebiet war sie auch diejenige, die er am wenigsten zu erhellen wünschte. Er hielt sich an seine Abneigung und seinen Ekel und stellte keine Fragen: Die Sache geht über unsere Kräfte, also lassen wir besser die Finger davon! Er begnügte sich damit, dieses unverständliche Kapitel eines Familienromans, dem man geistig zu folgen versucht, obwohl der Anfang verlorenging, aus der Ferne zu entschlüsseln. Er hatte den Verdacht, daß hinter alledem ein pathetischer Versuch steckte, sich in die billige Replik, in die Reproduktion eines Musters ohne Inhalt zu flüchten.

Seine Reflexionen vermischten sich mit den Allegorien, die die Surfer auf ein vom Sonnenuntergang gerötetes Meer zeichneten, und er fragte sich, ob er mit jeder Wiederholung, mit jedem neuen Wahnbild jene Hoffnung auf die große erlösende Woge nicht immer besser verstand.

Dick hatte nicht sehen können, wie hinter ihm der Alte plötzlich von seiner Bank aufgesprungen war wie ein von der Offenbarung geschlagenes Orakel. Étienne Descats hatte die Lösung gefunden! Sich mit Gewalt über sein Rheuma hinwegsetzend, trottete er bereits an der Villa Ouranos vorbei, um auf kürzestem Wege das Zentrum des Ortes zu erreichen. Auf das Vergnügen, Suzanne Labrunie und ihrem Gegakker den Mund zu stopfen, verzichtete er, denn das hätte ihn zu einem Umweg gezwungen, er begab sich geradewegs zum »Admiral« und stieß triumphierend die Tür auf. Der Wirt war gerade mit dem Servieren des Apéritifs beschäftigt, wenn auch ohne Zuspruch, denn das Bistrot war menschenleer.

»Gottverdammich, ich hatte doch recht!« tönte Descats voller Überschwang und steuerte auf den Tresen zu.

»Du nimmst doch einen kleinen Pastis, was, Étienne?«

»Klar... Ich hatte recht, er ist *bel et bien* ein Kanadier, wie die Labrunie sagen würde... Es ist *der* Kanadier. Ah! Auch er ist zwar nicht jünger geworden, der Gute, aber ich würde meine Hand dafür ins Feuer legen... Und weißt du, wie ich drauf gekommen bin?«

»Nein, aber ich ahne, daß du es uns erklären wirst.«

»Also, er hat auf der Düne gehockt und diesen Hanswursten von Surfern zugesehen, und ich, hinter ihm, hab' in meinen grauen Zellen gekramt. Aber nichts zu machen, ich konnte es immer noch nicht finden, kam einfach nicht drauf. Weißt du warum?«

»Nein, aber...«

»Weil ich immer nur *ihn* angesehen habe. Und dann hab' ich den Bunker gesehn, und dann ihn...

Dann wieder den Bunker und beide zusammen, und, was soll ich dir sagen: es paßte! Alles kam wieder in die Reihe. Lückenlos. Wie wenn ich dreißig... was sag' ich, siebenunddreißig Jahre zurück... Na, dämmert dir was? Siebenunddreißig Jährchen zurück, und ich hab' ihn wieder in seiner verdammten kanadischen Uniform, ich schwör's dir... Da drüben, wie fünfundvierzig...«

Descats brach ab. Die Begeisterung des Admirals ließ zu wünschen übrig. Ja, er hatte nicht einmal mit der Wimper gezuckt. Zweifelte er etwa an seinen Worten, oder war sein Hirn so stark vom Rum benebelt, daß die Worte sich darin verirrten?

»Mann, du erinnerst dich doch noch an den Kanadier?... Bei allem, was die Leute damals erzählt haben? Also hör mal! Wie der kleine Peyrusse verschwunden ist, das kannst du doch nicht vergessen haben!«

»Doch!... Ich meine, nein, natürlich nicht... Aber hör' mir zu, Étienne: Laß mich damit in Frieden, ja? Diese Gerüchte, dieser Klatsch, all diese alten Sauereien ohne Beweise, die lassen wir besser auf sich beruhen. In der Scheiße zu rühren, das nützt niemandem, und wen interessiert es schon, wen?... Los! Sag's mir!... Und wenn's tatsächlich der Kanadier sein sollte, was wirst du dann tun? Zu ihm hingehn und ihn höflich fragen: ›Verzeihen Sie, Monsieur, sind Sie nicht zufällig derjenige, der 1945 Henri Peyrusse umgebracht hat? Und Sie wissen nicht zufällig, wo die Leiche abgeblieben ist?‹ Wenn dieser Typ Lust gehabt hat, die Gegend mal wiederzusehn, dann doch wohl, weil er ein ruhiges Gewissen hat, oder nicht? Ich, mein Lieber, sehe die Dinge so: Ich lege einen Jungen um. Gut, mal angenommen. Aber auch tausend Jahre danach geh' ich nicht im Urlaub vor aller Augen am Ort des Verbrechens spazieren... Schaut eben mal vorbei, dieser Freemont, ich meine, dein Kanadier... Trinkt nichts wie Wasser und macht kaum den Mund auf. Abgesehen davon find' ich ihn nicht unsympathisch. Allenfalls ein bißchen versnobt, verstehst du. Ein bißchen hochnäsig; aber daß er wie ein Schwein aussieht, würde ich nicht sagen... Laß die Finger von der Sache.«

Descats hörte ihm nicht mehr zu. Ins Leere starrend, folgte er seinem eigenen Gedankengang, und der führte dazu, daß er sein Glas auf einen Zug austrank, dem Admiral die Hand drückte und für sich selbst schloß:

»Trotzdem, ich muß Jeff benachrichtigen.«

»Ganz klar, immer noch das alte Lied: ›Étienne, zum Rapport!‹«

8

»Diesen Sommer bin ich achtundzwanzig geworden.«

Bei Kerzenschein gestand Marianne ihr Alter, doch er brauchte sie nicht zu verdächtigen, sie hätte die Beleuchtung dazu genutzt, um sich ein paar Jahre jünger zu machen. An so etwas dachte sie noch nicht. Geübt in derlei Berechnungen, hatte Dick also richtig gesehen: Wie er häufig feststellen konnte, ist das Glück den Absichten des Besessenen gewogen.

Die Rückkehr der Lacostes und die Art, wie sie sich in berührbarer, erbärmlicher Gestalt materialisierten, hatten seine Bedenken zerstreut. Noch dazu war die junge Frau von allen, die er kannte, die einzige Person, von der er sich nützliche Auskünfte erhoffen konnte. Marianne schien nicht gerade mißtrauisch zu sein, und die Agentur, bei der sie angestellt war, befand sich ganz in der Nähe des Fischgeschäfts. Also hatte er sie unter dem Vorwand, sich für die ihm erwiesenen Dienste zu bedanken, zum Abendessen eingeladen. Sie hatte angenommen, ohne sich lange bitten zu lassen, wie jemand, dessen Entscheidung bereits feststand, und sie hatte auch das Restaurant, auf Dicks Wunsch außerhalb des Ortes, ausgesucht.

Er hatte wieder seinen blauen Blazer und eine Yachtclubkrawatte hervorgeholt. Sie trug ein einfarbig rotes Kleid, dekolletiert und ohne Schmuck. Sie war noch beim Friseur gewesen, und dieser hatte nicht versäumt, sein Werk mit seiner Handschrift zu versehen. Mit ihrem blonden Haar, ihren zinngrauen Augen, ihrer gleichmäßigen Bräune strahlte Marianne einen Eindruck von Gesundheit, fröhlicher Ausgeglichenheit und Frische aus, die jedoch nicht zu fader Naivität verblaßte – wie ein *braves Mädchen*, geschweige denn wie ein dämliches kam sie ihm nicht vor. Sie war hübsch, von einer recht gewöhnlichen Hübschheit zwar, die jedoch von einem leuchtenden Lächeln erhöht wurde, mit dem sie nicht geizte und das sie, wenn sie es aufsetzte, wirklich verführerisch machte.

Sie hatten im »Pot de Résine«, einer auffallend rustikal dekorierten Auberge mitten im Wald, Platz genommen. Von den roten Bodenfliesen bis hinauf zu den schwarzen Deckenbalken verstellten ganze Sammlungen von Küchenkupfer, Fayencen, Ackergeräten, Geschirr und baskischer Wäsche den Raum. Die Gäste waren dagegen weniger aufdringlich: die Kerzen brannten nur für Dick und Marianne.

Als man ihnen die Karte reichte, unterdrückte er die Handbewegung in Richtung seiner Tasche, um seine Brille herausholen (ein Beweis, daß seine heimlichen Gedanken so unschuldig nicht waren), und ließ die junge Frau, die sein Gast war, für ihn etwas aus den *spécialités du pays* bestellen. Das Fehlen von Musik im Hintergrund war wie geschaffen für eine Unterhaltung im Flüsterton. Dick ging zunächst mit ausweichenden Manövern vor, bevor er auf das zu sprechen kam, was ihn eigentlich interessierte.

Der Umstand, daß sie ihm spontan ihr Alter genannt hatte, verlangte nicht nach Gegenseitigkeit. Die Bitterkeit, die solche Verschämtheiten verursachten, schluckte er hinunter... Wäre es indiskret von ihr, ihn nach den Gründen seines Aufenthalts zu fragen? Überhaupt nicht. Er habe einfach plötzlich Lust bekommen, die Gegend wiederzusehen, in der er früher schon einmal gewesen sei, und seine Mutter stamme aus der Charente. Auf diese Weise befriedige er zwei nostalgische Sehnsüchte auf einmal – ein Vergnügen seines Alters. Wie immer antwortete er auf die Frage, von der man ihn so grausam verschont hatte, um zu testen, wie wichtig sie war. Sie lächelte mit gerade soviel Boshaftigkeit, um ihm zu verstehen zu geben, das dies nicht von Belang sei. Also daher spreche er so gut Französisch. Oh, nein, zu gütig: er könne gerade eben schlecht und recht radebrechen – er wählte das seltene Wort *baragouiner* und sprach es absichtlich unbeholfen aus. Ein Effekt, der nie seine Wirkung verfehlte... In Wirklichkeit habe er vieles an Wortschatz vergessen, er bedauere es sehr, und das sei ein zusätzlicher Grund für seine Reise. Danach werde er nach Paris fahren, er schwärme geradezu für Paris, im übrigen liebten alle seine New-Yorker Freunde Paris. Gewöhnlich verbringe er in dieser Zeit des Jahres seine Ferien auf den Bahamas. (Falsch: in dieser Zeit des Jahres arbeitete er zehn Stunden pro Tag, las sogar beim Mittagessen und nahm sich sechs Aktenordner übers Wochenende mit nach Hause.) Die flüchtige Erwähnung der Annehmlichkeiten von Nassau entflammte in Mariannes Augen das erhoffte genußsüchtige Leuchten. Der »gesellschaftliche Magnet« funktionierte. Weiter ins Detail zu gehen hätte nach Anmaßung ausgesehen. Also erging man sich ausgiebig über den unvergleichlichen Charme der Nachsaison in diesen Breiten, lobte die reine und belebende Luft der *pignada* – ein hübsches Wort, nicht wahr? (Wie dürr und steif, eintönig, beinahe friedhöflich er diesen Wald im Vergleich zu der vitalen Kraft, der vielfältigen, farbenfrohen Blütenpracht des Waldes seiner Kindheit fand, hütete er sich wohl ihr zu sagen.) Man zählte die Vorzüge der Villa Éden auf (wie dankbar er ihr dafür war, konnte sie sich überhaupt nicht vorstellen), und nach einigen Betrachtungen über das Klima und einem Exkurs in die Botanik kam man schließlich auf den Ort zu sprechen.

Marianne war hier geboren, aufgewachsen und arbeitete hier, ohne es zu bedauern. Woanders zu leben könne sie sich nicht vorstellen. Ja, man müsse auch sie zur Liste der »Spezialitäten der Gegend« zählen! Sie lachten, und Dick betonte, daß es darunter wohl keine erlesenere als sie gebe... Ihrer Meinung nach sei es eine besondere, eine scheue Gegend, die sich nicht sofort jedem x-beliebigen hingebe (sieh einer an! nun versuchte sie die Koketterie von eben wieder wettzumachen...) und deren spröder Reiz nicht jedermanns Geschmack sei. Die gute Bordelaiser Kundschaft lasse sich nur selten blicken, sie habe nur für das Bassin d'Arcachon, die baskische Küste oder die Ile de Ré etwas übrig; die Pariser kämen überhaupt nicht her. Letztendlich müsse sie anerkennen, daß die Deutschen noch die treuesten Gäste seien. Vielleicht gefalle ihnen der noch wilde, unberührte Charakter der Landschaft. (Dick lag eine andere Erklärung auf der Zunge, doch er behielt sie für sich.) Eine so unvergleichliche Gegend, daß es bereits von Dorf zu Dorf eine andere Mentalität gebe und daß diese Unterschiede sich sogar zwischen den im Wald Wohnenden und den Leuten von der Küste bemerkbar machten. Einige dieser Nuancen seien ihm tatsächlich schon bei seinem ersten Aufenthalt nicht entgangen, meinte Dick. Waren sie immer noch vorhanden? Sie dachte nicht daran, sich nach den näheren Umständen seines ersten Aufenthaltes zu erkundigen, beugte vielmehr ihr Gesicht näher über den Tisch und dämpfte noch mehr ihre Stimme.

Habe er gewußt, daß früher, vor noch gar nicht langer Zeit, zu Beginn des Jahrhunderts, die Küstenbewohner im Ruf gestanden hätten, Banden von *naufrageurs*, Strandräubern und Plünderern von Schiffbrüchigen, zu bilden? Ja, wirklich, Monsieur Freemont (»Richard... ich bitte Sie.« Die Kurzform seines Namens bot er ihr nicht an, als ob er befürchtete, sie könnte wissen, was das Wort im Slang bedeutete), oui, Richard, Strandräuber!... Diese Vorfahren hätten sich nicht nur alles unter den Nagel gerissen, was der Ozean die Güte hatte, ihnen an Treibgut anzuspülen, sondern sie hätten dem Schicksal noch ein wenig nachgeholfen (dabei verengten sich ihre Augen), indem sie in Nächten mit starkem Sturm Leuchtfeuer auf der Düne anzündeten und so die Schiffe in die Irre führten, die dann vor der Küste auf Grund liefen. Anschließend hätten sie sie geplündert. Bis auf die Knochen ausgenommen. Im wahrsten Sinne des Wortes. Bei der Aufteilung der Beute sei es zu Streitereien gekommen und gelegentlich zu mysteriösen Unfällen, besonders zu Toden durch Ertrinken (Dick zuckte zusammen). Sie sei überzeugt, daß der Haß, der zwischen den Familien herrschte und von Generation zu Generation weitervererbt würde, ohne daß auch nur eine der Familien erklären könne, wie es eigentlich dazu gekommen sei, die uneingestandene Folge all jener Abrechnungen, jener Hinterhalte in mondlosen Nächten wäre.

Die Erwähnung dramatischer Vorfälle an der Küste ganz in ihrer Nähe und die Möglichkeit, sie selbst könnte von einstigen Freibeutern abstammen, brachten einen rosa Hauch auf Mariannes Wangen. Wollte man den Geschichten glauben, so hätten sich die örtlichen Sitten nur an der Oberfläche verbessert. Ein Bodensatz an Brutalität, eine Neigung zu Rach- und Eifersucht lebe insgeheim in den Herzen weiter. Bei Revierstreitigkeiten, sportlichen Rivalitäten, Auseinandersetzungen nach dem Suff könne sie immer wieder einmal an die Oberfläche kommen. Im allgemeinen aber halte der Lack der Zeit noch, und die Einheimischen würden sich seither auf die ganz legale Form der Plünderung beschränken. Die Touristen würden nur noch auf zivilisierte Weise ausgenommen wie an jedem anderen Strand.

Damit war sie in logischer Folge bei den Galionsfiguren des Ortes angelangt und porträtierte sie. Der Admiral: ein harmloser alter Säufer und gutmütiger Erzähler von Schauergeschichten, dem man seine Launen durchgehen lasse, denn alle miteinander, angefangen bei ihrem eigenen Chef, hätten es auf das Bistrot und seine Nebengebäude abgesehen; eine wahre Traumlage, urteilte sie als Expertin in Sachen Quadratmeter Badeort. Der Bürgermeister: ein *béni-oui-oui.* Ach, den Ausdruck kannte er nicht? Ein nicht gerade sehr couragierter Typ. Stets der gleichen Ansicht wie der Stärkste. Der typische Arschkriecher eben. Ihr Chef, also Monsieur Mata: einer, der alles bekomme, was sein Herz begehrt... Suzanne Labrunie: die typische *Madame j'entre-en-ville.* Seiner Frage, was das nun wieder bedeutete, kam sie gleich zuvor und erläuterte: eine Frau, die sich wichtig mache, sich weiß Gott für wen halte, im Grunde aber keine üble Person... Étienne Descats: der *concierge*, der Hausmeister des Ortes, eine Klatschbase, wisse alles längst vor allen anderen und wiederhole es im Gegensatz zum Pfarrer jedem, der es hören will. Und was der an Strandräubergeschichten zu erzählen wüßte! Einer, an den man sich halten müsse. Unbezahlbar. Seine Mutter soll eine Hexe gewesen sein. Ihm am besten nur Dinge anvertrauen, von denen man will, daß sie bald in aller Munde sind.

Auf ihr Spiel eingehend, drängte Dick sie, auch Leute kurz zu skizzieren, die ihr nichts bedeuteten. Sie fühlte sich geschmeichelt; und sollte sie nicht von selbst auf sie zu sprechen kommen, konnte er dabei, ohne etwas zu riskieren, auch zufällig den Namen Francine Lacoste einfließen lassen.

... Von der hatte sie nicht viel zu sagen: ungemein fleißig, aber nicht kontaktfreudig. Interessiere sich nur für die Arbeit, ihr Geschäft bleibe das ganze Jahr über geöffnet. Habe aber mit den anderen Geschäftsleuten nicht viel im Sinn. Vielleicht wegen ihrer Situation. Ihr Sohn sei nämlich von einem unbekannten Vater – ein uneheliches Kind also. Michel heiße er. Ein Riese von einem Jungen, auch nicht viel gesprächiger als seine Mutter. Wie? Richard hatte ihn noch nicht bemerkt? Eigenartig. Dieser Michel sei doch ein so stämmiger Brocken. Böse Zungen behaupten, die Mutter habe sich während der Okkupation mit einem Deutschen versündigt, doch das scheine wohl nicht zu stimmen: Michel Lacoste sei nämlich schwarz wie eine Pflaume! Andere würden behaupten, sie habe es mit einem jungen Mann aus dem Ort getrieben, der dann unter mysteriösen Umständen verschwunden sei... Sicher wisse der alte Descats mehr darüber. Sie selbst teile die Ansicht derer, die meinen, der Vater müsse auf alle Fälle ein Ausländer gewesen sein, denn keiner von den kleinen Männern hier aus der Gegend hätte einen Sohn von dieser Größe zeugen können... Sie hatte ihre Schlußfolgerung halb als Scherz, doch leider auch halb wie ein kaum verschleiertes Kompliment an die stattliche

Erscheinung ihres Gegenübers geäußert. Dick bemühte sich, das unverbindliche Lächeln, jenes amüsierte, betont distanzierte Lächeln beizubehalten, mit dem man Klatschgeschichten dieser Art aufzunehmen hat.

Die wichtigste Figur in der ganzen Sippschaft hatte sich Marianne zum Dessert aufgehoben. »Der große Manitou der Küste«, sagte sie in kindlichem Ton. Richard könne Monsieur Dubedat nicht kennen. Der setze nie vor Ende der Saison seinen Fuß in den Ort. Erst dann komme er »die Zähler ablesen«. Das ziehe sich einen oder zwei Monate hin, manchmal noch länger. Alle würden sie dann zur Villa Ouranos pilgern und ihr Schärflein abliefern. Ein einflußreicher Mann, mit Geld wie Heu. Man brauche sich nur seinen Mercedes anzusehen: jedes Jahr das neueste Modell der »S-Klasse«. Früher seien eine Menge Gerüchte über ihn in Umlauf gewesen, doch heute gelte die Parole: »Mund halten und kein Wort davon«. Sogar der alte Descats halte da seine Zunge im Zaum. Sein Vermögen stamme aus dem Krieg. Für die einen käme es von der Kollaboration, für die anderen aus der Résistance. Für die Mehrheit der Leute, die aber nie ein Sterbenswort darüber verlieren würden, sogar von beiden Seiten zugleich. Jedenfalls habe er in den fünfziger und sechziger Jahren alles gekauft, was zu verkaufen war. Bis dahin sei er nur ein kleiner Fischer, ein *petit pêcheur à la traîne* gewesen, genau wie dieser Michel... Sie glaube übrigens, daß der Fischladen von Madame Lacoste ihm genauso gehöre wie soundsoviele andere Unternehmen, zwei Hotels, eine Menge Villen und die meisten Campingplätze. Ihm könne sie es ja ruhig sagen: ihr wirklicher Chef sei nicht Régis Mata, sondern, man höre und staune, Monsieur Dubedat... Und wie alt war dieser Krösus? Und wie sah er aus? Oh, schon alt, über fünfundsiebzig. Dick ahnte, daß sie, um sich selbst zu übertreffen, gerade ein wenig zu stark aufgetragen hatte... Stämmig, etwas Bauch, rundliches, rotes Gesicht, kleine Augen mit stechendem Blick, verschlagene Miene, wenn er verstehe, was sie meine. Sonst keine besonderen Kennzeichen? Nein. Nichts Außergewöhnliches: ein ganz gewöhnlicher Typ, wenn man nicht wisse, wen man vor sich habe, etwas neureich vielleicht (sie schien ihre abfällige Einschätzung bereits zu bereuen – so mächtig mußte also der Einfluß dieses lokalen Potentaten sein). Das heißt, doch, etwas Auffälliges habe er schon... ein unmerkliches Hinken, *il traîne un peu la patte*, wie man in der Umgangssprache sage.

Dick hielt es für dringend geraten, das Thema zu wechseln. Er wurde überfallen von schmerzlichen Erinnerungen, flüchtigen, konvulsivischen, wahllos erweckten Visionen. Schon seit einer Weile kostete es ihn große Mühe, den Schein von Ungezwungenheit zu wahren. Ein allzu deutliches Interesse und erst recht die Äußerung irgendeiner Beunruhigung könnten die junge Frau am Ende neugierig machen. Sie hatte genug Gespür, um nicht mehr daran zu glauben, daß sie mit einem unverbindlichen Geplauder nur für seine Unterhaltung sorgte, und sich nicht zu fragen, zu welchem Zweck er wohl versucht hatte, ihr die Würmer aus der Nase zu ziehen.

Die Mahlzeit neigte sich dem Ende zu. Dicks Abstinenz hatte Marianne überrascht, doch das hinderte sie nicht, den Rest der Flasche Bordeaux dann eben alleine zu leeren. Wußte er, was man in ihrer Gegend sagte? Traue keinem, der nur Wasser trinkt. Die Röte wich nicht mehr aus ihren Wangen, ihre Augen glänzten, ihr leichter Schwips tat sich durch eine schalkhafte Spottlust kund. Weshalb machte sie sich über ihn lustig? Sie wisse doch wohl, daß sie von seiner Seite nichts zu fürchten habe, ja, er sei sogar ganz sicher, daß auch sie schon gleich bei ihrer ersten Begegnung, als sie zusammen die Villen besichtigten, gespürt habe, wie sich ein Strom spontaner Zuneigung, ein gegenseitiges, sofortiges Vertrauen zwischen ihnen eingestellt habe. Oder täusche er sich etwa? Solche Dinge passierten einmal oder nie. Wenn es aber dazu käme, was unterm Strich seltener sei, als man denkt, dann fühle es der eine wie der andere in derselben Minute. Nein, er täusche sich nicht, er könne es in ihren Augen lesen. Sie müsse wissen, so wohlerzogen sei er nun nicht, daß er eine Frau, mochte sie selbst so verführerisch sein wie sie, aus reiner Höflichkeit einladen würde, wenn er im voraus ahne, daß sie sich nichts zu sagen hätten. Er habe dieses Dîner aus reinem Egoismus gewünscht, weil seine Intuition ihm gesagt habe, sie hätten so viel miteinander gemein, daß sie ein paar angenehme Stunden zusammen verbringen würden. Damit er diese Bemerkung ohne süßliches Gurren, sondern, im Gegenteil, in einem nachdenklichen, gesetzten Ton anbringen konnte, war auch er näher herangerückt. Es entstand einer jener Momente des Schweigens, den, wie es heißt, die Engel mit ihren Schwingen füllen.

Die Zeit der persönlicheren Vertraulichkeiten war gekommen. Einander die eigenen Vorlieben und Lieblingsfarben, die seit jeher geträumten Träume, die noch unerfüllten Wünsche zu gestehen. Vor allem ihr zuzuhören. Sie reden zu lassen, um ihr das eigene, verstärkte Echo, ihr Spiegelbild, noch verschönt durch ein verhaltenes An-den-Lippen-Hängen, zurückzuwerfen. Wie seltsam: auch er spiele mit dem Plan, einmal Mexiko zu besuchen... Unter welchem

Sternzeichen sie geboren sei? Jungfrau. (Vielleicht eine Sentimentale also, aber gewiß keine, die mit allen Wassern gewaschen war...) Und er? Skorpion. Sie runzelte komisch die Brauen. Er beruhigte sie: ein Skorpion suche immer nur bei sich selbst die Schuld. Wie dem auch sei, sie habe vor ihm noch nie einen Skorpion kennengelernt. Ob wahr oder falsch, auf alle Fälle ließ diese Bemerkung anklingen, daß sie den Gedanken, etwas zur Schließung dieser Lücke zu unternehmen, nicht von sich wies. Als er ihre Hand nahm, erwiderte sie seinen Druck auf ganz natürliche Art. Es war weder ein Überbieten, noch – Gott sei Dank – jene affektierte Hingabe, die das Geben noch eigens betont, das Einverstandensein übertreibt und bereits lange vor dem Austausch von Zärtlichkeiten zu Dankbarkeit für ein so großzügig gewährtes Opfer auffordert.

Als sie die Auberge verließen, blieben sie weiter Arm in Arm. Die Rückfahrt verlief in Schweigen. Von Zeit zu Zeit begegneten sich im Rückspiegel ihre Blicke. Sie fuhren auf einem Teppich aus Mondlicht dahin. In dieser Jahreszeit und zu dieser Stunde der Nacht gemahnte der Badeort, umhüllt von einer Aureole dunstiger Helligkeit, an jene Geisterstädte, die eine Seuche oder irgendein anderer Fluch ihrer Einwohner beraubt hat.

Marianne wollte noch kurz in ihrer Wohnung vorbeischauen. Sie brauche nicht länger als ein, zwei Minuten. Nachdem er eine Viertelstunde im Wagen gewartet hatte, gab er es schließlich auf, sich den Hals zu verrenken, um ihr Fenster in dem Wohnblock an der Strandpromenade auszumachen. Er begann bereits über die blöde Eitelkeit des Männchens zu sinnieren, als sie mit einer Badetasche in der gleichen Farbe wie ihr Kleid wieder auf dem Parkplatz erschien. Als sie so über den Asphalt auf ihn zu kam, wirkte ihre schlanke Gestalt wahnsinnig wohltuend auf sein Selbstbewußtsein.

In der Villa Éden hielt sie seinen Arm zurück, als er nach dem Lichtschalter suchte, und ging voraus. Sie tasteten sich die Treppe hinauf und öffneten die Fensterläden, um das strahlende Mondlicht hereinzulassen. Marianne holte aus ihrer Tasche eine Schachtel Kerzen in allen Größen hervor und begann sie in den Ecken des Schlafzimmers anzuzünden, »um den Zauber nicht zu zerstören«. Auch einen Kassettenrecorder hatte sie mitgebracht. Mexikanische Musik verbreitete sich gedämpft im Halbdunkel, dazu die Stimme eines französischen Sängers, der – in einem Akzent aus der Gegend, wie ihm schien – »vor Liebe zu sterben« meinte.

Sie löste ihm die Krawatte, kam in seine Arme. Sie war klein und zierlich. An ihrem Hals spürte er ein Pariser Parfüm, das berühmt dafür war, jede beliebige kleine Angestellte aus der Provinz in eine selbstsichere, furchteinflößende Frau von Welt zu verwandeln. Doch sie flößte keine Furcht ein, sie wirkte wie ein junges Mädchen, das darauf bedacht war, seiner schönsten Urlaubserinnerung zum Erfolg zu verhelfen. Als sie aus dem Badezimmer kam, begriff Dick den wahren Grund des Umwegs über ihre Wohnung: Marianne wollte ›die passende Garderobe‹ mitnehmen. Oh, beileibe nichts Aufreizendes, einfach eines jener sauber gebügelten Baumwollnachthemden, neben denen nur noch ein Plüschtier fehlt, um das Bild perfekt zu machen. Und das war etwas, was himmlisch weit von den Gewohnheiten seiner üblichen Partnerinnen abstach. Diese legten es, sobald ihr Entschluß einmal gefaßt war, darauf an, ihn auf schnellstem Wege in den Genuß ihrer Nacktheit zu bringen, und führten sie ihm vor, als sei die Zurschaustellung des corpus delicti, eines, wie er sehen konnte, vollkommenen Körpers, eine Form der Höflichkeit, ein Begrüßungsgeschenk, das abzulehnen taktlos gewesen wäre. Nicht anders stand es mit den Tätlichkeiten, die darauf folgten. In den meisten Fällen wirkten sie wie vorprogrammiert nach Normen, die einzuhalten waren, mit einem Prozentsatz obligatorischer Stellungen von festgelegter Reihenfolge und Dauer. War dieses Ritual auch nicht unangenehm – nein, durchaus nicht! –, so erweckte es doch gelegentlich seine Zweifel, denn es konnte ihn gegen eine Epoche einnehmen, die, indem sie auch das noch kodifizierte, den Liebhaber der Abwechslung und des Besonderen zu einer bis ins letzte geregelten Libertinage zwang.

Zum Glück war Marianne mit dem Programm nicht vertraut, glaubte sich also auch nicht verpflichtet, sich streng an eine vorgegebene Rolle zu halten. Außerdem besaß sie nicht jene Art Körper, dem man schon bei der ersten Berührung anmerkt, daß er das entsprechende Training durchlaufen hat, um die geforderten Leistungen zu bringen. Ebensowenig war sie die junge Naive vom Lande und auch keine jener falschen Jungfrauen, die das Bett zu einem Terrain erschöpfender Verhandlungen machen. Sie war einfach unfähig zum Spielen einer Rolle. Ihr war unbekannt, daß die neue Freiheit, von der auch sie profitierte, gewisse Stilfiguren vorschrieb, um den Körper zur Ekstase zu bringen. Sie war, so dachte er, mit einem ganz persönlichen Fleisch begnadet, einer Zärtlichkeit und Gewandtheit, die ihr ganz privates Eigentum war. Sie war intim und keine Massenware, offen für Überraschungen, für die Verzückung, die ganz aus sich selber kommt. Für Dick war es ein unerwarteter Genuß, sie ohne Hast zu umarmen, zu küssen, sie mit seiner fremdsprachigen Zunge, seiner sterilen Zunge eines alten Lügners zu liebkosen.

Etwas später wollte sie, daß er ihr von seinem Beruf, von New York, von den USA erzählte. Er winkte ab, und sie schlief auf der Stelle ein. Ihm dagegen war noch nicht nach Schlaf zumute. Fast bedauerte er, daß er Nichtraucher war, denn er nahm an, daß die übliche Geste der Zigarette und ihr Rauch, dessen aufschwebenden Spiralen man nachstiert, dazu beitrug, solche Momente voll auszukosten und ihnen ein gewisses Flair zu verleihen. Die letzten Kerzen ließen ihre Schatten an der Zimmerdecke tanzen. Marianne atmete ohne Laut. Ihr Geruch war ein anderer geworden: er überdeckte nun das Parfüm. Sanft berührte Dick ihre nackte Schulter. Das Nachthemd lag irgendwo auf dem Parkett.

Von den vielen Mitteln, die es gab, um zumindest dem Unglücklichsein ein Ende zu setzen, wenn sie einen schon nicht glücklich machten, hatte ihn dieses fast nie enttäuscht: Aus der kleinen Wiedergeburt der ersten Male, aus der bewegenden Inbesitznahme einer unbekannten Haut, aus der Beschleunigung des Herzschlags und des Lebens in sich schöpfte er selbst nach so vielen Jahren noch neuen Frieden und, so absurd es auch klingen mochte, neue Achtung vor sich selbst. Das hing jedoch nicht mit Stolz über den Sieg oder mit einem schwachsinnigen Hochmut angesichts des Jagdergebnisses zusammen. Diese Angeberei, dieser Jubel, wenn man es wieder einmal geschafft hatte, das alles hatte er früher erlebt; heute kam es aber längst nicht mehr in Betracht. Es war eher etwas, das sich in ihm löste. Es war wie eine Versöhnung. Und er wollte glauben, daß auch andere

Männer im gleichen Moment und in einer ähnlichen Dunkelheit, während sie neben sich einen neuen Atem spürten, das gleiche Gefühl der Ausgesöhntheit mit der Welt empfanden.

Obwohl eine Diskussion dieser Art unvorstellbar gewesen wäre, hätte Dick, wenn er vor seinem Vater eine so skandalöse Verwendung des Wortes Achtung rechtfertigen müßte, ihm gesagt, daß er sich nicht verachtete, wenn er sich mit Hilfe von Vergnügungen, die beilebe nicht nur eitle Spielerei waren, gegen das fatale Schicksal auflehnte, das Horace Freemont ihm bestimmt hatte. Ja, er empfand Achtung vor sich selbst, da es ihm gelang, der Tragödie die Tür vor der Nase zuzuschlagen. Ja, auch er, der für Heldentum und Wahrheit verloren war, er, der weder eine Heiligenseele noch ein Vaterherz besaß, war wenigstens manchmal zu dem einen fähig: nämlich zu spüren, wie sein Pulsschlag sich mit dem Rhythmus des Lebens in Einklang brachte.

Da jeder Frieden vergänglich ist, machte sich Dick bereits Vorwürfe, daß er Marianne die wahren Gründe seines Aufenthalts verschwiegen hatte. Die abschreckende Wirkung, die sein Interesse für die Lacostes gehabt hätte, ließen ihn davon Abstand nehmen. Um nicht aufs Spiel zu setzen, was sich so gut entwickelte, hatte er das Risiko einer noch schlimmeren Enttäuschung auf sich genommen. Sie könnte ihm vorwerfen, er hätte sie als Mittel zum Zweck benutzt. Sie würde sich wie eine Idiotin vorkommen, sich erniedrigt fühlen und hätte allen Grund, ihm kein Wort zu glauben, wenn er hoch und heilig beteuerte, er habe nichts dergleichen im Sinn gehabt.

Dieses Bedauern hatte eine gleichsam väterliche Tonart, die ihn längst nicht mehr überraschte. Das war ihm bewußt geworden, als ihm eine seiner Eroberungen eines Tages einfach gesagt hatte: »Du bist wie ein Vater für mich.« Statt verletzt zu sein, denn sie schleuderte ihm damit auf plumpe Art und Weise sein Alter ins Gesicht, war er über diesen Scherz richtig gerührt gewesen. War ihm aus Gründen, die er zu kennen glaubte, und aus einigen anderen, die er lieber im Dunkel beließ, der Gedanke an einen Sohn auch unerträglich, so mußte er doch zugeben, daß diese ständige Jagd nach jungen Frauen das Bedürfnis nach einer Tochter zu befriedigen schien. Und wenn sich die Beziehung auf eine inzestuöse Art entwickelte, so war dies nicht nur seine Schuld... War seine Eifersucht im Hinblick auf diese Geschöpfe, die er mit großer Selbstverleugnung protegierte, an denen er mit Freuden beobachtete, wie sie sich unter seinem Einfluß so sehr wandelten, daß er sie zu besitzen begehrte – war es die Eifersucht des Liebhabers oder bereits die Qual des Vaters? Er wußte: Der Tag wird kommen, wo sie schließlich mit einem Jungen ihres Alters abhauen (oder wieder zu ihren jungen Ehemännern zurückkehren) werden, und dieses Verlassenwerden fürchtete er, auch wenn er sich mit größerer Leichtigkeit als ein wirklicher Vater damit abfand. Egoistischer und durch Erfahrung auch klüger geworden, wußte er, daß Ersatztöchter sich ersetzen lassen – darin lag sogar ihre Existenzberechtigung. Und doch hatte er sich eine kleine Anzahl von Verpflichtungen gegenüber seinen Schülerinnen zur Regel gemacht. Es gefiel ihm ganz und gar nicht, wenn er in einer Weise dagegen verstieß, wie er es bei Marianne getan hatte.

Wie inkonsequent sein Verhalten war, wußte er sehr wohl: Hätten seine jungen Freundinnen die Initiative ergriffen, um Schluß zu machen, so wären ihnen die mildernden Umstände zuerkannt worden, die der Vater seinen heißgeliebten Töchtern gewährt; ein Sohn hingegen war unerwünscht, verbannt in ein pränatales Nichts, als ob ihm prinzipiell nichts verziehen werden konnte, als ob von ihm nichts als Schmerz und Enttäuschung kommen konnte. Als ob Sohn und Verrat zwei Seiten ein und derselben Sache waren.

Der Tanz der Schatten an der Decke erinnerte ihn an eine Kinoleinwand und jene immer häufigeren Filme, in denen sich ein Vater, normalerweise erdrückt von Sorgen und Nöten, in Großaufnahme seinem Sohn zuneigt, um in ihm Trost und Kraft zu schöpfen. Die Mutter hält sich im Hintergrund, oder, noch besser, sie ist gar nicht da.

»Papa, ich hab' dich lieb.«

»Ich hab' dich auch lieb, mein Junge.«

Reiner Schwachsinn. Lügen, die noch schlimmer waren als alle seine eigenen Lügen zusammen! Er, Dick, wußte, daß der kleine mit Cornflakes und Comics vollgefressene Schwachkopf und Herrscher über ein Kinderuniversum, sobald er die Kraft dazu hätte, der unerbittliche Feind des verkindlichten Vaters sein würde. Umgekehrt fand er nichts an der Gefühlsduselei mancher Familienoberhäupter auszusetzen, die ihr Herzblut hingaben, um die Launen eines ganzen Schwarms von anmaßenden jungen Gören zu befriedigen. So fand jener Dr. March in seinem malerischen New-England Gnade in seinen Augen – obwohl er selbst, Dick, den Typ des gemütlichen alten New-England-Arztes ja ganz anders kennengelernt hatte. Natürlich waren das nur idyllische Bilder aus frommen Ammenmärchen, doch er fand sie, auch wenn ihnen jede Nähe zur Wirklichkeit fehlte, in gewissem Sinne reizvoll. Auch er besaß zwar eine *väterliche Ader* (was immer dieser mysteriöse Zellkom plex sein mochte), aber sie war in ihm nur in jener verstümmelten Form, in jenen zwiespältigen Kompensationen vorhanden.

Jetzt schwebten Bilder vom Sägewerk Perkins an der Zimmerdecke vorüber. Er glaubte einen Geruch nach Hobelspänen, nach frisch zugeschnittenem Holz wahrzunehmen, aber er täuschte sich, es war ein anderes Sägewerk, und der Geruch zersetzte sich zu üblen Ausdünstungen von Moder und Fäulnis. Dann schlief er schließlich, das Gesicht an den Nakken der kleinen Französin geschmiegt, ein.

Plötzlich bohrte ein grauenhaftes Klingelgerassel gegen seine Schläfen: sogar mit einem Wecker hatte sie sich ausgerüstet! Das fleißige Kind wollte nicht zu spät zur Arbeit kommen. Dick ließ sie als erste ins Bad, danach ging er hinein. Beim Rasieren vermied er es, in den Spiegel zu sehen, auch wenn ihn das einen Schnitt in das Kinn der Freemonts kostete. Als er ihr dann in die Küche folgte, fiel sein Blick als erstes auf die Anemonen, die sie im Garten gepflückt und in ein Glas gesteckt hatte. Marianne schien wie selbstverständlich zwölf Stunden durchgeschlafen zu haben. Keine Spur von Übernächtigung in ihrem glatten, ausgeruhten Gesicht, das Grau ihrer Augen war sogar noch eine Spur heller geworden. Die Arme unter den Brüsten verschränkt, die Tasche fertig gepackt zu ihren Füßen, lächelte sie ihm entgegen. Das Lächeln, das sie diesmal aus dem Register gewählt hatte, wollte sagen: Guten Morgen, ich bin glücklich, daß ich hier bin. Hast du gut geschlafen? Der Tag verspricht herrlich zu werden. Ich habe Brot und Kaffee gesucht, aber alles, was ich finden konnte, war Zwieback und Tee. Hier. Mir bleiben nur noch ein paar Minuten, dann muß ich los.

In Dicks Schädel kündigte sich eine Migräne an. Nicht nur die Momente des Friedens waren vergänglich, auch sein Körper war dabei, ihm die übliche Verwarnung zu erteilen. Seinen Vorschlag, sie im Wagen zu begleiten, lehnte sie ab. Sie wolle lieber zu Fuß gehen. Wenn er nichts Besseres zu tun habe, könne er ja im Büro vorbeischauen, sie sei alleine dort. Er brauche sich aber nicht verpflichtet zu fühlen...

Und schon war sie aufgestanden, hatte ihm ihren nackten Arm um die Schulter gelegt und ihm leicht ins Ohr gebissen. Ob er eigentlich wüßte, was sie an der Situation so komisch fände? Nein, er habe nicht die blasseste Ahnung.

»Daß wir im Haus meines Chefs gebumst haben.«

»Von deinem Boß?«

»Ach, ich dachte, ich hätte es dir gesagt: das Éden ist auch eine der Villen von Monsieur Dubedat...«

Vom Balkon aus sah Dick zu, wie der rote Fleck ihres Kleides auf dem Sträßchen immer kleiner wurde. Mit der Beschwingtheit und dem Selbstvertrauen eines Schulmädchens schritt Marianne dahin. Eigentlich sollte er ihr die Wahrheit sagen.

Als er wieder ins Bad zurückgekehrt war, stellte er sich dem Spiegel. Seine erschlafften Züge verliehen ihm einen strengen Ausdruck. Kein Zweifel, die Fünfundfünfzig standen vor der Tür: diese nahezu weißen Haare auf der Brust, und vor allem um den Hals herum dieses ausgeleierte Fleisch, schlaff wie totes Gewebe... Sollte ihr der Unterschied zwischen dem Vierzigjährigen in der Auberge und dem Sechzigjährigen beim Aufwachen entgangen sein?

Aus Erfahrung wußte er, daß das möglich war. Aber wie hätte Dick sich selbst hinters Licht führen können? Jedes erste Mal erweckte, vor allem, wenn auch ein wenig Gefühl mit im Spiel war, die Illusion einer Verjüngung. Wenn er die neue Eroberung umarmte, konnte er den Eindruck haben, er sei wie neugeboren; aber darum ging es nicht. In Wirklichkeit schirmte das Entdecken des anderen seinen eigenen Körper ab, und das war ein um so stärkerer Genuß für ihn, als sein Körper dabei sein Bewußtsein verlor, während er den anderen in Besitz nahm. Es war ein Vergessen des eigenen Ichs, ein ergreifendes Abschiednehmen vom eigenen Körper durch die Aneignung einer anderen fleischlichen Hülle. Er war nur noch geistig er selbst... Aber leider löste sich diese Hülle, wie Marianne an diesem Morgen, wie Eva beim allerersten Mal, anschließend wieder von ihm und mit ihr die Lust, die Erinnerung an die Lust und die Verjüngung und gab ihn unbarmherzig der Schwere zurück, indem sie seinen Kopf auf das alte Knochengerüst zurückschraubte... Auf einmal spürte er ein Reißen am rechten Oberschenkel. Die Narbe. Diese Nacht hatte Marianne sie zärtlich mit dem Finger und den Lippen berührt. Frauen lieben verwundete Männer. Jedenfalls starke Männer mit leichten Wunden.

9

Kein Zweifel, es wurde ein herrlicher Herbsttag, und die Dinge entwickelten sich folgendermaßen. Marianne erreichte, die Tasche lässig über die Schulter geworfen, gegen neun Uhr zwanzig den Rond-point Général de Gaulle. Sie war beschwingt und nachdenklich zugleich.

Zuerst frisch drauflos und sich die Fragen hinterher stellen – so war ihre Natur. Besonders am frühen Morgen. Da die Lebenslust bei ihr jedoch den Lauf der Träume nicht beeinträchtigte, hatte Marianne den Eindruck, sie marschiere geradewegs dem Ziel entgegen wie ein kleiner Soldat, während ihr Geist hier und dort verweilte. Sie dachte an den Abend im »Pot de Résine«, an die gemächliche Rückfahrt, an die vergangene Nacht, an »ihren New-Yorker Rechtsanwalt«. Das war ihre Bezeichnung für ihn. Richard. Ein luxuriöser, altmodischer Name, der zu ihm paßte. Der Jüngste war Richard ja gerade nicht mehr. (Mit einem Mann dieses Alters, um die Fünfzig wahrscheinlich, hatte sie noch nie geschlafen, und sie war verblüfft, daß sie kein besonderes Gefühl dabei registriert hatte. Schon beim ersten Kuß hatte sie sein Alter vergessen.) Richard wirkte ein wenig streng, aber sie fand ihn gutaussehend, zuvorkommend. Und was für eine stattliche Figur! Eine ganze Nummer größer als das, was sie normalerweise durch den Badeort defilieren sah.

Hätte eine ihrer Freundinnen ihr vorausgesagt, daß sie einmal Hand an den Fremden legen, ihm die Krawatte lösen und ihn Worte flüstern hören würde, die sie nicht verstand, dann hätte sie nur mit den Schultern gezuckt. Dieses Glück hob ihre gute Laune noch mehr: sie war sich immer sicherer, daß sie nichts bereuen würde. Und Marianne maß den Wert ihrer Handlungen am Koeffizient der Schande, die diese ihr anschließend einflößten. Unmoralisch war, was in ihr ein unwohles Gefühl hinterließ. Moralisch war, was bewirkte, daß sie sich wohl in ihrer Haut fühlte... Was sie nach einem dezenten zeitlichen Abstand sogar ihrer Mutter erzählen konnte – die als untröstliche Witwe und Lehrerin im Ruhestand eine zweifache Autorität auf diesem Gebiet war. Ja, eines Tages würde sie ihr von »ihrem New-Yorker Rechtsanwalt« erzählen.

Um neun Uhr fünfundzwanzig betrat sie die Boulangerie-Pâtisserie-Salon de thé, um sich ihren Kaffee mit Croissant zu genehmigen. Vor dem Öffnen der Läden und Boutiquen sowie zwischen zwölf und vierzehn Uhr war das Café ein Treffpunkt, ein Ort, wo man sich unterhalten konnte, ein Kaffeekränzchen oder vielmehr ein Frauenzentrum. Jede lieferte dort mit ihren kleinen Affären ihren Beitrag zum Tagesgespräch. Hier war der Ort, wo die Märchen und Legenden des Badeortes geboren wurden. Unter dem Vorwand von Umarmungen und gegenseitigen Komplimenten hielt man Ausschau nach dem geringsten verräterischen Zeichen. Man forschte in den Gesichtern nach dem kleinsten Hinweis auf eine Information oder, noch schlimmer, nach einer besonderen Bescherung, bei der man übergangen worden war. Sollte vielleicht etwas passiert sein, wovon man dummerweise nichts erfahren hatte?

Patricia Brun von »Chez Patricia et Caroline« gratulierte Marianne dazu, daß sie so blendend aussah, und fragte mit einem Blick auf die große rote Tasche, ob sie etwa schon schwimmen gewesen sei. Ihr Ton gab zu verstehen, daß man ihr nichts vormachen könne: man war also aushäusig gewesen, ganz klar. Marianne antwortete, sie wolle das Mittagessen sausen lassen und in der Tat ein wenig schwimmen gehen. Oh, diese Patricia... Die wäre tot umgefallen vor Eifersucht, wenn sie ihr ins Ohr geflüstert hätte: »Ma chérie, du wirst nie drauf kommen, mit wem ich die Nacht verbracht habe!... Mit dem Fremden... Richard Freemont...« – »Was du nicht sagst!« – »Doch, ich schwör's!« – »Und? Wie war's?«... Aber das war nicht ihre, Mariannes Art, und mit Befriedigung stellte sie fest, daß sie nicht einmal entfernt von der Versuchung gestreift wurde, die Bombe platzen zu lassen.

Um neun Uhr dreißig zog Marianne den eisernen Rolladen des Immobilienbüros hoch und räumte ein wenig auf, während sie auf die Post wartete. Mit dem Kopf war sie jedoch woanders. Es war ein angenehmes Gefühl. Um zehn Uhr meldete sich das Objekt ihrer Gedanken. Dick rief aus einer Telefonzelle an. Als typisches Symptom von Berufskrankheit begann sie gleich, ihm zu versichern, daß es die einfachste Sache der Welt sei, ihm einen Telefonanschluß ins Haus zu legen, sie könne sich sofort darum kümmern... Danke, das sei nicht nötig. Er machte zwei, drei zärtliche Bemerkungen, die sie vielleicht banal gefunden hätte, wenn er sie ihr ohne diesen charmanten Akzent gesagt hätte. Seine Stimme verwirrte sie, rührte in ihr Erinnerungen an die Nacht auf. Sie hatte Lust, ihm auf eine noch intimere, direktere Art zu antworten, aber sie traute sich nicht. Sie hörte sich wie ein eingebildetes Ding, fast wie Patricia Brun reden. Da nahm Dick auf einmal einen ernsteren und leicht verlegenen Ton an. Ob sie ihm eine Gefälligkeit, nein, zwei Gefälligkeiten erweisen könne? Erstens, ob sie ihm sagen könne, wie er Madame Lacoste am besten unter vier Augen, also ohne Zeugen treffen, und zweitens, ob sie ihm ein Foto von diesem Dubedat beschaffen könne. Später würde er ihr alles erklären, aber nicht am Telefon. Er denke an sie und könne es kaum erwarten, sie wiederzusehen. Er umarme sie.

Marianne war nicht über die Maßen erstaunt. Sie erinnerte sich, daß er am vergangenen Abend als erster von Francine Lacoste gesprochen hatte. Der Grund dieser Neugier war ihr zwar unklar, aber sie erwartete auch nicht von einem Mann, noch dazu einem Mann von dieser Sorte, daß er ihr gleich bei der ersten Begegnung sein ganzes Leben und alle seine Geheimnisse erzählte.

Jean-François Dubedat liebte sich viel zu sehr, als daß er die Dokumente seines Erfolges nicht aufbewahren ließe. Die sorgsame Angestellte fand also das Gewünschte: ein ganzes Bündel von Zeitungsausschnitten, auf denen der »große Manitou« anläßlich von Grundsteinlegungen, auf Baustellen und Empfängen zu sehen war; dazu Fotos, die man bei ebendiesen Gelegenheiten aufgenommen hatte. Sie waren in mehreren Abzügen vorhanden, so daß sie einige davon entwenden konnte.

Auf einem der Fotos waren sogar die Lacostes in ungewohnt feiertäglicher Kleidung zu sehen. Es war der Tag der Eröffnung des Golfplatzes. Leicht verunsichert setzten die Gedanken des Mädchens ihren Lauf fort.

Um zehn Uhr dreißig legte der Briefträger einen

Umschlag vor der Villa Éden ab, nachdem er sich vergewissert hatte, daß sie bewohnt war. Einer der Ideen folgend, die ihr seit dem Anruf im Kopf herumgingen, verließ Marianne im gleichen Moment das Büro, legte die wenigen Meter zurück, die sie von ihrer Nachbarin trennten, um sie einmal zu betrachten, wie es ihr noch nie zuvor eingefallen war: nicht als die Chefin des Fischgeschäfts, sondern als Francine. Sie hatte weiße Gummihandschuhe an und war wie alle Tage im Jahr damit beschäftigt, mit ihren gewohnt sicheren Handgriffen und ihrer ebenso gewohnt ausdruckslosen Miene Seehecht und Barsch zu zerteilen, Meerbarben zu sortieren und Morgenscholle auszuwiegen.

Die junge Frau machte kehrt und fragte sich, wie es möglich war, daß sie sich zu einer so albernen Vermutung hatte hinreißen lassen.

Um elf Uhr stieß die erste Kundin des Vormittags mit entschlossenem Schwung die Tür auf. Suzanne Labrunie. Sie wolle sich nur mal erkundigen, ob es etwas Neues gäbe wegen des Häuschens, das sie vergangenen Monat zum Verkauf angeboten habe. Nichts, leider! Die Konjunkturlage, das Ende der Saison, die Konkurrenz... Ja, sie verstehe. Könne man aber nicht trotzdem mal etwas Dampf für sie machen? Ohne den Blick von den Annoncen zu lösen, die an der Wand angeschlagen waren, wechselte sie plötzlich das Thema.

»Ach, übrigens: Wie geht's eigentlich Monsieur Freemont?«

Marianne verschlug es die Sprache. Hätte Suzanne Labrunie sie in diesem Moment angesehen, dann wäre es ihr ein leichtes gewesen, die Wirkung ihrer Frage zu deuten. Aber zum Glück verlangte sie gar nicht nach einer Antwort. Die Besitzerin des »Grand

Large« sprach weiter und erging sich in Lobeshymnen auf diesen so höflichen und feinen Fremden.

»Natürlich weiß ich, daß Sie nichts dafür können, Kindchen, aber Sie können sich wohl denken, daß die Hotelbranche in der heutigen Zeit auf Gäste von dieser Kategorie angewiesen ist.«

Madame Labrunie war also nur vorbeigekommen, um über den schweren Schlag zu jammern, den das Immobilienbüro dem besten Etablissement der ganzen Küste versetzt hatte. Und sie verschwand, wie sie gekommen war – unter dem Geklingel ihres Armgeschmeides.

Punkt zwölf Uhr steckte Marianne, einem Impuls nachgebend, der all ihre strengen Vorsätze über den Haufen warf, die Dokumente, die sie zusammengesucht hatte, in einen Umschlag, hängte das Schild »Bis 13 h geschlossen« ins Schaufenster und begab sich zur Villa Éden. Dort fand sie einen an Monsieur Freemont adressierten Brief und hob ihn auf, um ihn dem Adressaten zu überreichen. Der Fiat stand noch im Garten, doch im Parterre war niemand zu sehen... Auf Zehenspitzen schlich sie nach oben und öffnete ungemein behutsam die Tür zum Schlafzimmer. Monsieur Freemont – Richard – war mit einer weißen Unterhose und einem weißen T-Shirt bekleidet und schlief mit zusammengeballten Fäusten. Noch ein paar Minuten zuvor war sie zu dem Schluß gekommen, daß er irgendwie väterlich auf sie wirkte und daß dies der Grund war, weshalb sie sich am Telefon nicht getraut hatte, die Worte zu auszusprechen, die ihr direkt vom Bauch zu den Lippen aufstiegen. Und nun lag dieser Mann reifen Alters in fötaler Stellung zusammengerollt im Bett und bot das Bild der angestrengten Verlassenheit eines Kindes. Sie fand nicht den Mut, ihn zu wecken.

Nachdem sie ein paar Worte auf die Rückseite des Umschlags gekritzelt und ihn zusammen mit den Dokumenten neben den Anemonenstrauß gelegt hatte, kehrte sie wieder ins Büro zurück, griff sich ihren Badeanzug und ein Handtuch und ging zum Nordstrand hinunter. Nur wenige Leute waren zu sehen, das Wasser war noch angenehm warm. Sie schwamm eine Viertelstunde und legte sich dabei mit aller Energie ins Zeug. Das war gewöhnlich ihre Methode, um wieder einen klaren Kopf zu bekommen. Sich nur auf die Anstrengung konzentrieren, atmen, spüren, wie das Meer den Körper massiert. Doch es half nichts. Sie mußte weiter an die letzten, so verwirrenden Stunden denken, an das Mondlicht in der Villa Éden, an die Kerzen, wie sie eine nach der anderen verlöschten und wie ihr schwerer Duft das Zimmer erfüllte, an die verschwiegene Auberge tief im Wald.

Um Viertel vor eins entdeckte sie, als sie etwas weiter draußen parallel zum Ufer dahinschwamm, den dicken weißen Mercedes vor der Villa Ouranos. Die Fensterläden waren geöffnet. Auf dem Treppenabsatz vor dem Eingang erkannte sie den alten Descats, der im Aufbruch begriffen war und sich noch mit jemandem im Innern des Hauses unterhielt. Sein unsichtbarer Gesprächspartner konnte nur Monsieur Dubedat sein.

An sich war daran nichts ungewöhnlich, und doch war es ein weiteres Glied in der Kette von Zufällen. Die junge Frau hatte den Eindruck, der Mann, der ihr immer besser gefiel und der just in diesem Augenblick, die Ellbogen an sich gezogen und die Fäuste unter sein schönes Kinn gepreßt, in seinem Bett lag und schlief, dieser so anziehende Ausländer befände sich aus undurchsichtigen Gründen im Zentrum eines Netzes von Zufällen. Vielleicht war er auch derjenige, der sie organisierte. Und sie, Marianne, überraschte sich dabei, daß sie von einem Tag auf den anderen an der Harmlosigkeit der Kulisse und der Klarheit ihres Lebens zweifelte. Als ob die Dinge auf einmal undurchschaubarer, die Leute unfaßbarer würden und alles im nächsten Moment ins Wanken geraten oder sich auf der Stelle drehen und eine Rückseite zum Vorschein bringen könnte, von der sie in ihrer Arglosigkeit nie etwas geahnt hatte. Sie fröstelte. Wenn man aus dem Wasser steigt, zeigt sich, wie trügerisch die Freundlichkeit des Oktobers ist.

Punkt zwei Uhr wachte Dick auf. Eingefaßt von den nur halb geschlossenen Fensterläden, bildete die Sonne eine Lichtsäule im Zimmer, in dem noch der Geruch der kalten Kerzen hing. Vier Stunden Schlaf mitten am hellichten Tag nach einer durchwachten Nacht: er wurde alt, oh, er wurde alt... Doch seine Kopfschmerzen waren verflogen. Er ging nach unten, um ein Glas Wasser zu trinken, und fand auf dem Küchentisch neben den bereits angewelkten Anemonen, was Marianne dort hinterlegt hatte. Ihre Nachricht: »Richard, ich hatte nicht den Mut, Dich zu wecken. Anbei die gewünschten Dinge. Was Madame Lacoste betrifft: nichts leichter als das. Du brauchst nur zu erscheinen, bevor das Geschäft aufmacht. So um sieben ist sie normalerweise allein und im Hof mit ihren Fischkörben oder im Kühlraum beschäftigt. Geh durch das blaue Tor links neben der Auslage hinein. Alles Liebe. Bis bald? Marianne...« Der Brief daneben war mit Maschine geschrieben und trug die majestätische Unterschrift von Maître Duffour: »Cher confrère, wie ich soeben erfahre, beabsichtigt Maître Belmont, in dem Sie interessierenden Fall ein Gutachten anzufordern. Die diesbezüglichen Vorschriften sind Ihnen ja bekannt. Falls Sie es für ratsam erachten, halte ich mich zu Ihrer Verfügung. Hiermit verbleibe ich Ihr ergebener, etc. etc.« Dann breitete er nebeneinander die vier Fotos aus, die der Umschlag des Immobilienbüros enthielt. Ein gequältes Lachen entfuhr ihm. Abgesehen von dem Bauch und der Glatze, war das unverkennbar er, noch genau derselbe kleine Kerl mit seinem großspurigen Gehabe, seinem harten, gierigen Blick, nur daß er ihn unter dem Spitznamen Alex kannte. Der Typ, der von sich behauptete, Nachtvögel könnten ihn verstehen.

Also gut. Der Augenblick war gekommen, um die Vergangenheit an seinem Tisch Platz nehmen zu lassen. Er hatte ohnehin nicht mehr die Kraft, ja nicht einmal mehr den Willen, sich ihr zu widersetzen. Richard Freemont schätzte die Vergangenheit nicht, erst recht nicht seine eigene. Er lehnte es ab, den Archivar seiner einsamen Kindheit, seines Studiums in Yale, seiner ersten Schritte in der Karriere, seiner verflossenen Liebschaften zu spielen. Im Gegensatz zu seinen gleichaltrigen Freunden, die ständig bereit waren, ihre geliebten Geister zu beschwören (»Erinnerst du dich noch an damals, als...«), haßte er es, sich umzudrehen, um nachzusehen, wer ihm folgte. »Nein, ich kann mich überhaupt nicht erinnern.« Er war Meister in der Disziplin, um sich herum ein ganzes Netz von eisernen Vorhängen, Gittern und Falltüren aufzubauen, sobald ein Unerwünschter aus dem Hintergrund auftauchte und sich das Recht anmaßte, in sein Haus eintreten zu wollen. Da aber keine Sicherheitsvorkehrung absolut zuverlässig ist, mußte er zuweilen mit einigen dieser Eindringlinge, die er an die Leine legte, mit einem Maulkorb versah und unschädlich machte, unter demselben Dach zusammenleben. Wie jene Prominenten, deren Anwalt er war und die der Presse eigenhändig beschönigte »offizielle Biographien« lieferten, ließ er in seinem Gedächtnis nur Erinnerungen zu, mit denen er sich sehen lassen konnte.

Genauso verhielt er sich auch mit »seinem Krieg«. Die Darstellung, die er dem ehemaligen Präsidenten der Bordelaiser Anwaltskammer gegeben hatte, unterschied sich kaum von dem Resümee, mit dem er sich selbst begnügte. Er redete mit niemandem darüber, und wenn ihm aus irgendeinem Grund – aus Unkonzentriertheit oder einer zufälligen Gedankenassoziation – diese weit zurückliegende Episode seines Lebens wieder in den Sinn kam, bemühte er sich, sie auf den äußerst knappen Rahmen zu komprimieren, den er ihr ein für allemal eingeräumt hatte, und beeilte sich, seine Aufmerksamkeit sofort wieder einem dringlicheren Problem zuzuwenden. Daher mißtraute er allzu langer Muße, Träumerei und Untätigkeit in jeglicher Form. Wurde seine Wachsamkeit unvorbereitet überrumpelt, so war sie den blindwütigsten Angriffen ausgesetzt.

Die Vergangenheit gibt sich nämlich niemals geschlagen. Nie verschwindet sie mit Sack und Pack für immer. Nicht einmal die Entschlossenheit eines Totengräbers reicht aus, sie zu begraben. Auch unter Luftabschluß und jeder Bewegungsmöglichkeit beraubt, überlebt sie in einem Zustand der Starre und harrt der Stunde, wo irgendeine unheilvolle Macht die Grabplatte sprengt, die sie niederhält.

Unter der dünnen Haut seiner offiziell zugelassenen Erinnerung ruhten, mehr oder weniger fest einzementiert, tiefe Schichten ausgesonderter Erinnerungen. Es konnte jedoch passieren, daß durch eine

Lockerung des Bodens die oberste Schicht freigesetzt wurde. Dies geschah nur in Bruchstücken, die sofort wieder gebändigt wurden, bevor sie Zeit fanden, sich zu lückenlosen Sinnzusammenhängen zu ordnen. Entscheidend war, daß dieses Leck schnellstens abgedichtet wurde, da sonst die darunterliegende Schicht um eine Stufe höher rückte. Bei einer weiteren Erosion bestand die Gefahr, daß die unterirdischen Stollen freigelegt wurden, in denen sich die verseuchten Erinnerungen tummelten, und diese dann ihre Nagetierzähne und ihre schuppigen Augen gegen die Sonne des Gewissens richteten. In diesem Verschlußsystem wirkte sich bereits die geringste Panne auf die Gesamtheit aller schützenden Lagen aus: eindringendes Licht konnte die ganze hochkompliziert Verdrängungsanlage zerstören.

Um welchen Krieg ging es eigentlich? Er hatte sich freiwillig gemeldet, ohne daß er von der Geschichte mehr wußte als das, was das Radio berichtete und was die Leute kolportierten. Der Krieg war für ihn eine Männersache, irreal und irgendwo in weiter Ferne. Um sich ein Bild von ihm zu machen, besaß er nur kindliche Anhaltspunkte, nämlich das Dutzend Zinnsoldaten, die zur Kategorie der unverwüstlichen Spielsachen gehörten. Mehrere Jahre lang hatte er sie hin und her geschoben, jedoch weniger aus Berufung zum Strategen als deshalb, weil er nicht viele andere Möglichkeiten der Unterhaltung hatte. Die Bemalung der kleinen Figuren war längst abgeblättert, und doch gab es keinen Zweifel: sie hatten die blaue Uniform getragen. Dann traten mythologische Stiche und heimlich gelesene Illustrierte an ihre Stelle und mischten Jahrhunderte und Epen bunt durcheinander: Amazonen, Redcoats, Siedler, Trojaner und Irokesen galoppierten unter immer gleicher Standarte gemeinsam auf prächtigen Rossen. Die Bildung, die den kleinen Yankees zuteil wurde, war nicht dazu angetan, den Ruhm der Kavallerie zu schmälern. In der Dorfschule hielten die Schwaden, die über ihren Köpfen dahinzogen – denn der Ofen Marke Volcano verbreitete mehr Rauch als Wärme –, einen ununterbrochenen Ritt lebendig, angeführt von General Grant auf seinem weißen Pferd. Am Krieg teilnehmen hieß soviel wie mit gezücktem Säbel angreifen.

Mit vierzehn Jahren durfte Dick als Belohnung für irgendeine schulische Leistung mit Vater und Mutter ausnahmsweise einmal ins Kino gehen, und dort entdeckte er ein moderneres Bild des Krieges – das des Ersten Weltkrieges.

Von prächtigen Kavallerieangriffen war darin nicht die Rede. Alle Ehre kam statt dessen den Infanteristen und nebenbei noch den Fliegern zu. Sergeant York, dargestellt von Gary Cooper, machte ihn sprachlos vor Begeisterung. Das beispielhafte Leben des »Alten aus den Bergen von Tennessee«, der sich auf französischen Schlachtfeldern mit Ruhm bedeckte, prägte sich ihm so dauerhaft ein, daß er sich noch daran erinnerte, als er seinen Entschluß faßte, den Atlantik zu überqueren.

Ein paar Wochen Grundausbildung in Montreal und in England auf dem Lande (dort allerdings war es mehr Ungeduld als Ausbildung) hatten ihn auch nicht intensiver auf die Begegnung mit dieser unvergleichlichen Enttäuschung vorbereitet, so daß der wirkliche Krieg an Ort und Stelle ihm immer noch nicht wirklicher vorkam... Oh, gewiß, die Spur und der Beweis für seine Teilnahme an den Kampfhandlungen waren in seinem Fleisch vorhanden. Doch an dem Tag, als er verwundet wurde, in dem Augenblick, wo ihm das Blut aus dem Schenkel schoß, hatte er sich gesagt, daß er vielleicht ein Bein verlieren würde, ohne daß er jemals den Eindruck gehabt hätte, wirklich »aktiv zu kämpfen«.

Als er sich über die gefährlichen Tiefen beugte, die die von Marianne gebrachten Fotos immer noch zugedeckt hielten, fand er als erstes dieses Gefühl von Unbehagen und Unwirklichkeit wieder. Er war sich seiner Sache nicht mehr sicher: Auch wenn er sein Verhalten nicht bereute, fragte er sich doch, ob seine Motive ernst gewesen waren und ob seine Präsenz in Frankreich in einer kanadischen Uniform gerechtfertigt war. Hatte er dort für die Freiheit des alten Europa oder gegen den alten Freemont gekämpft? Ein wahrhaft dürftiges Fundament, um darauf eine patriotische Gesinnung zu errichten!

Zu dieser persönlichen Verunsicherung kam noch die Unklarheit des gewählten Augenblicks hinzu: Nachdem die Alliierten in der Normandie gelandet waren und sich die deutschen Streitkräfte an nahezu allen Fronten zurückzogen, schien der Fall erledigt zu sein. Kann man sich überhaupt als Befreier betrachten, wenn nur noch ein paar Quadratkilometer zu befreien sind? Im übrigen sprach man nur noch von Säuberung, und das war ein weniger aufregendes Unternehmen... Und die »Schlacht im Médoc«, wie man das Ganze dennoch nannte, schien außer denen, die sie sich lieferten, keinen Menschen zu interessieren. Jedesmal wenn er die Front hinter sich ließ, stellte er verblüfft fest, daß die Leute wenige Kilometer von »seinem Krieg« entfernt ihren täglichen Geschäften nachgingen wie im Frieden. Die Schulkinder liefen den Weinbauern über den Weg. Wenn sonntags schönes Wetter war, nutzten manche Familien die Gelegenheit zu einem Badeausflug ans Meer. Das

Leben hatte wieder die Oberhand gewonnen, wie es so schön heißt, während eine Handvoll Männer heimlich noch auf absurde Weise fortfuhr, sich dem Tod zu stellen.

Das Absurde war nicht der Zweck, denn dieser war klar und durchaus legitim: die Festung Gironde zu erobern. Auf wenige Punkte an der Küste zurückgezogen, hatten die Deutschen beschlossen, um jeden Preis die Stellung zu halten. Das Gefühl von Absurdität war eher nur in ihm vorhanden. Als Ausländer hatte er nicht den Eindruck, einen Boden zurückzuerobern, der der seine war. Sicher hätte er sich weniger Fragen gestellt, wenn der gleiche Kampf in den Wäldern seiner Kindheit, in der Nähe seines Zuhauses stattgefunden hätte. Und dies war ja bei vielen seiner Kamaraden der Fall.

Ferner bemühte er sich, als Ausländer wiederum vergebens, die Spannungen, Streitigkeiten, undurchsichtigen Interessenunterschiede und Rivalitäten zwischen Leuten innerhalb der Truppe zu durchschauen: er begriff nicht das mindeste davon. Er kam sich wie ein Idiot vor, den die Ereignisse überrollen – wie der falsche Mann am falschen Ort. Mit dem, was ein erfahrener Soldat gern in Kauf nimmt, findet sich ein junger Mann von siebzehn Jahren nur schwer ab. In acht Monaten waren über sechzehnhundert Mann gefallen, und er selbst gehörte zu den zahllosen Verwundeten. Die Schlacht hatte also stattgefunden – bei Kälte, Regen und Schnee. Eine richtige Schlacht, in der er der Angst begegnet war und sie auch am eigenen Leib erfahren hatte. Eine gnadenlose Begegnung, ohne prahlerischen Edelmut, ohne romanhafte Pracht, wo er mit eigenen Augen und aus nächster Nähe gesehen und geahnt hatte, was Mut sein kann – nicht nur Mangel an Vorstellungskraft oder klarem

Verstand, sondern eine Art Gnade, ein Auffahren gen Himmel, ein Zustand, der manche Menschen über sie selbst hinaushebt, sie für einige Augenblicke größer werden läßt, als sie sind. Als er in den weißen Laken des Hôpital Robert-Picqué in Bordeaux wieder zu sich kam, glaubte er, er erwache aus einem langen, bösen Traum. Wenn er die Schlacht bis zum Schluß mitgemacht hätte, wenn er am Abend des 20. April 1945 den Boden von Pointe de Grave betreten und bei der Übergabe der Deutschen dabei gewesen wäre, hätte sich dann dieses Gefühl von Unwirklichkeit aufgelöst, so daß er den Ausgang des Dramas und die »erfüllte Pflicht« bewußt hätte wahrnehmen können? Das war mehr als fraglich.

Jetzt, wo Dick die chaotischen Bilder aus jener Zeit an sich heranließ, jetzt, wo sich in der Villa Éden abwechselnd Stille und Lärm verbreiteten, jetzt, wo sich jener zähe, Übelkeit erregende Geruch des Wartens von neuem einstellte, ahnte er allmählich, daß der Alptraum, der damals nur ein Stück weit entfernt von dem Ort entstanden war, an dem er sich gerade befand, nichts mit dem Verlauf der eigentlichen Kriegshandlungen zu tun hatte. »Sein Krieg« war unwirklich, phantasmagorisch, unbegreiflich gewesen – aber nicht er war der Alptraum.

Die kleinen Scharmützel, an denen er teilgenommen hatte, und sogar die Schlacht im April, wo es ihn erwischt hatte, tauchten wie anekdotische Szenen vor ihm auf. Was ihm am deutlichsten wieder zu Bewußtsein kam, war das grausame Gefühl der Kälte. Es war nicht die trockene Kälte der Berge, an die er gewöhnt war, sondern eine feuchte, zugige Kälte, die in die Kleider schlich und sich mit ihrer eisigen Zunge bis auf die Knochen durchwühlte.

Sie hatten den Winter mit Schlottern und Zähneklappern, mit dem Verarzten von Frostbeulen und Schrunden verbracht und Tag und Nacht nur ihren schlimmsten Feind im Kopf gehabt: die Kälte. Die Frage des Kleidernachschubs erhielt Vorrang gegenüber allen anderen Sorgen. Sogar die Verpflegung wurde fast zur Nebensache; damit konnte man sich außerdem auch bei den Leuten aus der Gegend eindecken, so sie noch da waren, und auf den Bauernhöfen, wenn sie abgehauen waren und nicht alles mitnehmen konnten. Hier ein paar Hühner, dort ein paar Konserven, ein auf wunderliche Art aufgetriebenes Stück Wild ergänzten den aus der Etappe angelieferten Proviant, und auch bei den Deutschen bediente man sich (von ihrem ekelhaften Anisgebäck hatte er ganze Berge verdrückt!). Kurzum: der springende Punkt waren die Klamotten.

Ende des Sommers waren manche Männer in kurzen Hosen, Hemd und Sandalen angetreten. Bei denen wurde die Sorge um ein Paar Schuhe, Wollsachen und Decken zur wahren Obsession. Nicht ohne Besorgnis registrierte Dick daher die begehrlichen Blicke, die auf seiner Ausrüstung verweilten. Als dann glücklicherweise eine Ladung Nachschub eintraf und die Habenichtse eingekleidet wurden, hatten sie natürlich keine zweite Garnitur zum Wechseln, so daß ihre dürftige Kluft neben ihren eigenen Ausdünstungen auch noch die zähe Kälte aufsog und eine Eiskruste um ihre erstarrten Körper bildete.

Habenichtse? Genausowenig, wie »sein Krieg« dem fiktiven Vorbild, der Darstellung des Krieges in Büchern und Filmen glich, entsprach auch seine Armee dem, was er sich hatte vorstellen können. Von einigen Ausnahmen abgesehen, die wie richtige Soldaten aussahen und den Rahmen bildeten, waren den meisten Männern alle Anzeichen von Improvisation und einer wechselhaften Begeisterung für die Sache auf den Leib geschrieben. Wahllos rekrutiert, wo man sie gerade fand, vor Ort ausgebildet, entweder aus der Résistance stammend oder von einem spontanen Entschluß beseelt, hatten sie sich in diesen letzten Kampf gestürzt wie in das Licht nach so vielen Jahren der Finsternis. Nur wenige hatten damit gerechnet, daß diese letzte, läuternde Prüfung, dieser persönliche Beitrag zu einer Wiederauferstehung der Ehre einen ganzen Winter hindurch in Stillstand, Zweifel und Abwarten versinken könnte. Weder an ihrer Entschlossenheit noch an ihrer Tapferkeit konnte man zweifeln. Gerade die mittellosesten und unbedeutendsten unter diesen armen Kerlen in Waffen hatte Dick Taten von bewundernswertem Mut vollbringen sehen. Im Umgang mit ihnen war ihm klar geworden, daß man, ohne den Krieg gleich zu lieben, zumindest an seinem Chaos Geschmack finden kann, da er zu einer restlosen Hingabe des eigenen Ichs berechtigt. Im Grunde war dies das einzige Mal in seinem Leben gewesen, wo er sich selbst freiwillig exponiert hatte.

Das Erlernen der militärischen Disziplin verlief jedoch nicht ohne Reibungen. Eine ganze Reihe von ihnen war in festen Gruppen (man konnte sogar von Banden sprechen) angekommen, die bereits auf eine Waffenbrüderschaft oder auf heimliche Pakte zurückblicken konnten. Nachdem sie sich angeschlossen hatten, widerstrebte ihnen jedoch der Gedanke – meist gaben sie es nicht zu, manchmal erklärten sie es aber auch ganz offen –, ihr Zusammenhalt, ihre Stammestugend könnte in einer größeren und anonymen Einheit wie der Armee aufs Spiel gesetzt werden. Ihre Legitimität ging von ihrem Häuptling aus, den sie sich gewählt hatten, der aus ihren eigenen Reihen stammte und dem sie sich mit Leib und Seele verschrieben hatten. Bevor sie zu Soldaten wurden, waren sie seine Anhänger, Vassallen, Waffenbrüder und Söhne. Der Häuptling hatte die Macht und manchmal auch die Allüren eines Condottiere, eines Kriegsherrn.

Um solche Kerle zu befehligen, all diese Parteien unter einen Hut zu bringen und sie zu einer Koalition von Kräften zu verschmelzen, die in der gleichen Richtung vorrückten, anstatt mal hier, mal dort auszuscheren, bedurfte es einer überragenden Autorität, verbunden mit einer wachen Intelligenz und einem ausgeprägten Sinn für Diplomatie. Oberst de Milleret, dem es gelang, so viele ungeordnete Energien zu bündeln, um daraus die *Brigade Médoc* zu schaffen und sie zum Sieg zu führen, besaß diese Eigenschaften in höchstem Maße. Und das wußte er, denn er hatte sich den Beinamen Carnot zugelegt. Von einem seiner Kameraden, im Zivilleben ein Lehrer, hatte Dick erfahren, daß der große Carnot ein Held der Französischen Revolution und des Kaiserreichs gewesen war: »Der Organisator des Sieges«, so stand in den Geschichtsbüchern über ihn geschrieben... Doch wer erinnerte sich noch an den kleinen Carnot und seine barfüßigen Habenichtse? Sehr wenige, soweit er wußte. Trug wenigstens eine Straße von Soulac oder Verdon seinen Namen? Gab es an der Flußmündung eines jener Mahnmale, wie man ihnen in der Normandie auf Schritt und Tritt begegnete und vor denen sich seine Landsleute auf den Wallfahrten nach Uta Beach verneigten? Er hatte keine Lust, es nachzuprüfen, denn er spürte in sich keine Veteranenseele. Und irgend etwas oder irgend jemand verbot ihm auch, weiter als bis zu der Stelle zu gehen, an der er vor siebenunddreißig Jahren durch das Granatfeuer gestoppt worden war.

Als Fremder in diesen Gruppen wie auf diesem Boden war Dick nie wirklich assimiliert worden. Anfangs hatte man ihn als Vorhut der anglo-amerikanischen Alliierten betrachtet, von denen man erwartete, sie würden wie die Kavallerie in den Western auftauchen – bevor man sich eingestand, daß sie diesen nutzlosen Umweg nicht machen würden. Aufgrund seines jugendlichen Alters und seiner isolierten Situation wurde Dick zu kurzfristigen Erledigungen, zu Aufgaben als Verbindungsmann abgestellt. Er navigierte zwischen dem Mündungsgebiet und der Atlantikküste längs der Grundlinie eines etwa gleichschenkligen Dreiecks, das das deutsche Rückzugsgebiet bildete und dessen Spitze Pointe de Grave war. Mit dem Gefühl, er ginge hinter einer Bühne spazieren, bewegte er sich am Kriegsschauplatz entlang und benutzte dazu die unterschiedlichsten Transportmittel, einschließlich dem Fahrrad. Meistens aber nahm er den Seeweg. Manchmal hielt ihn unterwegs eine Einheit für eine gewisse Zeit bei sich, die von den Umständen und Erfordernissen des Tages abhing. Obwohl sie weder unbedeutend noch ungefährlich waren, nährten diese Aushilfsfunktionen in ihm das Gefühl, er sei eher ein aktiver Augenzeuge als ein Akteur. Dafür genoß er aber zumindest eine angenehme Bewegungsfreiheit.

Dieser Zustand war jedoch nicht nur ihm vorbehalten. In seinem Bemühen, der Bildung von Clans entgegenzuwirken, nahm Carnot häufig Umgruppierungen und Versetzungen vor, so daß gewisse schwer zu identifizierende Elemente ständig einer anderen Einheit zugeteilt wurden. Daneben gab es solche, die Dick als die Gelegenheitsarbeiter des

Krieges bezeichnete. Man konnte sie gleichsam als Amateure betrachten (waren sie das im Grunde nicht auch?), und ihre Gewissenhaftigkeit bei der Sache kannte auch Unterbrechungen. Wenn eine persönliche Verpflichtung es erforderte, verschwanden sie für eine entsprechend lange Zeit mit oder ohne Erlaubnis, ohne daß man sie als Deserteure vor Gericht stellte. Wer hätte auch das Herz gehabt, Leuten, die nicht mehr zurückkehrten, zum Vorwurf zu machen, daß sie dem Druck ihrer Familie nachgegeben hätten, die von dem betreffenden Vater oder ältesten Sohn verlangte, daß er sich um sie kümmerte, sich endlich um eine bürgerliche Laufbahn bewarb, sich auf die Jagd nach den Pfründen machte, die ihm zustanden, anstatt seine Zeit zu verschwenden und die Familie auszuhungern, indem er Krieg spielte? Die meisten aber kamen zurück und brachten sogar noch ein, zwei Mann Verstärkung mit, die sie während des »Urlaubs« überredet hatten.

Unter diesen Gelegenheitsarbeitern, die so häufig die Einheit wechselten wie er, lernte Dick Henri Peyrusse kennen, der »der Kleine« oder Henri genannt wurde und nur zwei Jahre älter war als er. Henri war ein Junge von kurzem Wuchs, mager und geschmeidig wie eine Katze. Olivenfarbene Haut, dichte Mähne und schwarze Augen – nach seinem Aussehen zu urteilen, hätte er eher in die Gruppe der spanischen Partisanen gepaßt. Aber er stammte aus dem Médoc und kämpfte gewissermaßen vor der eigenen Haustür. Henri war umtriebig, aufbrausend und jemand, der sich immer zu helfen wußte. Er liebte das Leben, redete viel, lachte ebensoviel, folgte seinen spontanen Impulsen und glaubte an sein Glück. In jedem seiner Charakterzüge war er das Gegenteil des Kanadiers, so daß sich zwischen den beiden jungen

Männern sofort eine gegenseitige Sympathie einstellte. Sie richteten es so ein (besser gesagt: Henri setzte alle Hebel in Bewegung), daß sie zusammengelegt wurden. Wenn man den großen Nachdenklichen irgendwo erblickte, kam es selten vor, daß nicht auch der kleine Freudestrahlende an seiner Seite auftauchte.

Henri redete von morgens bis abend. Selbst wenn ihnen die Kugeln um die Ohren pfiffen und sie hinter einer Scheune oder einer Böschung in Deckung gehen mußten, unterbrach er nicht ihre Unterhaltung, das heißt seinen Monolog, in den der Kanadier nur von Zeit zu Zeit eine Bemerkung einflocht, im allgemeinen, um die Begeisterung seines Freundes zu dämpfen... Der »Spielverderber« eben. Stimmt, auch der kleine Franzose hatte ihn so genannt. Ohne daß er es gemerkt hatte, mußte er also die düstere Physiognomie von Horace Freemont exportiert haben. Sah er ihm bereits damals ähnlich, ohne es zu wissen?

Eine andere Szene tauchte in seinem Geist auf. Es war im Oktober, in einer jener letzten schönen Herbstnächte, bevor die Nebel und eisigen Regenfälle einsetzten. Henri und der Kanadier befanden sich hinter der Frontlinie. Weit genug entfernt, um nicht mehr die Schockwelle der *Stuka zu Fuß* in den Eingeweiden zu spüren. Nahe genug jedoch, um ihren Luftzug zu fühlen, der bereits einsetzte, bevor er sich mit ohrenbetäubendem Geheul ausbreitete und der Himmel von Lichtblitzen durchzuckt wurde. Und sie beide, die weniger als zwei Kilometer von den Explosionen und Einschlägen entfernt waren, bauten die kühnsten Luftschlösser! Henri war der Sohn eines Kunstschreiners in einem kleinen Ort an der Küste, doch er hatte nicht vor, in die Fußstapfen des Vaters zu treten. Wenn alles vorbei sein würde, wollte er abhauen. Nach Paris. Oder warum nicht auch nach Südamerika, wo er doch Spanisch sprach?... Er hatte nicht die leiseste Ahnung, was er machen würde, und das war für ihn das Aufregende: die Zukunft lag in seinen Händen. Er würde reich sein, dafür würde sein guter Stern schon sorgen.

Sie lagen ausgestreckt auf einem Teppich von Kiefernnadeln. Henri deutete mit dem Kinn nach dem sternenübersäten Himmel. »Sieh mal! Ich bin sicher, unter ihnen allen gibt es einen, der sich persönlich um mich kümmert.« Der Kanadier hatte geantwortet, für ihn sei die Zukunft bereits vorgezeichnet: er werde Jura studieren.

Dick mußte sich nun den Tatsachen stellen: Er hatte die ganze Zeit geglaubt, mit seinem Eintritt in die Universität von Yale hätte er eine Art posthumer Wiedergutmachung geleistet. In Wirklichkeit stammte sein Entschluß bereits aus der Zeit davor. Er hatte niemals aufgehört, seinem Vater zu gehorchen...

Wieder fiel sein Blick auf die Fotos. Trotzdem, irgend etwas an der Geschichte mit Henri war faul – und das war Alex.

10

Wenn sie weder getrennt waren noch im Mündungsgebiet im Schlamm festsaßen, zogen sie sich, sobald sie einen freien Moment für sich hatten, ein paar Kilometer nach Süden tief in den Wald zurück. In der Nähe eines Weilers, dessen Einwohner geflohen waren, lag an einem befahrbaren Waldweg, der zu einem See mit schwarzen Wassern führte, ein Sägewerk. Henri kannte es und wußte, daß es ebenfalls verlassen war. Nun gehörte es ihnen.

Es war ihr geheimer Schlupfwinkel, eine Enklave der Stille und ein Versteck, eine natürliche Brücke zwischen den Spielen der Kindheit und dem Krieg. Dick erinnerte es auf eine embryonale Weise an das Perkinssche Sägewerk. Leider sah dieser Wald hier nicht wie ein wirklicher Wald aus. Es war Herbst, und die Farnwedel rosteten zwar an ihren Stengeln, doch die Bäume (der Baum, hätte man besser sagen müssen, denn weit und breit war nur eine einzige Spezies zu sehen) änderten weder ihre Farbe noch ihre Gestalt. Die uniforme Aneinanderreihung der Kiefern gemahnte eher an eine Armee, deren Hundemarkenträger regimentweise angetreten waren und im »Stillgestanden« um sie herum Wache schoben. Das Ganze wirkte auf Dick düster und unheimlich, und er vermißte die Gestalt des alten Jos, der ihn aus der Ferne beschützen würde.

Henri dagegen hatte seinen Beschützer. Auch

wenn er ihn nicht so vorgestellt hatte, betrachtete Dick Alex bereits am ersten Abend, an dem Henri ihn zum Sägewerk mitgebracht hatte, als einen solchen. Der Kerl mochte zwölf oder fünfzehn Jahre älter als sie sein. Er stammte aus demselben Dorf wie Henri und rückte mit ganzen Armen voll Verpflegung an. Ansehnliche Korpulenz, eng um die Taille geschnallter Ledergürtel, blitzendes Pistolenhalfter, gestärktes Hemd – sein ganzes Aussehen, sein nach hinten geklatschtes, mit Pomade getränktes Haar, sein wohlgenährter Eindruck erinnerten eher an einen mussolinischen Matadore als an den französischen Maquisard. Während Alex eine Tischdecke – eine Tischdecke! – ausbreitete und Wurst, kaltes Hähnchen, ein Stück Brot, Kekse und Weinflaschen aufbaute, fühlte Dick eine instinktive Abneigung in sich hochsteigen. Alles mißfiel ihm an dieser Person, von der geringsten, bald salbungsvollen, bald rüpelhaften, doch niemals spontanen Bewegung bis hin zu seinem unmerklichen Hinken. Er spielte sich auf, suchte sich Macht zu verleihen, den Platz zu vereinnahmen... »So, Jungs, das Werk ist vollbracht!« schloß er prahlend. Diese gute Note für seinen Fleiß gehörte zu einem Repertoire von Lieblingsausdrükken – besonders gerne drückte er sich in Bonmots und Sprichwörtern aus –, die dazu bestimmt waren, seine Dienste in ein günstiges Licht zu rücken und Anerkennung zu erwecken. Henri war hingerissen. Mit einem knabenhaften Ausdruck von Bewunderung und Vertrauen folgte er jeder seiner Bewegungen und ließ sich auch nicht die geringste entgehen. »Hast du das gesehen!« flüsterte er seinem Kameraden zu, »ist er nicht großartig, le Père?« So nannte er ihn häufig: *le Père*, den ›Vater‹. Seiner Autorität als Beschützer entsprechend, reagierte *le Père* auf diese

Ergebenheitsbezeugung großmütig mit Titeln wie *fiston*, Söhnchen, oder *petit gars*, Kleiner.

Was dem jungen Mann vor Begeisterung die Sprache verschlug, war unschwer zu erkennen. Die vulgäre Art und die Arroganz des aufgeblasenen Kerls (vielleicht gefiel ihm beides sogar) hielten ihn nicht davon ab, sich an den so forschen Älteren zu binden. Alex verkörperte in seinen Augen das Muster des findigen Burschen, der sich stets zu helfen weiß – genau das, was Henri, wenn auch auf eine naive Art, selbst war. Alex führte vor, wie man Hindernisse aus dem Weg schafft und sich die Umstände zunutze macht. Er lehrte, daß die Zukunft denen gehört, »die was drauf haben« – und er vergaß auch nicht zu zeigen, wo –, die die Gelegenheit am Schopf zu packen wissen, wann immer sie sich bietet, »denn die Kleine kommt nur einmal vorbei«. Dabei fing er mit einer unerwartet flinken Handbewegung eine Fliege aus der Luft, öffnete dann mit theatralischer Geste die Faust und ließ sie wieder frei. Solche Lehren dürfte der kleine Dorfschreiner seinem Sohn wohl kaum mitgegeben haben, und auch nicht die Ansicht, der Krieg sei »ein geringfügiger Verdruß, aus dem man erhebliche Vorteile ziehen kann, wenn man sich noch schlauer stellt als er«.

Auf den Fotos erkannte Dick hinter der breit gewordenen Silhouette des Halbhonoratiors (so wie man »Halbweltdame« sagt), jenes Parvenus von der giftigen Sorte, dem alle Welt zu Füßen liegt, auch wenn sie ihn durchschaut, den Maulhelden aus dem Sägewerk wieder. Er sah erneut die kleinen, lauernden Augen: zwei Kiesel von gebieterischem Schwarz. Man mußte diesem Alex jedoch zugestehen, daß sein burschikoses Auftreten, seine Schlagfertigkeit und die Härte seines Zynismus am Ende doch beeindrukken konnten. Gleich an jenem ersten Abend, als er sie mit seinem Festmahl bescherte, hatte Alex aus seinem Opportunismus kein Geheimnis gemacht. Er nannte sich Mitglied der Gruppe Charly, dieser Charly sei ein total korrekter Typ, der ihm völlig freie Hand lasse und dem man lediglich etwas anhängen wolle. Tatsächlich schien Alex tun und lassen zu können, was er wollte, er verschwand und tauchte auf, wie es ihm gerade paßte, doch eher wie ein Geist als in der Art der »Gelegenheitsarbeiter«. Da er über verschwiegene und zuverlässige Kanäle verfüge, könne er »fröhlich pfeifend« die feindlichen Linien passieren und das »Vorfeld« durchqueren, wie es ihm beliebte. Und das, obwohl sie ungeheuer gefürchtet war, diese Zone aus Moor und Sumpf, die die Deutschen mit Minen nur so gespickt hatten! Nicht weniger als fünfhundert-, vielleicht sogar achthunderttausend Minen! Nur eine Zahl war ähnlich sagenhaft und ähnlich aus der Luft gegriffen: die der Auszeichnungen von Kommandant Chodzko, einem einbeinigen Fremdenlegionär, der behauptete, er stamme von den polnischen Königen ab. Dick hatte einige Tage in seinem Bataillon verbracht, das »Penthesilea« getauft worden war – eine überraschende mythologische Anspielung auf die Königin der Amazonen, die auch in der väterlichen Bibliothek vertreten war. Im Sammelregiment »Marokkaner und Ausländer«, seiner letzten Einheit, hatte Dick bei einem Sturmangriff diesen Chodzko, sein Holzbein und seinen unmißverständlichen Befehl wiedergefunden: »Geht ihnen an die Eier, Jungs, und keine Gnade ...«

Alex hatte großen Respekt vor dem Polen, eben deshalb, »weil er was drauf hatte«, und all seine Verachtung galt »diesen Idealistenschweinen, die uns das

Leben versauen«. Mit welchem Recht könne man es ihm eigentlich verbieten, mit einem Bein auch auf der anderen Seite zu stehen? Er sei vom Mündungsgebiet bis zum Bassin d'Arcachon zu Hause; und bei sich zu Hause lasse er sich von keinem Menschen vorschreiben, wie er sich zu verhalten habe. Wenn er in jedem Lager Freunde habe, dann eben deshalb, weil er Realist sei. Oder gäbe es vielleicht etwas Nützlicheres, als »zwei Eisen im Feuer zu haben«? Auf diese Art sei er zu der Gewißheit gelangt, daß die Deutschen Ende August, bevor sie die Spitze der Halbinsel dicht machten, noch einen bedeutenden Geldtransport empfangen hätten. Sie würden noch einen zweiten erwarten, und der müsse auf dem Seeweg aus Spanien ankommen. Seine Informationen seien zuverlässig. Alex wisse, in welcher Villa im alten Soulac das Geld verwahrt werde und wieviel Mann es bewachten: ein Feldwebel und sechs Soldaten mit ihrer persönlichen Bewaffnung. Sich dieses Geld unter den Nagel zu reißen, das unrechtmäßig auf *seinem* Grund und Boden lagere, komme ihm wie ein Schadensersatz vor, der sie für die erlittenen Prüfungen und die dem Vaterland erwiesenen Dienste entschädigen würde. Es sei nur normal, daß die Goldgrube denen gehörte, die den Braten als erste gerochen hätten. Den Schlauesten eben. Wenn nicht sie und nicht jetzt sofort, na, dann würde nur irgendein Etappenschwein vom Generalstab bei der Befreiung von Soulac darauf stoßen und sich die Taschen füllen... Alex meinte, daß einer Handvoll entschlossener Kerle, die das Terrain so gut kannten wie er, der Coup gelingen müßte, vorausgesetzt, sie wählten den richtigen Moment und versuchten nicht, mitsamt der Ladung wieder das Vorfeld zu durchqueren. Die beste Lösung, um nicht zu sagen die einzige, sei die, in einer Nacht, in der dicke

Suppe herrschte, übers Wasser zurückzukehren. Er sei Seemann genug, um das zu schaffen. Ein paar Jungs, die keinen Schiß hätten und ihm bei der Sache zur Hand gingen, könnten sich nur gratulieren. »Ist doch nichts dabei, sich auf Kosten der Boches zu bereichern, oder? Wer einem Dieb was klaut, der stiehlt nicht.«

Henri bekam leuchtende Augen. Die von Alex in Aussicht gestellten Millionen hatten keinerlei materielle Bedeutung, sie waren von der gleichen Kategorie wie sein Südamerika. Was er vor sich sah, und das entsprach ganz seiner Ungeduld und steigerte sie noch, war die Aussicht auf Aktion, das Kühne und Schöne an diesem Handstreich. Die Soldaten überfallen, deren Wachsamkeit relativ gering sein dürfte – denn aus dem Hinterland hatten sie ja nichts zu befürchten –, sich die Beute schnappen und dann im Nebel über den Ozean verduften. Einfach grandios! Für draufgängerische Taten dieses Kalibers war er geboren, und die vereinte Fürsprache von der Seite seines guten Sterns und des großartigen Alex würden sie todsicher möglich machen.

Dick war sprachlos, er sagte kein Wort. Jetzt erinnerte er sich auch wieder, weshalb: der Wortschwall des Älteren hatte etwas Zwingendes, was einem momentan den Mut zum Denken raubte, alle Einwände untersagte. Dabei wäre es ein leichtes gewesen, einzuwenden, daß sie lediglich die sieben armseligen Wachen einkalkulierten und die dreitausendachthundert Mann in der Festung vergaßen, wobei die Küstenwache und die MGs am Atlantikwall nicht einmal mitgerechnet waren. Und noch ein weiterer Grund erklärte sein Schweigen: Egal, welche Vorbehalte dieser Kerl in ihm erweckte – im Grunde nahm er ihn einfach nicht ernst. Er nahm sich vor ihm in acht, er bedauerte seinen Einfluß auf Henri, doch er hielt ihn vor allem für einen Mythomanen. Nach den Fotos zu urteilen, hatte er ihn wohl unterschätzt. Entweder war es Alex irgendwann doch gelungen, seinen Plan auszuführen. Oder er hatte ihnen dieses Wahnbild vorgegaukelt, um sie auf eine falsche Fährte zu locken, um das Märchen vom Dieb, der Diebe bestiehlt, glaubwürdig erscheinen zu lassen, während er sich mit noch viel weniger eingestehbaren Mitteln einen ganz anderen Schatz angeeignet hatte. Schon damals lebte der »kleine Fischer«, wie Marianne ihn genannt hatte, auf ziemlich großem Fuß.

Als Quartier benutzten sie das einzige solide Gebäude, das halb aus rosa Ziegeln, halb aus Lehmstrohfüllung gebaut war. Die Bewohner hatten es zurückgelassen, wie es war: mit einer rudimentären Einrichtung, einem offenen Kamin und einem unerschöpflichen Vorrat an Holz. Während des eisigen Winters 1945, als sie glaubten, die Sonne hätte den Planeten für immer verlassen, war es eine Wohltat, sich in der Nähe des Feuers zusammenzusetzen, die Kleider zu trocknen und schier umzukommen vor Hitze.

Alex ließ die Lebensmittel reihum gehen, die er mitgebracht hatte, und entkorkte die Flaschen. Diese Unmengen an Alkohol, die sich die Männer im Krieg einflößten, gehörte zu den Dingen, die Dick am meisten erstaunt hatten als Sohn eines Mannes, der bereits lange vor der berüchtigten »Achtzehnten Verfassungsänderung« und lange nach der Abschaffung der Prohibition ein überzeugter *dry* gewesen war... Mit Wasser und Milch aufgezogen (sowie in dem Glauben, der Alkoholismus sei ein europäisches Laster), hätte er nie gedacht, daß man soviel überhaupt trinken könne, zumal in dieser zwanghaften Form, wie er sie zu Hause nur bei ein paar alten Indianern beobachtet hatte, die nicht mehr bei Verstand waren. Von allen Lebensmitteln war der Alkohol das einzige, woran es nie mangelte, so groß und beständig war der Einfallsreichtum, den man an den Tag legte, um ihn sich zu beschaffen. Ob Wein, Bier, Cognac, Rum oder klarer Fusel von unerfindlicher Herkunft, der Inhalt spielte keine Rolle. Und Gründe zum Trinken gab es genug: um sich Mut zu machen, um die Angst, die Tochter der Wachheit und der Phantasie, einzuschläfern, um die Kälte, die Frostbeulen, die grassierende Krätze, den Hunger und das Warten zu vergessen – denn der angekündigte Angriff wurde immer wieder auf den nächsten Tag verschoben. Aber nichts kam am nächsten Tag; am übernächsten auch nichts Konkreteres, außer den Flaschen, die vom frühen Morgen bis tief in die Nacht von Hand zu Hand gingen und geleert wurden im Namen der ewigen Dankgebetes: »Noch eine, die die Deutschen nicht kriegen werden!« Dieser rasende, hartnäckige, maßlose Durst schien sich überhaupt nicht löschen zu lassen. Und das war vielleicht auch nicht erwünscht. Vielleicht war dieser Brennstoff tatsächlich notwendig, damit die Leute in Dreck, Krankheiten und Entbehrungen unerschütterlich ausharrten. Vielleicht brauchte der Krieg diese alkoholische Gärung unter den Schädeldecken, um sein Geschäft erfolgreich zu erledigen.

Es war möglich, den Flaschenhals ein, zwei, zehn Mal von sich zu weisen – und der Kanadier war wie noch einige weitere Vertreter seiner Spezies für seine Mäßigung berühmt –, aber manchmal mußte man nachgeben, und so hatte auch Dick sich mehrmals überwinden müssen; doch er konnte sich nie daran gewöhnen und machte sich anschließend stets die bittersten Vorwürfe. Bei den meisten seiner Kameraden schien der Organismus so konstruiert zu sein, daß er diese heftigen und wiederholten Erschütterungen ohne sichtlichen Schaden verkraftete, als sei die Fähigkeit, Alkohol in ihr Blut zu mischen, bereits in ihren Genen verankert, als wären sie zwar nicht immun gegen ein solches Gift, aber in der Lage, sich kontinuierlich damit zu tränken, um ihre Kräfte zu härten. Dick dagegen vertrug die Einnahme dieses Mittels nicht. Ein paar Gläser, und ihm wurde hundeelend. Ein paar Gläser mehr (was für ihn soviel bedeutete wie sich zu besaufen), und er wurde in einen Zustand versetzt, in dem er seinen Handlungen nur noch beiwohnte, ohne sie kontrollieren zu können. Über diese Grenze hinaus, und er versank in eine Bewußtlosigkeit, bei der er jedoch immer noch aktiv blieb, denn anschließend mußte er sich mit Entsetzen anhören, wie ihm irgendein lästernder Augenzeuge seine eigenen Abwege beschrieb, während er sich absolut nicht mehr an sie erinnern konnte. Dann kamen ihm die Verbote seiner Erziehung wieder ins Gedächtnis, um ihn zu quälen – oder weniger die Verbote in diesem Punkt als vielmehr jene Sparsamkeit aus Prinzip, die im roten Haus herrschte. Man hatte ihn ja nie daran gehindert, Alkohol zu trinken: Alkohol war etwas, woran man nicht einmal dachte. Zur Reue und zu den furchtbaren Übelkeiten kam also noch ein nachträgliches Entsetzen. Aber schließlich hatte er es hier nicht mit piekfeinen Gentlemen zu tun, auf die sich in einem Nightclub alle Augen richteten, sondern mit Männern im Krieg, die meist nur eine bescheidene Kultur besaßen.

Daß Alex' Organismus stark wie ein Panzer war, verstand sich von selbst. Keinerlei Anzeichen von Verwirrung vor der dritten Flasche Wein. Erst danach zeigten sich allmählich die Symptome der Trunkenheit: deutlicheres Hinken, abgehacktere Bewegungen, Rötung des Gesichts, belegte Stimme. Er stieß die Gegenstände in seiner Reichweite um und ruinierte die Korrektheit seines Aufzugs, indem er sich zuerst den Gürtel öffnete, dann sein Hemd aufknöpfte und es schließlich neben den offenen Kamin warf. Er schwitzte, konzentrierte die Unterhaltung vollends auf sich, und jeder seiner Sätze hatte den Tonfall einer napoleonischen Verkündigung: »Ich aber sage euch...« Wie besessen kam er immer wieder auf dasselbe Thema, zum Beispiel auf die Villa in Soulac zurück und begann seinen Gesprächspartner zu betatschen. Er packte ihn am Genick, um sein Gesicht näher zu sich heranzuziehen, hielt ihn, bevor er weiterredete, einen Moment lang so und starrte ihn an, als sähe er ihn zum erstenmal oder als ringe er um ein gnadenlos zündendes Wort, das ihn für alle Ewigkeit berühmt machen würde. Das Blut schoß ihm in die Augen, doch sein Blick blieb rege, lebendig, lauernd. Er ließ einer Aggressivität freien Lauf, von der man spürte, daß er sie in der Gewalt hatte, sofern man nichts darauf entgegnete. Er ging auf Henri los, der in solchen Momenten zu reden aufhörte und in ein unaufhörliches, schallendes Gelächter verfiel, bis er Schluckauf bekam. Alex kniff ihm in den Arm, verpaßte ihm Kopfnüsse, machte sich über seine mädchenhaften Wimpern lustig. Diese Hiebe hatten etwas Brutales und Perverses; doch man konnte darin auch die ungehobelte, noch getarnte, noch nicht mit sich zufriedene Äußerung einer Zuneigung zu dem Jungen spüren. Vielleicht beschränkte sich Alex nicht nur darauf, ihn zu benutzen, sich an seiner Bewunderung zu weiden, vielleicht liebte er ihn sogar, wenn auch auf seine barbarische Art, wie einen kleinen Bruder, wie ein »Söhnchen«. Vielleicht war er tatsächlich sein Beschützer.

Er trank weiter, immer weiter. Sein Blick wurde glasig. Er hatte Anfälle von fast weinerlicher Sentimentalität. Dann erzählte er hin und wieder von seinen Liebschaften, die so zahlreich und wechselhaft wie insgesamt enttäuschend waren (natürlich ohne daß er der wildeste Hahn des Dorfes gewesen wäre, das »verbitte« er sich). Er packte Henri am Hals, und Stirn an Stirn über den mit Essenresten, zerschlagenen Gläsern, umgeworfenen Gegenständen übersäten Tisch gebeugt wie über eine Partitur, fingen beide an zu singen... War es möglich! Da fiel ihm sogar der Refrain eines jener Gassenhauer wieder ein, die ihre weinseligen Stimmen an so manchen dieser Abende unermüdlich gegrölt hatten:

J'ai chanté sur ma peine
Effaçant mon amour
Et voyant pour toujours
*Son image incertaine.**

In seiner letzten Phase erhob sich Alex geräuschvoll und warf dabei den Stuhl hinter sich um. Dann wankte er zur Tür und stieß sie mit Gewalt auf. Auch wenn er stockbesoffen war, steckte noch diese Kraft in ihm. Mit dem Rücken zu ihnen blieb er auf der Schwelle stehen und sog die kalte Nachtluft ein. Seine gedrungene, massige Gestalt hob sich, vom Türrahmen eingefaßt, von der Dunkelheit ab. Dann begann sein regloser Körper auf einmal Laute auszustoßen, zuerst schwache und unartikulierte, dann immer deutlichere, voneinander unterschiedene. Ohne sich

* Ich habe gesungen über meinen Schmerz/ löschte aus meine Liebe/ und sah doch auf ewig vor mir/ ihr unklares Bild.

zu rühren, mit schlaff herabhängenden Armen stand er da und erging sich in einem mehr oder weniger ausgedehnten Stöhnen, stimmte rauhe Klageschreie von wechselnder Lautstärke an und stieß schließlich ein Geheul aus, das dann plötzlich in der Tiefe seiner Kehle erstarb. Die Szene allein wäre lächerlich gewesen, wenn nicht nach einer Weile aus dem Wald heraus und fast auf den Ton genau die entsprechenden Rufe von Waldkäuzen, Schleiereulen und allen Arten nächtlicher Raubvögel geantwortet hätten, die sie beide nicht erkannten, mit denen Alex sich in seinem Rausch aber gerade unterhalten hatte. Fast schien es, als könnte man hören, wie sie mit ihrem schweren Flügelschlag auf das Sägewerk zugeflogen kamen.

Dann schloß er wieder die Tür, diesmal ohne Gepolter, trat an den Kamin, dehnte seine Glieder und gähnte, während Henri applaudierte und hysterisch lachte. »Ist er nicht großartig, *le Père*? Mann, hast du das gesehen? Ist er nicht großartig?« keuchte er und begann von neuem mit den Füßen zu trampeln, als würde er von einem nervösen Anfall geschüttelt.

Mit seinem mächtigen Brustkorb, dessen Behaarung sich bis zu den Schultern hinauf und über die Oberseite der Arme und Hände fortsetzte, mit seinem zerwühlten schwarzen Haar, seinen buschigen Brauen, seinen blutunterlaufenen Augen, die mit sardonischem Ausdruck ins Feuer starrten, mit dem flackernden Schein der Flammen, die in seinem Gesicht tanzten und es von unten beleuchteten, hatte Alex etwas von einem Dämon. Wer weiß, ob er nicht einer war? Es sei denn, Henri in seiner Trance war einer, oder gar Dick selbst, der Kanadier, der sich hinter seinem Schweigen und seiner Neutralität verschanzte und sich in gewissem Sinn bereits darin übte, nichts mit der Sache zu tun zu haben und sein

Brot damit zu verdienen, daß er vernünftige Zweifel anmeldete. Wer weiß, ob sich der Fürst der Finsternis nicht einen von ihnen als fleischliche Hülle erkoren hatte, um dieses Jahr in Frankreich zu weilen?

Am nächsten Morgen wusch und kämmte sich Alex sorgfältig, brachte seine Kleidung in Ordnung und wichste seine Schuhe, seinen Gürtel, sein Pistolenhalfter. Abgesehen von den noch geröteten Augen wirkte er frisch und ausgeruht. Er frühstückte mit Appetit, scherzte und rüstete sich zum Aufbruch, während er den kleinen Jungs noch empfahl, sich bereitzuhalten und sich ihre Chance nicht entgehen zu lassen.

Nach der Aufgedunsenheit seiner Züge auf den Fotos zu urteilen, hatte Alex, also Monsieur Dubedat, seinen Hang zur Maßlosigkeit noch nicht verloren. Jedenfalls war er immer noch da, ein vollgefressener Siebzigjähriger, der sich mit jener Kraft, die so viele junge Leute beeindruckte, die drohende Embolie vom Leibe hielt. Dick mochte dieses Gesicht noch so eingehend studieren, es mit anderen Szenen ähnlicher Art in Verbindung bringen, er stand immer noch vor einem Rätsel. Er hatte sich eine schwere Prüfung auferlegt, indem er Erinnerungen auffrischte, die kein neues Leben verdienten. Er ließ sie herumzappeln mit ihrem abstoßenden Gestank nach Moder und Suff, der noch siebenunddreißig Jahre danach genausoviel Ekel in ihm erregte, mit ihren morbiden Farben und ihrer schändlichen Angst – siebenunddreißig Jahre danach und ausgerechnet in einer Villa, die diesem Schwein gehörte –, und doch war diese Prüfung nutzlos gewesen. Er sah keinerlei Zusammenhang (zufällige Übereinstimmungen, aber keinen Zusammenhang) zwischen Alex und den Lacostes, zwischen Monsieur Dubedat und dem Verfahren, das die Fischhändlerin gegen ihn eingeleitet hatte. Francine Lacoste gehörte weder in jene Welt noch in jene Zeit.

Vielleicht mußte er tiefer graben, an der Stelle, wo Henri ruhte; in die noch unverletzte Schicht hinabtauchen, wo andere Erinnerungen, die er für immer vergessen, gestorben und begraben glaubte, vielleicht noch lebendig waren und auf ihre Stunde warteten, ja jeden Moment wieder an die Oberfläche aufsteigen konnten... Aber um Himmels willen nicht jetzt! Nicht heute abend! Er spürte, daß der Mechanismus, den er unvorsichtigerweise ausgelöst hatte, sich von nun an über seine Erlaubnis hinwegsetzen würde. Sollte es in den dunkelsten Gründen seines Ichs eine Episode geben, die er bisher so vollkommen verdrängen konnte, daß er sie aus dem Gedächtnis verloren hatte, dann würde sie auch ohne seine Zustimmung wieder ans Licht kommen – aber bitte nicht heute abend! Er war mit den Kräften am Ende. Seine Kopfschmerzen waren wieder da. Wie am vorigen und vorvorigen Abend verschob er die Notwendigkeit, New York anzurufen, auf später. Ja, er dachte nicht einmal daran, daß Marianne, ein lebendiges Geschöpf des Jahres 1982, das mit all diesen Gespenstern nichts zu tun hatte, ein Lebenszeichen von ihm erwarten könnte. Den Kopf auf den Fotos, schlief er ein.

Etwa um neunzehn Uhr, als Dick immer tiefer in einen Schlaf versank, in dem die Monster ihm sicher ihren Besuch abstatten würden, begannen die Straßenlampen ihr gelbliches, staubiges Licht zu verbreiten. Die Nacht nahte. Ein leichter Nebeldunst legte Kühle über den Ort. In seinen schwarzen, noch triefenden Anzug gegossen, das Surfbrett in der Hand wie ein beliebiges Bürokratenaccessoire am Ende eines Arbeitstags, kehrte Michel Lacoste mit gemächlichen Schritten nach Hause zurück. Unterwegs begegnete er Marianne auf der Schwelle des Immobilienbüros, das sie gerade geschlossen hatte. Ihre Blicke kreuzten sich. Es war jener für kleine Dorfgemeinden typische Blick, der weder ein Gruß noch ein stummer Austausch, ja nicht einmal eine Form von Interesse ist; einfach nur ein mechanisches Messen des Abstands, der zwei Wesen trennt, die die gleiche Luft atmen und doch entschlossen sind, mehr miteinander nicht zu teilen – einander so fremd, als lebten sie Tausende von Kilometern weit entfernt und hätten sich nie gesehen. Ein nur kontrollierender Blick, um zu prüfen, ob die vertraute Form noch an ihrem Platz in der Landschaft ist, und bei der Gelegenheit wie beiläufig an ihr die Abnutzung der Jahre zu registrieren, die man sich weigert, an der eigenen Person zu ermessen.

Michel Lacoste dachte jedoch an nichts dergleichen. Lange vor dem Alter der Vernunft, dem ersten Glas Wein und dem ersten Taschenmesser hatte er gelernt, sich vor seinen Gedanken oder vielmehr dem schmerzhaften Taumel ihrer Deutung zu hüten. Er war aufgewachsen inmitten von Klatsch und Gerücht, bestürmt von Unterhaltungen, die bei seinem Erscheinen abbrachen, doch (absichtlich oder nicht) wiederum nicht so schnell, als daß er nicht noch einen Fetzen mitbekommen hätte von dem, was über ihn geredet wurde. Das Rätsel seiner Geburt, der Fehltritt seiner Mutter – denn es konnte nur ein Fehltritt gewesen sein – hatten ihn gelehrt, sich gegen die Gefahren der Worte und der Erklärungen zu schützen. Schon sehr früh hatte er geahnt, daß er verloren wäre, wenn er durch seine Reaktionen, sei es Angst, Kummer oder reine Neugier, den Deutungen die ungeschützte Flanke bieten würde. Sie würden am Ende in ihn eindringen, sich in ihm bekriegen und ihn vernichten. Allen Äußerungen von Interesse an ihm, dem wohlwollenden wie dem böswilligen, setzte er seinen passiven Widerstand, seine Kraft der trägen Masse entgegen, denn es war ihm lieber, als abgestumpft statt als verletzlich zu gelten. Von einem beschränkten Menschen wendet man sich mit der Zeit ab, man gibt die Hoffnung auf, an ihm seine Spur zu hinterlassen, ihn zu beschädigen. So hatte er sich selbst in ein Niemandsland verwiesen, wo er vor logischen Schlüssen und vor dem Zweifel sicher war. Nur ein gegenseitiger Nichtangriffspakt verbriefte seine Zugehörigkeit zur Gemeinschaft. An der Leere, die sich mit der Zeit um ihn ausgebreitet hatte, an dem Umstand, daß die anderen (eine homogene, ferne Einheit) seine wahren oder vermuteten Gefühle verkannten, an der mehr oder weniger verächtlichen Verbannung, mit der er dafür bezahlte, daß er seine Ruhe hatte, litt Michel Lacoste nicht. In siebenunddreißig gleichförmigen Jahren, die sich, so schien ihm, auf einen einzigen unwandelbaren Tag reduzieren ließen, der mit einer von Zufällen überschatteten Geburt begonnen hatte und seither im immer gleichen Rhythmus, am gleichen Ort, im gleichen verschleierten Licht verlief, hatte er gelernt, daß eine Folge nicht leidet. Und er war eine menschliche Folge, eine deutlich sichtbare, einhundertdreiundneunzig Zentimeter hoch, hundert Kilogramm schwer, der nichts anderes übrigblieb, als sich vom Fischgeschäft zum Meer und vom Meer zum Fischgeschäft zu bewegen und darauf zu achten, daß er nicht durch irgendeine Abweichung im Verhalten den Deutungen neue Nahrung gab. Nur die Touristen sahen ihn ohne Vorurteile: nicht als den lebenden Beweis eines früher einmal verübten Delikts, nicht als den Fortsatz eines alten Übels, sondern als eine Person, die in dem Moment geboren wurde, wo sie erstmals vor ihren Augen auftauchte, ohne Vergangenheit oder irgendeine andere Last außer diesem Surfbrett in der Hand, das so schwerelos aussah, als wäre es ein Blatt Papier oder etwas noch Leichteres. Michel war darauf bedacht, nicht von seiner Führungslinie abzuweichen, keinen Grund zu Klagen zu geben, nicht einmal Unbekannten gegenüber, und so interessierte er sich wenig für Fremde. Er suchte keine Hilfe von außen, da er keinerlei Hilfe, gleich welcher Art, erwartete. Und was die Farbe seiner Haut und seiner Augen anging, so konnte er auch mit diesem, letztlich geringfügigen Schmerz noch leben, daß er der offizielle Bastard des Ortes war. Er nahm die Rolle ohne Murren auf sich, denn niemand konnte ihn von ihr befreien. Schon gar nicht seine Mutter.

Francine Lacoste war großzügig in ihrer Zuneigung gewesen und hatte weder mit Streicheln noch mit allen anderen Liebkosungen gegeizt, mit der eine Mutter ein Neugeborenes umgibt. Ihre Haltung war weiterhin zärtlich und aufmerksam geblieben, als das Kind heranwuchs. Auch gegenüber einem Wesen, das sich nicht mehr der rührenden, unpersönlichen Unschuld des Säuglings erfreute, sondern sich als etwas einziges zu erkennen gab und sie mit körperlichen Merkmalen, Gesten und Ausdrücken konfrontierte, die sie am liebsten nicht mehr wiedergesehen hätte – auch da blieb Francine Lacoste eine natürlich liebende Mutter. Im Gegensatz zu den Frauen (oder Männern), die eine Ähnlichkeit von ganzem Herzen herbeisehnen, hatte sie alle Gründe, diese Ähnlichkeit und ihre beängstigenden mimetischen Anspielungen zu fürchten. Doch wenn ihr Blick auf dieses Wahnbild, dieses quälende Echo eines anderen fiel, war ihr Herz kein einziges Mal schwach geworden. Sie hatte ihm nicht nur nicht zum Vorwurf gemacht, was nicht seine Schuld war – daß er da war, sich bewegte und, ohne es zu wollen, einen Akt der Schande verkörperte: selbst in den schlimmsten Momenten der Erschöpfung oder Verzweiflung hatte sie ihm dieses Unrecht nicht angetan. Aber sie hatte, und das war bei einer liebenden Mutter noch beachtlicher, auch nicht ihre verlorenen Illusionen in diesen einzigen Sohn projiziert. Sie hatte nicht versucht, ihn mit einer maßlosen, kompensierenden Leidenschaft zu verschlingen, um Vergebung zu erhalten oder sich selbst zu vergeben. Eine gewisse Distanz – die nicht Kälte war und zu der sie sich zwingen mußte – schien ihr besser als ein Zuviel des Guten. Und die gleiche Zurückhaltung, der gleiche Wunsch, das Leben ihres Sohnes nicht zu behindern, indem sie eine krankhaft enge Bindung zu ihm schuf, hatten sie auch von einem Geständnis abgehalten. Nie hatte sie diese Frage berührt, nie hatte er selbst es getan, außer in einem Alter, das sich mit ausweichenden oder märchenhaften Antworten abspeisen läßt. Jeder hatte daher seinen eigenen Part im dörflichen Konzert: Er war der offizielle Bastard, das anerkannte uneheliche Kind; sie die ledige Mutter, das geschwängerte Mädchen – und mittlerweile das geschwängerte späte Mädchen, denn aus den verschiedensten Gründen hatte sie nie geheiratet. Halb-Witwe, Halb-Opfer, Halb-Sünderin – jeder war auf seinen Status verwiesen, ohne einen Dritten zwischen ihnen, der ihre Beziehungen hätte beeinträchtigen können. Einander verbunden durch eine Liebe, die, nachdem sie mit der Zeit die Gesten und Worte der Liebe verloren hatte, zu einer stillschweigenden Gewißheit geworden war. Sie stärker isoliert als er, denn sie konnte so tun, als glaube sie, er wüßte nicht, was sie wußte. Eine Frau, deren Position doppelt unterminiert war: zum einen, da sie im Besitz des Geheimnisses war, und zum zweiten, weil dieses Geheimnis eine stets im Verborgenen lauernde Bedrohung war – ähnlich den in der Düne vergrabenen Minen, die von Spaziergängern versehentlich ausgebuddelt werden und vor ihren Füßen explodieren.

Da er nicht wie seine Mutter ein Minimum an Geselligkeit pflegen mußte, zu dem das Geschäftsleben verpflichtete, und da er mit ihr nur noch aus innerem Einvernehmen verkehrte, hatte der Sohn jene Gepflogenheiten, jene zwei, drei üblichen Sätze, das Mienenspiel, die Dinge eben, die einem das Ansehen in den Augen der Welt sichern, verlernt, sofern er sie überhaupt je gekannt hatte. Selbst wenn er sich bemüht hätte, besser als die anderen zu sein, ihre Aufmerksamkeit zu erregen (genauer gesagt: wenn er versucht hätte, Mariannes Interesse zu erwecken), dann wäre dieser kaum vorstellbare Versuch von vornherein zum Scheitern verurteilt gewesen, denn ihr Blick, oder vielmehr diese mechanische Abwesenheit eines Blicks, dessen Objekt er war, hielt ihm unwiderruflich das Bild des großen, ungehobelten und beschränkten Kerls entgegen, des ein für allemal erledigten *Falls*. Und dieses Vorurteil wurde noch verstärkt durch seinen Beruf, denn der war nicht gerade dazu angetan, durch Prestige einen Geburtsfehler wettzumachen. Schon gar nicht in den Augen einer jungen Frau wie Marianne, die sich durch ihre gesellschaftliche Position den geltenden Werten der Zeit anpaßte, auch wenn sie ihm frei von Überheblichkeit, weniger karrierebewußt und weniger habgierig als die meisten ihrer Freundinnen vorkam.

Michel Lacoste blieb also bei seiner Reserviertheit. Weder fordernd noch rachsüchtig – einfach auf der Hut. Die Idee, zu gefallen, hatte er endgültig aufgegeben. Er glaubte kaum an die Macht des Verstandes, von der er sich ausgeschlossen fühlte; er glaubte nur an diese Furcht aus Vorsicht, die sich in ihm und in seiner Mutter durch ein ähnliches Überwachen der eigenen Emotionen und Gefühle entwickelt hatte. Er vertraute nur auf jenen Instinkt in seinem Innern, der fast ausschießlich defensiv war; und er glaubte an das Wasser, das ihn da draußen umfloß. Sein beständiges Rauschen schützte seine Person vor den Aggressionen der Welt. Jenes alltägliche Rauschen, das das Geräusch des Lebens überhaupt war, besänftigte ihn mehr als alle menschlichen Worte, mehr als die Wiegenlieder seiner Mutter einst an seinen Kinderohren. Er hörte nur sein monotones Klatschen, wenn er allein auf dem Meer war und dem Ozean seinen gebührenden Anteil abverlangte (und die in den Maschen des Netzes gefangenen Fische setzten dieses fließende Rauschen fort). Und wenn er ihm den Rükken zudrehte und wieder in den Ort zurückkehrte, wenn er sich in schlaflosen Nächten in seinem Bett wälzte und auf die Morgendämmerung wartete, vernahm er weiter sein unendliches Echo. Wasser war auch auf seinem Gesicht, als Nebel und sanfter Regen an den Jagdtagen im Wald. Gefügig und wie selbstverständlich schoß es aus seiner Hand, wenn er das Pflaster des Hofes spritzte. Und beim Surfen kam er gar mit seinem Prinzip in Berührung.

Zu dieser Beschäftigung, die ihm anfangs wie eine beliebige sommerliche Belanglosigkeit erschienen war, war er erst spät gestoßen, doch er gab sich ihr, wenn auch durch sein Gewicht benachteiligt und daher eher ungeschickt, mit Leib und Seele hin. Tatsächlich war sie die einzige Leidenschaft, die er je erlebt hatte. Beim Surfen hörte das Wasser auf, nur Arbeitsmittel oder beruhigende Geräuschkulisse für ihn zu sein; es verwandelte sich in eine unfaßbare, tückische und dennoch formbare Materie. Dann wurde das Rauschen für ihn zu einer flüssigen Sphäre, die ihn einen endlosen Augenblick lang von allen Alltagsdingen trennte. Die Kugel, in die er sich einschloß, verlor in einer erlösenden Bewegung auf der Dünung immer mehr an Gewicht und gab ihm das Gefühl, er würde aus den Wellen neu geboren.

Als Kind hatten ihn die Bemerkungen seiner Spielkameraden darauf gebracht, sich Fragen über die Identität seines Vaters zu stellen, über jenen weißen Fleck, über den er mit seiner Mutter nicht sprechen konnte. Es war die Zeit der Mutmaßungen und Zweifel, lange bevor er zu einem Schluß gelangte, den er sofort wieder vergaß. Zu jener Zeit tauchte Monsieur Dubedat noch gelegentlich in dem Fischgeschäft auf. Er lieferte seine paradehaften Auftritte, wie es seine Gewohnheit war, gefiel sich in Sentenzen und Sprüchen und schlug einen herrischen Ton an, der keine Widerrede duldete. Er war schließlich der Besitzer, nicht wahr? Von diesem Mann, in dessen Gegenwart er sich stets bemühte zu verbergen, wie sehr er ihn haßte, hatte sich Michel Lacoste zumindest einen Satz gemerkt, den er mit der Zeit begründet fand. »Das Meer«, so pflegte er zu sagen, »ist für manch einen Vater und Mutter.«

11

Ein totes Fischauge. Rund wie eine Perle oder wie ein kleiner Achat, hart und poliert, gemasert mit unmerklich feinen Wellungen von gleichfalls milchiger Tönung, ein einzelnes, aus der Höhle getretenes Auge, das noch am Kopf hängt, dessen Verlängerung die nackte Mittelgräte bildet, nur noch ein paar Fetzen grau schimmerndes Fleisch haften daran und ein Stückchen Haut, die an ausgeglühtes Silberpapier erinnert; das Ganze nicht auf einer Servierplatte, sondern auf dem nackten Holz eines ölfleckigen Hackbretts... Dieses Bild hatte Dick aus seinem Schlaf mit schmerzhaft auf dem Küchentisch aufliegender Stirn herübergerettet. Als er mitten in der Nacht erwachte, hing eines der Fotos vom Schweiß angeklebt an seiner Wange. Wieder hämmerte die Migräne gegen seine Schläfen, und sein Mund war ausgedörrt.

Nach reiflicher Überlegung konnte dieses so gestochen scharfe Bild (es war eine Meeräsche, und er wußte sogar, daß die Leute in der Gegend diesen Fisch *mulet* nannten) nicht aus dem Traum hervorgegangen sein. Wer weiß, vielleicht erwartete es ihn bereits seit mehreren Stunden in der Villa Éden wie ein von unsichtbarer Hand aufgehängtes Stilleben, das nun der Mond beschien, damit er es in allen Einzelheiten erkennen konnte. Wie die Abbildung aus einem Buch, dessen Lektüre er in dem Moment unterbrochen hatte, als er ahnte, daß von gewaltsamem Tod die Rede sein würde.

Jetzt, wo sich seine Erinnerungen wahllos, doch bei aller Ungeordnetheit mit einer erstaunlichen Präzision ganz von selbst exhumierten, beschränkte sich Dick darauf, nur zu verfolgen, wie sie sich entwickelten. In Wirklichkeit *erschienen* sie ihm, und er sah ihrer kapriziösen Prozession von Geistern zu, denen die Rückkehr an die freie Luft neue Kräfte verlieh. Die Verriegelung des Gedächtnisses, sagte er sich, die Blockade des Bewußtseins, worin er sich so viele Jahre lang mit so viel Eifer geübt hatte, sind verdammt billige Illusionen. Was er glaubte vergessen zu haben, hatte er nicht vergessen. Er hatte die Fakten höchstens sorgsam verpackt und vergraben, wie man es mit bestimmten unzerstörbaren Materialien macht. Seit die Umhüllungen eine nach der anderen zerrissen, verwitterten, zu Staub zerfielen (denn sie und nicht ihr Inhalt sind vergänglich), war er nur halb überrascht von dem, was er vorfand.

Siebenundreißig Jahre lang hatte Dick nicht ein einziges Mal an Henri Peyrusse gedacht, so glaubte er zumindest. Als er sich an den jungen Mann zu erinnern begann, waren ihm sein Name und seine Physiognomie sofort wieder eingefallen. Er hatte so getan, als stelle er ihn sich wie eine lebende Person vor, der eine zwar ungewisse, doch reale Zukunft offenstand. Dabei wußte er bereits, er hatte es immer gewußt, ohne es in Worte zu fassen, daß Henri kurz nach den Szenen, in denen er ihn nun wieder quicklebendig vor sich sah, umgekommen war. Wenn die Umstände seines Verschwindens tiefer vergraben waren als der Rest, dann mußte er, Dick, mit ihnen zusammenhängen. So wie das aus der Höhle getretene Auge mit dem Kopf des Fisches.

Dick schob die Fensterläden auf, um den Atem der Nacht hereinzulassen... Klare, seidige Vollmondnacht. Der Nordwest trug bis zur Höhe des Hügels das Rauschen des Ozeans herauf, von dem ihn die Lichter des Dorfes trennten. Insgesamt nur wenige Lichter, vereinzelte, schwankende, zerbrechliche, aber eben darum auch voller Leben, so daß dieses schwache Flimmern ihm bewohnter vorkam als die unmenschlich grelle Stromzentrale New York. Als ob hinter jedem Lichtschein ein Herz schlug.

Als er seinen Blick den Horizont entlang von Süden nach Norden wandern ließ, konnte er Mariannes Appartement erkennen, die Schiffslaterne des »Admirals«, die blaue Neonreklame des »Grand Large« und, hell erleuchtet wie ein Ozeandampfer, die Villa Ouranos. Dort mußte wohl Alex, Monsieur Dubedat, gerade in Gesellschaft der ihm Verpflichteten feiern, und das hieß: sie durch die Zurschaustellung seines Reichtums demütigen. Zog er immer noch seine Nummer mit den Nachtraubvögeln ab? Ein Licht fehlte beim Appell, eines, das seit langer Zeit erloschen war. Es hätte etwa hundert Meter hinter der Villa Ouranos brennen müssen. Dort, wo sich jetzt eine für den kleinen Ort viel zu gewaltige Halle aus Beton befand, hatte siebenunddreißig Jahre früher das Haus der Peyrusses gestanden. In Wirklichkeit eher eine Hütte als ein Haus. Winzig klein, mit Wänden aus Holz, ausgebleicht von Seewasser und Sonne, ohne Fundament, und an der Ostseite mit einem gläsernen Anbau, an den ein Gemüsegarten grenzte, der kaum größer als das Haus war. Der Ladenschuppen des Schreiners, Zimmermanns, Polsterers und Kleinwerkers hatte eine so niedrige Decke, daß es schien, als sei er eigens für Kobolde von der Größe Henris und seines Vaters gebaut worden.

Zwei- oder dreimal hatte Henri den Kanadier dorthin mitgenommen. Er schlief dann in einer Kammer, so winzig wie ein Schuhkarton, die früher einmal von einem Mädchen bewohnt worden war, aber inzwischen alle weibliche Erinnerung verloren hatte. Die ältere Schwester hatte sich vor dem Krieg aus dem Staub gemacht und seitdem nie mehr ein Lebenszeichen gegeben. Der Vater? Ein so dürrer, so zerbrechlicher Mann, daß er wie eine leere Muschel wirkte, der das Witwertum und das Hantieren mit zu großen Werkzeugen alles Leben entzogen hatten. Und falls er früher überhaupt einmal Kraft und Schwung besessen hatte, waren diese bis auf den letzten Tropfen von seinem Sohn aufgesogen worden.

Henri wurde von Ungeduld verzehrt wie von einem Fieber, dessen Anfälle durch erzwungenes Nichtstun immer neu belebt wurden. Das Hin und Her der Tagesroutine oder die künstlichen Manöver, die dazu dienten, die Willenskraft gelenkig zu halten und die Illusion zu nähren, sie wären zu etwas nutze, konnte man kaum als Aktivität betrachten, zumindest nicht in dem Sinn, wie der junge Mann sie verstand. Das ständige Auf-der-Stelle-Treten unter einem verhangenen Himmel an den Ausläufern eines wenig einladenden Waldes, der mit Schnaps bekämpfte Frost in den Gliedern und in den Gewissen, das schmerzhafte Warten, das in der Winterstille Tag für Tag neu begann, das schwere, schlaffe Schweigen der Schneenachmittage, nur von Zeit zu Zeit durch ferne Detonationen zerrissen, die sofort wieder mit einem saugenden Geräusch von der Leere geschluckt wurden, all das erzeugte eine Willenlosigkeit, eine Lähmung der Energien, gegen die Henri mit jeder Faser seines Wesens rebellierte. Dieses Versumpfen ertrug er einfach nicht. Er war der Gefahr entgegengerannt, um das Schicksal herauszufordern und den Lauf seines Lebens zu beschleunigen, nicht um bei der Geduld in die Lehre zu gehen. Von der Vorahnung getrieben, es könnte ihm an Zeit fehlen, um die noch unbestimmte, aber begeisternde Aufgabe zu erfüllen, zu der er sich berufen glaubte, scharrte Henri unruhig mit den Hufen und war zu allem möglichen bereit, vorausgesetzt, es kam Schwung in die Dinge um ihn her. Doch wie Wein zu Essig wird, so konnte auch sein Feuer in Jähzorn umschlagen.

Besonders stark war dies an jenem Spätnachmittag im April zu spüren, am 10. oder 11. des Monats ungefähr, also kurz bevor die Generaloffensive doch noch ausgelöst wurde. Hätten sie ihren Rausch einige Stunden früher ausgeschlafen, dann hätte Henri an der Front ein Schicksal ereilt, das seinen Ambitionen würdiger gewesen wäre.

Sie waren in einem Besäufnis versumpft, das sich über mehrere Tage hinzog. Was ihn selbst betraf, so war es das erste Mal (und auch das letzte, dessen war er sicher), wo er sich restlos gehen ließ und nicht nur jede Kontrolle über sich selbst verlor, sondern auch das Gefühl hatte, er käme nur wieder zu Bewußtsein – für kurze Momente, die ihrerseits wirr und halb geträumt waren und wo er nicht wußte, ob es Tag oder Nacht war, ob er sich in ihrem verlassenen Sägewerk oder in einem schwankenden, verräucherten Nebengebäude der Hölle befand –, um sofort wieder in einen bodenlosen Schlaf zu sinken.

Wie lange rüttelte Henri ihn schon, um ihn wach zu bekommen? Nur ein paar Reste Glut im Kamin und die neben ihm auf dem Boden stehende Petroliumfunzel erhellte den Dämmer. Doch auch das war noch zuviel Licht für seinen schmerzenden Schädel. Dünste, gemischt aus kaltem Essen, abgestandenem

Schnaps, Schweiß und Erbrochenem, drehten ihm den Magen um. Alex war nicht mehr da.

Riesengroß tanzte Henris Schatten an der schlingernden Zimmerdecke, über einem unbeschreiblichen Saustall, während er mit den Füßen aufstampfte und schrie: »Auf, Alter! Auf! Diesmal geht's los!« Er verdrehte die Augen, hüpfte von einem Bein aufs andere, ruderte mit den Armen durch die Luft, als ob er sich anschickte, in einem Wettrennen zu starten, konnte sich keine Sekunde still halten, redete und lachte ununterbrochen, ohne Atem zu schöpfen. Dick hatte den Eindruck, als hätte dieses Lachen niemals aufgehört, als hätte es nie einen Anfang genommen und würde nie ein Ende finden. Auch in seinem tiefen Koma, aus dem er, den Nacken in einen Schraubstock gezwängt, den Mund mit Pappe ausgelegt, nun allmählich auftauchte, mußte Dick dieses nervöse, schrille, virulente Lachen bereits vernommen haben.

Was Henri von sich gab, kam ihm ziemlich verworren vor, und doch war seine Aussprache nicht entstellt. Er redete weniger wie ein Betrunkener als wie ein Schwachsinniger, der unter der überdrehten Spannung eines Elektroschocks stand, dabei seiner Sinne zwar noch mächtig war, aber diesen jähen Hitzestrom voll auf die Befriedigung einer fixen Idee konzentrierte. Er wirkte, als hätte er Halluzinationen.

Aus seinem euphorischen Taumel konnte Dick soviel entnehmen, daß die Stunde gekommen war, um das zu tun, was Alex ihnen so oft vorgeschlagen hatte: die Festung Gironde von der Seeseite her zu umgehen und zu sehen, ob man im Schutz des Nebels nicht die Küstenwacht der Deutschen überlisten könnte. Jetzt oder nie. Los! Schnell... Dick gelang es, sich aufzurichten, auch wenn er dabei um ein Haar die Petroliumfunzel umgestoßen hätte. Er konnte sich kaum auf den Beinen halten. Im nächsten Moment würde ihm todsicher der Schädel platzen. Säuerlich, nach Wein riechend, entströmte auch seinen eigenen Kleidern der Gestank nach Erbrochenem. Und doch folgte er den chaotischen Aufbruchsvorbereitungen seines Kameraden, und wenn er auch nur den geringsten Funken Klarheit besessen hätte, dann hätte er in diesem wilden Gestikulieren die ersten Figuren eines Totentanzes erkannt. Er folgte, wie er es wohl all die Stunden davor getan haben mußte, seinem Körper und nicht sich selbst; er gehorchte wie in einer Art Trance: ein Schwachsinniger schleppte einen Zombie hinter sich her.

Draußen erwartete sie eine eisige, grenzenlose, undurchdringliche Nebelwand. Immerhin besaßen sie soviel Geistesgegenwart, daß sie noch einmal umkehrten und sich Wollmützen, Handschuhe, ihren *battle-dress* und eine Sten-Maschinenpistole holten. Der Jeep wartete im Schuppen. (Alex war also mit dem Motorrad aufgebrochen). Henri übernahm das Steuer und setzte, mit schriller Stimme weiter vor sich hin redend, in dieser Waschküche, die sich vor der Kühlerhaube einen Spalt weit lichtete und hinter ihnen sofort wieder schloß, sein Fahrzeug in Bewegung, als ob er nichts zu sehen brauchte oder als ob sein nicht nur halluzinierter, sondern auch nachtsichtiger, besessener Blick diese finstere, zähe Substanz, die kurvenreichen Pfade durch den Wald, ja selbst die Nacht durchstieß und eine Zone der Klarsicht erreichte, an der er sich orientierte. In Les Huttes ließen sie den Jeep in einem oft benutzten Unterstand aus Zweigen zurück; dann gingen sie zu Fuß weiter bis zur Düne, fanden ein ähnliches Versteck, aus dem sie ein Boot, eine Art Ruderboot mit Außenbordmotor, hervorholten; sie mußten sich entsetzlich plagen, bis sie den Kahn über die Düne gezerrt und ins Wasser gestoßen hatten. Gehörte dieses Boot Alex? Hatte er es zu diesem Zweck dort versteckt? Vielleicht hatte er also tatsächlich vor, seinen hirnrissigen Plan auszuführen.

Mit seinen Kräften am Ende, machte Dick gelegentlich halt, um sich zu übergeben, aber alles, was er erbrach, war ein dünnes Rinnsal Speichel und Galle. Zehnmal glaubte er, er würde in Ohnmacht fallen. Henris Kraft schien dagegen mit der Anstrengung noch zuzunehmen. Seine schlanke Gestalt, die dem Kanadier nicht einmal bis zur Schulter reichte, wirbelte hin und her, stemmte sich mit den Beinen in den Boden, schob den schweren Bootsrumpf vorwärts, und während er sich abschuftete, feuerte er seinen Kameraden, ein krankes Häuflein Elend, sogar noch an.

Endlich stiegen sie in das Boot. Zu seinen Füßen entdeckte Dick zwei Schwimmwesten und eine kleine Holzkiste mit Hanfseilgriff, darin vier italienische Handgranaten jenes Modells, das man mit den Zähnen entsicherte. Henri prahlte. Trotz der eisigen Feuchtigkeit hatte er sich mit großspuriger Geste seinen Kampfanzug ausgezogen. Er erging sich in Beschimpfungen gegen die Elemente, zückte in einer Hand die Sten, führte mit der anderen die Pinne und wurde weiter von seinem Lachanfall geschüttelt, der durchmischt war von Beteuerungen wie: »Den Boches werden wir ganz schön eins in den Arsch verpassen!« oder »Unserm Alten werden wir jetzt mal zeigen, wozu wir fähig sind!«... Dazwischen genehmigte er sich ausgiebige Schlucke aus einer Flasche Rum, die er unterm Heck aus einem Sack gezogen hatte. Dicht

Dicht und wattig umschloß sie der Nebel. Weder Himmel noch Horizont waren zu sehen, auch nicht die Küste, aber die konnte nicht weit sein. Bald legte sich Henri mit ungeheurem Schwung in die Riemen, während er, alle Vorsicht mißachtend, weiter seine Direktiven bellte; bald warf er ohne ersichtlichen Grund den Motor an, der einen schauderhaften Lärm machte. Wie konnte er sich ohne jedes Instrument und ohne jede Sicht nur orientieren? War es möglich, daß ihm sein Instinkt, die Gewohnheit oder irgendeine Säufererleuchtung zu Hilfe kam? Dick mußte darauf verzichten, dieses Rätsel zu durchdringen. Der Seegang machte seine Übelkeit noch ärger. Sein Körper war ein einziges Zittern. Von Kopf bis Fuß von Krämpfen geschüttelt, hätte er alles mögliche gegeben, um sich endlich restlos auszukotzen.

Nach dem, was sie um sich her ausmachen konnten, bestand das Meer nur noch aus einigen Quadratmetern schwerer Brecher, einer Abfolge stahlscharfer Klingen, bald schwarz und matt, bald von Spiegelungen durchströmt. Durch ein sonderbares Phänomen (oder war es nur eine weitere Halluzination?) schien die einzig erkennbare Helligkeit inmitten dieser Suppe hie und da aus den Tiefen des Ozeans zu kommen wie ein meergrüner Halo, der an die Oberfläche aufzusteigen suchte oder sie einlud, ihm in die Tiefe zu folgen.

Im strahlenden Mondlicht der Villa Éden stand Dick über die Lichter des Dorfes gebeugt und sah diese Wand aus schleimiger Nacht, mit ihrem Geschmack nach Galle und Wahnsinn, ganz wie damals vor sich. Er sah wieder das von den schwach phosphoreszierenden Wellen hin und her geworfene Boot, er sah Henri hinten im Heck, wie er mit seiner Sten oder seiner Flasche herumfuchtelte, und sich selbst zusammengesunken am Bug, passiver Fährmann einer ziellosen Seefahrt: zwei junge Männer, trunken vor Alkohol und Erschöpfung. Heute, in seinem Alter, betrachtete er sie mit einer Art untröstlichem Bedauern, ja Nachsicht, wie zwei Kinder, die verzweifelt die Katastrophe suchten, die letzte ekstatische Erschütterung, die sie von einem Alptraum befreien würde.

Unmöglich hätte er sagen können, wie lange ihre Irrfahrt gedauert hatte. Auf Henris Anweisung schöpfte der Kanadier mit einer Blechdose das Wasser aus dem Boot – und alle Willenskraft, zu der er noch fähig war, konzentrierte sich auf die mechanische Wiederholung dieser Handbewegung... Nach einer Weile tauchte plötzlich an Steuerbord ein bleicher Lichtschein auf. Henri überkam sein irrsinniges Lachen. Er hatte die Pinne losgelassen und sich aufgerichtet.

Es blieb ihm gerade noch Zeit, dreimal hintereinander »Arschficker! Arschficker! Arschficker!« zu brüllen. Das dritte seiner Fluchworte wurde bereits von der ersten MG-Salve geschluckt. Ein jäher Reflex preßte Dick flach auf den Boden des Kahns. Zuerst sah er, wie wenige Zentimeter von seinem Knie entfernt die Bordwand über der Wasserlinie durchschossen wurde, dann, wie Henri mit wutverzerrtem Gesicht seine Sten auf den Lichtschein richtete. Im selben Moment entspannte sich der Körper seines Kameraden, die Arme erschlafften, und er kippte langsam weg – so als hätte ihn jemand sanft nach hinten gezogen; und Dicks Blicke folgten den Sohlen seiner Schuhe, die ebenfalls über der Bordkante verschwanden.

Weiter peitschten die Schüsse, sie trafen zwar nicht

das Boot, doch sie hinderten ihn daran, sich wieder aufzurichten. »He, Kanadier!« hörte er rufen. Henris Stimme, mehr verwundert als angstvoll, klang wie aus weiter Ferne, wie geknebelt mit mehreren Schichten Nebel. Eine Feuerpause nutzend, warf Dick blindlings eine der Schwimmwesten über Bord, kroch zur Pinne, um das Boot in die der Lichtquelle entgegengesetzte Richtung zu steuern, und versuchte zu der Stelle zurückzufinden, wo Henri aus dem Boot gefallen war. Er hatte sich aufgerichtet, konnte, ohne Atem zu holen, gerade noch »Henri! Henri! Henri!« brüllen, bevor ihn eine weitere Salve zwang, wieder in Deckung zu gehen. Seine Füße glitten auf dem nassen Boden aus; die unter seine Achselhöhle geklemmte Pinne fing den Sturz ab, doch sein Hinterkopf schlug mit Wucht gegen das Heck und machte ihn benommen. Er brachte keinen deutlichen Laut mehr heraus und hatte nur den Eindruck, als sei der Lichtstrahl hinter ihm schließlich erloschen. Es wurde nicht mehr geschossen. Nach ein paar Minuten, vielleicht auch früher, gelang es ihm, als er wieder bei Sinnen war, den Motor abzustellen. Rudernd und weiter rufend, drehte er sich im Dunst im Kreise, rief immer schwächer, schluchzte aus voller Seele und verlor schließlich ganz das Bewußtsein.

Als er, wahrscheinlich von der Kälte wachgerüttelt, jedenfalls am ganzen Leib schlotternd wieder zu sich kam, sah er, daß sich der Nebel zu lichten begann und bald die Dämmerung einsetzen würde. Nie hatte er herausbekommen, wohin Henri sie eigentlich manövriert hatte, er wußte nicht einmal, in welche Richtung und Entfernung ihn sein eigenes Driften getrieben hatte. Als er nun die Ruder ergriff, tat er es vor allem, um sich die Glieder zu wärmen. In Wirklichkeit ließ er sich von der Strömung tragen, und sie brachte ihn in dem Moment ans Ufer zurück, als über den Kiefern der Tag anbrach.

Die Stelle der Küste, an der er gelandet war, bot über ihre gesamte Länge ein Bild trügerischer Gleichförmigkeit, es konnte genausogut deutsches wie französisches Gebiet sein. Im ersteren Fall würde schon im nächsten Augenblick eine Willkommenssalve seine Landung begrüßen. Daß er keine Spanischen Reiter auf der Düne entdeckte, beruhigte ihn jedoch. Nichts regte sich. Vielleicht war der allem Anschein nach verlassene, ruhige Strand von Minen verseucht. Henri hätte auf den ersten Blick erkannt, wo sie sich genau befanden. War das hier *La Drache* oder nicht? Zu spät, um ihn zu fragen.

Der Schock und die Angst hatten ihn nüchtern gemacht und seine Übelkeit gelindert. Er fühlte sich total entkräftet, aber wieder klar bei Verstand und in der Lage zu handeln. Er griff sich nur Henris *battledress* – was soll's, dann mußten eben der Kahn und die Handgranaten dran glauben! – und rannte über den Strand auf den Wald zu. Als er ihn erreicht hatte, war er völlig außer Atem, sein Herz schlug ihm bis zum Halse. In einer der Taschen des Kampfanzugs mußten sich eine Karte und der Zündschlüssel des Jeeps befinden. Während er danach suchte, entdeckte er mehrere braune, noch feuchte Flecke. Da Blut auf das vor ihm liegende Kleidungsstück gespritzt war, mußte es seinen Kameraden gleich bei der ersten Salve voll erwischt haben. Selbst wenn Dick es geschafft hätte, ihm Hilfe zu leisten (angenommen, er hätte ihn in dem Nebel gefunden, und es wäre ihm gelungen, ihn schwimmend zu retten, dann das Boot wieder zu erreichen und ihn an Bord zu hieven), war jetzt alles zu spät. Ein paar Sekunden, nachdem er ins Wasser gefallen war und gerufen hatte, war Henri tot und ertrunken. Das nicht nur Sinnlose, sondern auch Komische, unbeschreiblich Idiotische des ganzen Unternehmens trat ihm in dieser Minute, geronnen zu ein paar Blutflecken auf dem khakifarbenen Tuch, vor Augen.

Was sich Dick vorwarf, war weniger, daß er während des MG-Feuers an Bord allem völlig machtlos zugesehen hatte, sondern vielmehr, daß er sich nicht von Anfang an der Expedition entgegengestellt, daß er sie ermöglicht hatte, indem er seinem Kameraden gefolgt war. Eine Weigerung von seiner Seite hätte genügt: allein wäre Henri niemals aufgebrochen, selbst nicht in dem Zustand, in dem er sich befand. Also mußte unter der Einwirkung des Alkohols irgend etwas in ihm, Richard Freemont, diesem todessüchtigen Impuls, dieser wilden, schädlichen Erhitzung des jungen Blutes, diesem Hineinstürzen in das Schlimmste zugestimmt haben. Irgend etwas in ihm hatte genehmigt, daß auch er selbst sich an diesem rituellen und besessenen Tanz beteiligte, den die Söhne tanzen, um den Vätern zu trotzen und gleichzeitig ihre Zustimmung zu erwecken, indem sie die frische Kraft ihres Stammes neu beleben. Sicher hatte Horace Freemont geahnt, aus wessen Samen dieser Impuls keimte, und sich sofort daran gemacht, ihn mit aller Entschlossenheit zu vernichten, indem er sich in seiner nicht zu übersehenden Größe aufrichtete und auf der höchsten Stufe der Treppe erschien, so wie der Gerechte sich aufrichtet, um den Satan zum Weichen zu zwingen.

Nach zwei Stunden Fußmarsch fand er sich in einer Gegend wieder, die er kannte: im Moor von Mousseigne. Von dort war es nicht mehr schwer, zum Jeep zu gelangen. Die Strömung hatte ihn zu einer Stelle südlich von ihrem Ausgangspunkt zurückgetrieben. In jener Nacht, die ihm so lang erschienen war, hatten sie sich der deutschen Front also kaum genähert. Aller Wahrscheinlichkeit nach war es das erste »Widerstandsnest« gewesen, das sie mit seinem Scheinwerfer ausgemacht und ihrer Reise ein Ende gesetzt hatte, ohne daß es den Schützen angebracht erschienen war, an einer elenden Barke und deren unbedeutender Mannschaft weitere Munition zu verschwenden. Dick beeilte sich, wieder zum Sägewerk zurückzukehren. Er wollte so schnell wie möglich dem Strand, der Feindseligkeit dieses nach Frost und Moder riechenden Waldes den Rücken kehren. Auf Zehenspitzen tastete er sich durch den dunklen Raum, um die Fenster zu öffnen und Licht und Luft hereinzulassen. Von dem entsetzlichen Saustall behielt er nur ein einziges Detail im Gedächtnis, das ihn persönlich anzugehen schien, und das war das tote Fischauge.

Er dachte, es wäre vielleicht gut, wenigstens Henris Kampfanzug mitzunehmen. Doch dann besann er sich anders, warf ihn auf den mit leeren Flaschen, zerknüllten Zigarettenpackungen, Abfall, dreckiger Wäsche, getrocknetem Morast und Patronen übersäten Boden und verließ, ohne sich noch einmal umzudrehen, für immer den fluchbeladenen Bau und seinen muffigen Geruch, seinen verkommenen Gestank nach Verbrechen. Dann ging er in einer blendenden Sonne die Landstraße zum Ort zurück. Es war der erste Tag, das erste wirkliche Licht nach soviel finsterem Regen und bleiverhangenen Himmeln. Er hatte vor, Henris Vater von dem Drama zu berichten, wobei er es so frisieren würde, daß es sich präsentabel anhörte. Dazu war er verpflichtet. Als er sich aber bis auf ein paar Schritte dem Häuschen genähert hatte, das in einem so verletzlichen Frieden dalag, und den mageren und gekrümmten Rücken des alten Mannes sah (in diesem Moment zumindest kam er ihm ganz alt vor), der gerade einen Hammer hob, wie wenn er eine übermenschlich schwere Last wäre, versagte ihm der Mut. Er machte kehrt und trat, da ihn ein jäher Heißhunger überkommen hatte, in die Bäckerei, in der zu dieser späten Vormittagsstunde gerade noch ein Stück Brot übrig war. Dann wanderte er zu der nicht verminten Düne, über den zivilen, lauwarmen Sand, wo außer dem leeren, von Stacheldraht umgebenen Bunker keinerlei Spur vom Krieg zeugte, um dort sein Baguettestück zu verzehren und dabei das gleichgültige Meer zu betrachten, das Henris letztes Lachen verschlungen hatte.

Ja, dort, an jener Stelle hatte das kleine weiße Haus gestanden, das von siebenunddreißig Jahren Gefräßigkeit und Raffgier wegrasiert wurde. Etwas weiter hinten, zwischen der Villa Ouranos, die der prunksüchtige Alex taghell beleuchtete, und der kaum zu erkennenden Masse des Bunkers, gegenüber den gleichen unerschöpflichen Wellen, auf denen Michel Lacoste surfte, war der Ort, wo er in das unschuldige Brot gebissen und zum letztenmal das schmale, olivenfarbene Gesicht mit den mädchenhaften Wimpern gesehen hatte.

Als er sich jetzt wieder ihr Fiasko ins Gedächtnis rief, empfand er für die jungen Leute von damals eine Form von Mitleid, jenes väterliche Mitgefühl, das er bei den verblendeten Vätern sonst immer kritisierte. Er verzieh sich, daß er nicht über die Schwelle des Häuschens getreten war – denn selbst eine fromme Lüge hätte den Witwer vollends vernichtet. Er fühlte sich für Henris Tod nicht verantwortlich, zumindest nicht, als sie unter deutschem Beschuß gelegen hatten. Dagegen machte er sich auch jetzt noch die Kläglichkeit seines Verhaltens im Augenblick ihres Aufbruchs zum Vorwurf. Die letzte Kugel war lediglich der tragische Schluß einer Verkettung absurder Handlungen, einer wahnwitzigen Tollkühnheit, zu der Alex mehr oder weniger angestiftet hatte; und der tugendsame junge Mann, den sie den »Kanadier« nannten, hatte dem nichts anderes entgegenzusetzen als seine blasse Mäßigung, seine ängstlichen, sofort vom Gelächter hinweggefegten Moralpredigten, bevor er ihr Spiel dann schließlich doch mitmachte. Er, der sich für aufsässig, frei von aller Bevormundung und für den Herrn über sein Schicksal hielt, hatte sich jämmerlich vor der Macht einer gefälschten Vaterfigur gebeugt – und das, kurz nachdem Horace Freemont ihm für immer die Freiheit geschenkt hatte, indem er im Frost und in der Stille desselben Winters 45 sein Leben ausgehaucht hatte.

Der Kanadier vermied es, noch einmal in das Sägewerk zurückzukehren und schloß sich diskret dem Sammelregiment »Marokkaner und Ausländer« von Kommandant Chodzko an. Nervös, doch gleichzeitig erleichtert und entschlossen, wiederholten die Männer die Worte, die Henri wenige Stunden zuvor gerufen hatte: »Diesmal geht's los! Jetzt wird's ernst!«

Frühmorgens am Samstag, dem 14. April (und nicht Freitag, dem 13., wie man später allen Grund gehabt hätte zu glauben), nachdem der Angriff endlich ausgelöst worden war, sollte sein Beitrag im Ringen um den Sieg nur von kurzer Dauer sein. Inmitten einer Abteilung rückte er auf einer Landstraße am Ortsrand von Montalivet-Plage vor. Noch völlig erschöpft, vielleicht sogar mit den Gedanken woanders, hörte er den Befehl, der vorn geschrien wurde, erst mit leichter Verzögerung. Alle seine Kameraden warfen sich sofort in den Straßengraben. Er allein stand noch auf der Straße. Als er ihnen gerade nachspringen wollte, sah er etwa dreißig Meter vor sich die graue Uniform (fast das Grau der Südstaatler, dachte er blöde) eines Deutschen von der Kriegsmarine, der nicht einmal der Schütze war und dessen goldene Knöpfe er, soviel Zeit blieb ihm noch, bemerken konnte; und während er in Deckung ging, fühlte er, kaum den Bruchteil einer Sekunde, bevor er die Detonation hörte, oder vielleicht im selben Moment, einen höllischen Einschlag in seinem rechten Oberschenkel, und er wurde genau an die Stelle geschleudert, wohin er sich fallen lassen wollte. Seine Augen und sein Mund waren voller Erde, im Stürzen mußte er sich die Schulter verstaucht haben, aber sein Bein machte ihm eigentlich nicht zu schaffen. Es kam ihm eher betäubt vor, als daß es schmerzte. Er betastete es mit der Hand, faßte in das Blut, das in Strömen hervorquoll. Um ihn herum wurden die widersprüchlichsten Befehle gebrüllt. Eine plötzliche Schwäche fuhr ihm in die Glieder. Nur ein Stück entfernt von der Stelle, wo Henri ertrunken war, würde er ein Bein verlieren, vielleicht sterben, schoß es ihm durch den Kopf. Hinkend durch die Gegend laufen wie Alex wollte er nicht, dachte er. Dann verlor er die Besinnung.

Als Dick wieder zu sich kam – zu einer Art fiebrigem Halbbewußtsein –, wurde er von den Stößen eines Ambulanzwagens geschüttelt. Neben ihm Gewimmer und Gestöhne. Jetzt hatte er grauenhafte Schmerzen. Er konnte spüren, wie trotz des Verbandes weiter das Blut floß, es war ihm, als fließe damit der ganze Eiter der Schande aus, in der er gewatet war... Und ein noch seltsameres Gefühl war in ihm, das er sich auch heute noch nicht erklären konnte:

daß er nicht das Opfer einer Kriegsverletzung war. Das vergossene Blut stammte von einem früheren Mord, den er selbst begangen hatte, aber er wußte nicht, an wem.

Um halb acht Uhr morgens schob er das blaue Hoftor neben dem Fischgeschäft auf. Hände und Arme in weißen Gummihandschuhen, die Füße in Stiefeln von der gleichen Farbe und eine grüne Schürze umgebunden, stand Francine Lacoste, über Fischkästen gebeugt, in der Mitte des Hofs. Sie war nicht allein. Neben ihr stand ihr Angestellter. Hinter ihr, von Netzen halb verdeckt, ihr Sohn.

»Bonjour, erkennen Sie mich wieder?« fragte Dick blöde, obwohl er sich eine ganz andere Einleitung zurechtgelegt hatte.

Ohne Hast hob sie den Kopf, blickte ihn an und sagte in einer Stimme ohne jeden Unterton, wie wenn man eine ganz selbstverständliche Bemerkung macht:

»Wieso sollte ich Sie nicht wiedererkennen, Monsieur Freemont? Außerdem kennt Sie hier ja inzwischen jeder.«

»Madame Lacoste, ich würde Sie gern ein paar Minuten unter vier Augen sprechen.«

»Tut mir leid... Ich muß diese Arbeit erledigen, die nicht warten kann, und das Geschäft aufmachen. Es ist leider unmöglich.«

»Bitte... Nur ein paar Minuten. Ich habe Ihnen wirklich sehr wichtige Dinge zu sagen.«

In seinem Beharren mußte etwas Überzeugendes liegen, denn sie hielt inne und musterte ihn – immer noch ohne sichtbare Emotion. Schließlich meinte sie knapp:

»Gut. Kommen Sie bei Ladenschluß noch einmal

wieder. Aber ich kann nichts versprechen. Ich habe Ihnen nämlich nichts zu sagen.«

Damit war das Gespräch beendet. Noch einmal nachzuhaken war zwecklos. Sie beugte sich wieder über ihre Kästen, wie wenn er nicht mehr dagewesen wäre. Michel Lacoste hatte sie unausgesetzt beobachtet, jedoch nicht mit diesem ausdruckslosen, verschlossenen Blick, von dem er sich nie zu trennen schien, sondern mit einer intensiven, wenn auch schwer zu deutenden Aufmerksamkeit. Sollte der Sohn vielleicht interessierter sein als die Mutter?

Ein wenig später begab er sich zum Immobilienbüro, aber er trat nicht ein: Marianne gab ihm durch Zeichen zu verstehen, daß der Chef anwesend war, bat ihn auf die gleiche Weise, sie anzurufen, und warf ihm mit den Fingerspitzen und gerundeten Lippen diskret einen Kuß zu. So banal diese Geste auch war, überraschte sie ihn wie ein Tropfen Kühle in all diesen üblen Fäulnisdünsten.

Als der Abend gekommen war, schob er wieder das blaue Tor auf. Eigentlich hätte er es sich denken können: Francine Lacoste hatte Verstärkung angefordert.

Wie lange war er nun schon hier? Drei Wochen, einen Monat? War er von den verlangsamten Gewohnheiten dieses Badeortes schon so sehr geprägt? Hatte er in so kurzer Zeit eine dörflichere Gangart und Sehweise angenommen (oder wiedergefunden)? Das, was ihm an Corinne Belmont sofort auffiel, hätte er unter anderen Umständen nämlich nicht bemerkt. Sie wirkte metallisch und ungeduldig, hatte etwas Städtisches. So als würde sie in der zweiten Reihe parken, während alles um sie herum hupte; als wäre sie zwar anwesend, doch in Beschlag genommen von der unsäglichen Hektik, der auch ihr

Nervensystem weiter unterworfen blieb, während sie eine Verspätung im Zeitplan aufzuholen versuchte und zugleich bereits den nächsten Termin zwischen zwei Flügen im Kopf hatte. Sie war eine jener drahtigen, schlanken, angespannten und eiskalten Blondinen, die ihren Ehrgeiz wie einen Federbusch, mit allen dazugehörigen Accessoires und Kleidern berühmter Marken, zur Schau tragen. Sie hatte eine schneidende Stimme, die sich in den tiefen Lagen maskuline Akzente zu geben suchte, um eine autoritäre Schwingung auszustrahlen. Ihre ganze Person erweckte den Eindruck, als hätte sie Beziehungen auf höchster Ebene und immer noch mächtigere Brocken in Aussicht, daß sie aber diese Beute hier, wo sie sie einmal in ihren schönen weißen Raubtierzähnen hatte, genausowenig wie irgendeine andere mehr loslassen würde. Für Wilcox Ransom & Freemont wäre sie die ideale Rekrutin gewesen, und ihren Kollegen wäre sofort klar geworden, daß sie nun höllisch stark auf ihre Computer und ihre Klienten aufpassen müßten. Daß sie auch nicht das geringste mit Francine Lacoste gemein hatte, sah man auf den ersten Blick. Sie konnte sie unmöglich selbst ausgesucht haben.

Obwohl stärker verärgert, als nötig gewesen wäre, ließ Dick dennoch ihre Rechtsbelehrungen, persönlichen Erwartungen und Warnungen über sich ergehen, die sie mit der kalten Genüßlichkeit derer vortrug, die sich in einer vorteilhaften Position wähnen. (Eine vorschnelle Annahme jedoch, der er kraft seiner Erfahrung mühelos den Boden entziehen würde!) Egal, welch großen Ruf er genieße, er müsse wissen, daß sie davon nicht im geringsten beeindruckt sei. Es könne kaum in seinem Interesse liegen, Methoden zu verwenden, die hier fehl am Platze seien, nämlich den Versuch zu machen, die Klägerin einzuschüchtern. Im übrigen behalte sie sich das Recht vor...

»*Shut up!*«

Pech für die Kollegialität, die Maître Duffour so lieb und teuer war: er hatte knochentrocken zu der Sprache gegriffen, die sie verstehen würde, die des Vorgesetzten, des *patron*. Völlig verblüfft, geriet sie einige Sekunden ins Schlingern. Er fuhr fort:

»Mit Ihnen rede ich überhaupt nicht, Maître Ich-weiß-nicht-wer. Ich würde mich vielmehr gerne mit Ihnen, Madame Lacoste, unterhalten. Was ich Ihnen sagen möchte, hat nichts mit unserem Fall zu tun. Ich bitte Sie lediglich, mir ein paar Minuten Ihres Lebens zu gewähren.«

Francine Lacoste schien sich nicht wohl in ihrer Haut zu fühlen, doch Maître Belmont hatte wieder zu ihrer Fassung und ihrem Hochmut zurückgefunden.

»Das kommt nicht in Frage, Monsieur Freemont«, fiel sie ihm empört ins Wort und ließ das Schloß ihres eleganten Aktenkoffers zuknallen, »Madame Lacoste wünscht Sie nicht anzuhören und ist auch nicht dazu verpflichtet. Guten Abend.«

Er zuckte mit den Schultern und ging. Zuvor hatte er noch einen kurzen Blick in den Hof geworfen: reglos und still in das Halbdunkel gedrückt, hatte Michel Lacoste die ganze Szene verfolgt.

Zum erstenmal seit mehreren Wochen hatte es zu regnen angefangen. Vorsichtig, wie mit Bedauern, löste sich aus einem rußschwarzen Himmel ein feiner Regen; er hatte zwar noch nicht die Kraft, den Staub von dem Ort abzuwaschen, der sich während der Dürre angesammelt hatte, aber er brachte bereits einen kräftigen Geruch in die Gäßchen, der Dick das

Herz zuschnürte: den Geruch nach nassem Kiefernholz, den Atem von Wasser, vermischt mit noch lauwarmem Harz.

Dick hatte sich ein paar Schritte weit entfernt. Er stellte sich unter das Vordach des Wein- und Spirituosenhändlers und wartete, bis der schwarze BMW, von der Anwältin auf Vollgas gepeitscht, abgefahren war. Eine Viertelstunde später kam Francine Lacoste heraus. Sie war allein. Kaum hatte sie die Tür des Lieferwagens geöffnet, der ein paar Meter weiter parkte, sprang Dick heran und hämmerte gegen die Scheibe. Durch die Regentropfen konnte er sehen, wie sie aufseufzte, ablehnend den Kopf schüttelte, ihn aber nicht ansah und mit den Fingern auf ihr Lenkrad trommelte. Sie seufzte noch einmal, dann streckte sie die Hand nach dem Türgriff aus. Sobald er neben ihr saß, startete sie.

»Danke. Vielen Dank.«

»Ich sage es Ihnen noch einmal. Ich habe Ihnen nichts zu sagen. Ich bin hundemüde, ich fahre nach Hause. Außerdem darf ich nicht mit Ihnen sprechen.«

»Sie dürfen nicht! Ich bin doch schließlich kein Verbrecher.«

»Das meine ich auch nicht.«

Soweit er das in der Dunkelheit des Wagens beurteilen konnte, hatte sie ihm einen mißtrauischen, fast ängstlichen Blick zugeworfen. Sie hatten den Rond-point Général-de-Gaulle umfahren und steuerten auf den großen Wohnblock an der Strandpromenade zu.

Dick hatte das Gefühl, der Ort kauere sich noch ein wenig enger zusammen, seine Umklammerung werde noch um einen Grad fester: Alex beherbergte also alle, deren Schicksal er bei der einen oder anderen Gelegenheit beeinflußt hatte, unter seinem Dach. Als würde er durch seine Wohnungen weiter seinen saturnischen Einfluß auf sie ausüben. Inzwischen waren sie auf dem schlecht erleuchteten Parkplatz angekommen, wo Dick auf Marianne gewartet hatte. Francine ließ den Motor weiter laufen. Einer der Scheibenwischer funktionierte nicht mehr.

»Monsieur Dubedat hat Ihnen diese Ideen in den Kopf gesetzt, nicht wahr? Er ist der Drahtzieher der ganzen Geschichte?«

»Das geht Sie nichts an. Ich bin Ihnen keine Rechenschaft schuldig, schon gar nicht Ihnen, an dessen Händen Blut klebt.«

»Blut an den Händen? Das ist ungeheuerlich! Was meinen Sie damit? Wen? Sagen Sie es mir! Bitte! Man kann doch nicht eine so schwerwiegende Anschuldigung vorbringen, ohne sich näher zu äußern!«

Sie antwortete nicht. Er konnte sie nicht deutlich sehen, er ahnte nur schemenhaft eine zusammengeduckte, steife Gestalt und ein innerliches Brodeln, das durch irgend etwas niedergehalten wurde, was mehr nach der Energie der Verzweiflung als nach Feindseligkeit aussah. Aber sie sagte nichts, beschränkte sich darauf, im Leerlauf kleine Tritte aufs Gas zu geben, die wie der Ausdruck einer verspäteten, gegen sich selbst gerichteten Wut auf dem menschenleeren Parkplatz widerhallten. Die Vision der Umklammerung, die ihm eben durch den Kopf gegangen war, die Vorstellung einer Falle, die seit damals ständig bereitgestanden hatte, um zuzuschnappen, jene geheimen Bande, die zwischen den Menschen gewoben waren, nicht um sie zu vereinen, sondern zu fesseln, jene Verflechtungen zwischen Lebenden und Toten, von denen Marianne im Zusammenhang mit der Geschichte des Ortes scherzhaft gesprochen hatte – genau das lieferte ihm mit einemmal den Schlüssel.

»Henri! Sie glauben, daß ich Henri Peyrusse getötet habe!«

Kaum hörbar hatte sie aufgestöhnt. Er packte sie am Arm und fuhr fort:

»Wenn es das ist, was Sie denken, dann gebe ich Ihnen mein Wort, dann schwöre ich Ihnen bei allem, was mir teuer ist, daß ich Henri nicht getötet habe. Ich schwöre es Ihnen. Er wurde auf See von den Deutschen umgelegt, vermutlich ist er ertrunken. Ich konnte nichts dagegen tun. Das Ganze war ein Unfall. Es würde zu lange dauern, Ihnen das jetzt zu erzählen, aber ich bin bereit, es zu tun, wann immer Sie wollen...«

Er hatte fast geschrien. Sie sagte nichts, rührte sich nicht. Sie hatte aufgehört, den Gashebel zu malträtieren. Wieder war das monotone Prasseln des Regens auf der Karosserie zu hören. Er nahm einen ruhigeren Ton an, lockerte aber nicht seinen Griff um ihren Arm, er gab ihm nur eine andere, verständnisvollere, herzlichere Bedeutung und fuhr fort:

»Sie müssen mir glauben. Sie glauben mir auch! Da bin ich sicher... Kurzum, das alles hat nichts mit dem zu tun, was Sie mir vorwerfen... Madame Lacoste, sagen Sie mir – dann werde ich Sie nicht mehr belästigen, wir werden vor Gericht gehen, wenn es Ihr Wunsch ist, und ich werde nicht einmal versuchen, die gütliche Einigung mit Ihnen zu erreichen, die Ihre Anwältin so sehr fürchtet –, aber sagen Sie mir bitte: Sie wissen genau, daß ich nicht Michels Vater bin, daß ich es gar nicht sein kann. Ich weiß nicht, aus welchen Gründen Sie es behaupten, aber Sie wissen, das es unmöglich ist.«

Im Handschuhfach lag eine Taschenlampe, Dick ergriff sie, knipste sie an und richtete sie auf sich.

»Sie haben gesagt, Sie kennen mich, Madame Lacoste. Sind Sie immer noch so sicher?«

Energisch befreite sie ihren Arm, riß ihm die Lampe aus der Hand und richtete den Lichtkegel auf ihr eigenes Gesicht.

»Und Sie! Sehen Sie mich an! Sehen Sie mich gut an: Erkennen Sie mich wieder, Monsieur Freemont?«

Der bleiche Schein beleuchte sie von unten, ohne Gnade für ihre Haut: Die Rötungen, die kleinen Flecke an den Mundwinkeln, ein Pickel auf der Stirn, ein paar Falten, jene Welkheit, die das Alter mit sich bringt – sie traten durch die Angespanntheit ihrer Züge noch deutlicher hervor. In diesem vom Leiden und vielleicht von der Schmach verheerten Gesicht einer reifen Frau, in diesem müden, in Tränen gebadeten Gesicht, auf dem die Schminke zu schwarzen Streifen zerfloß und über die Wangen lief, in diesem aufgelösten, geisterhaften Gesicht erkannte Dick im gleichen Moment die Augen des jungen Mädchens wieder.

1945

12

Auf dem Tisch steht so etwas wie eine Flasche Milch. Genau an der Schwelle der Zone, von wo an alles immer dichter verschwimmt, erkennt er ihren hellen, reglosen Fleck. Ja, es ist tatsächlich eine Flasche Milch (welcher Besucher hat sie nur auf diesen grob gezimmerten Tisch gestellt?), ein unpassendes Weiß in diesem Dreckloch mit seinen düsteren, vom Rauch noch dunkler gewordenen Farben (Braun, Ocker, Kupferrot), mit seinen dichten, unentwirrbaren Gerüchen (brünstig stickigen Ausdünstungen von Schweiß, kaltem Essen, Alkohol, Tabak), komprimiert in einem geschlossenen Volumen, einem Raum, in den seit langem weder Luft noch Tageslicht eingedrungen sind. Er nimmt alles nur noch lückenhaft und verzerrt wahr. Wie durch ein Schlüsselloch, einen Spalt oder, vielmehr noch, wie gebrochen durch einen leicht konvexen, stumpf gewordenen, mit Fliegendreck übersäten Spiegel, der auf dem Boden steht. Er sieht alles wie in einer grotesken, boshaften Verzerrung über sich schweben. Und was noch wunderlicher ist: Einmal sieht er die Dinge so, als wäre er mitten unter ihnen in einem entsetzlich verpesteten Zimmer; dann wieder so, als befände er sich außerhalb, hinter dem Spiegel (der folglich keinen Zinngrund hat) oder hinter einem verdreckten Fenster, hinter bauchigen Butzenscheiben. Er kann fühlen, und er kann schemenhaft sehen. Aber die

Laute dringen durch die kompakte, höhlenhafte Atmosphäre nur so gedämpft zu ihm, daß sie kaum zu hören sind. Er ist anwesend und doch nicht da. Sich bewegende Formen tauchen in seinem Gesichtsfeld auf und verschwinden wieder, bevor er sie identifizieren kann, noch flüchtiger als in einem Traum. Aber er weiß, daß das alles kein Traum ist.

Plötzlich nähert sich einer dieser Schatten, dahinter noch einer, kommt ganz dicht heran in einer wahrscheinlich überstürzten Bewegung, die jedoch, heftig übertrieben, in eine Vielzahl fließender Bewegungen ohne Sinn zerfällt und dadurch verlangsamt erscheint. Und direkt vor ihm, leicht über ihm materialisieren sich die Schatten. Hätte er eine Hand und könnte er sie bewegen, dann könnte er sie sicher berühren. Das zerrissene Kleid der jungen Frau gibt eine vor Schweiß glänzende Schulter frei. Der Arm ihres Verfolgers hält sie fest um die Hüfte gepackt. Sie windet ihren Oberkörper nach vorn, versucht sich loszureißen. Die Taschenlampe, die sie gerade noch in der Hand hielt und mit der sie vergeblich versucht hatte, auf ihren Angreifer einzuschlagen, entfällt ihr. Ein bleicher Lichtkegel schneidet kreuz und quer durch den Dämmer, dann kommt er auf dem Boden zur Ruhe, flackert noch einen Moment lang und wirft seinen tanzenden, grausamen Schein in das Gesicht des Mädchens. Er kann ihr atemloses Keuchen erkennen, die schwarzen, vor Regennässe glänzenden Haare, die aufgeplatzte Lippe, die Form ihres Schreis, den er jedoch nicht hört, die kastanienbraunen, vor Entsetzen und Tränen vergrößerten Augen. Und dann erstarrt dieser in die Enge getriebene, verzweifelte, flehende – *ihn* anflehende – Blick im aschfahlen Schein der Taschenlampe zu einer Maske, deren leere Augen nichts und niemanden mehr sehen. Ohne seinen Griff um ihre Hüfte zu lösen, hat der Mann ihr das schwarze Kleid hochgeschoben; die Füße platt auf den Boden gestemmt, die Knie gebeugt, dringt er in sie ein, dringt lange in sie ein, die Adern seines Arms schwellen an, und sie unterdrückt, die Augen starr aufgerissen, ihr Schreien. Neben der Taschenlampe auf dem verdreckten Boden liegt, in einer unbegreiflichen Stellung zurückgelassen, eine einzelne Sandale.

Über dem gebeugten Nacken des Mädchens, über ihrem durchnäßten Haar erscheint jetzt das Gesicht des Mannes, vielmehr des olivenhäutigen Jungen, und er ruft: »Los! Komm. Jetzt bist du dran, Kanadier! Komm!«...Zumindest glaubt er das auf den Lippen jenseits des Spiegels in dem unerreichbaren Halbdunkel zu lesen, aus dem über der Begattungsszene nun die fette Hand eines Dritten auftaucht, von dessen Anwesenheit er nichts geahnt hatte, dann sein rotes Gesicht mit den kohlschwarzen Brauen und den dämonischen Augen. Der aus dem Dunkel Hinzugetretene schiebt seinen Vorgänger zur Seite, packt das Mädchen ebenfalls um die Hüfte, als wäre sie ohne Gewicht, und vielleicht hat sie wirklich kein anderes Gewicht mehr als das ihres stummen Schreiens, das wieder einsetzt. Auf ihrem entblößten Oberschenkel erkennt er ein dünnes, perlmuttbleiches Rinnsal, während der massige Mann sie nun mühelos hochhebt und aufrichtet, ihr den Rücken kehrt, sich mit entschlossenen, harten Schritten nach dem anderen Strohlager hin entfernt. Im Vorbeigehen stößt sein Schenkel gegen die Ecke des Tisches. Da gerät die Milchflasche ins Wanken, fällt zu Boden, zerbricht ohne Geräusch, und die makellose Flüssigkeit breitet sich mit einer unerträglichen Langsamkeit aus.

1982

13

Dann nahm der Regen vorsichtig, fast lautlos, die Gegend wieder in Besitz. Dick, der die ganze Nacht nicht geschlafen hatte, suchte Gott weiß welche Reinwaschung darin zu finden, während er über die zu dieser frühen Stunde noch menschenleere Strandpromenade ging. Er hörte nicht, wie Michel Lacoste sich ihm von hinten näherte, bis auf seine Höhe herankam und ihn unvermittelt, ohne ihn überhaupt zu grüßen, fragte: »Kommen Sie mit? Ich habe ein paar Angelleinen einzuholen.«

Auf diese Weise befand er sich auf einmal wieder in einem flachen, mit einem starken Motor ausgerüsteten Boot. Michel Lacoste an der Stelle, wo einst Henri Peyrusse gesessen hatte; er selbst vorn am Bug, wo damals zusammengesunken der Kanadier gekauert hatte. Er hatte zwar gehofft, daß es einmal zu dieser Begegnung kommen würde, aber da er nichts dafür getan hatte, hätte er sich nie vorgestellt, daß sie sich auf diese Art abspielen könnte. Dick fragte sich, was er mehr bewundern sollte, die Intuition des hühnenhaften Kerls im gelben Ölzeug (der natürlich nicht wußte, wie sehr die jetzige Situation einer früheren glich) oder die Listen und Ränke der Zeit, die siebendunddreißig Jahre lang gewartet hatte, um Henris Sohn oder Halbsohn (oder mußte man eher sagen: das namenlose Kind des Sägewerks, den Bastard der Gewalt und der Feigheit?) von Angesicht zu Angesicht dem übernächtigten Mann im Trenchcoat gegenüberzustellen.

Michel Lacoste ging schweigend seinen Verrichtungen nach. Lange verharrten sie, ohne etwas zu sagen, und was sie sich dann sagten, war letzten Endes auch nur wenig. Dick ergriff als erster die Initiative:

»Zu einer Angelpartie haben Sie mich ja wohl nicht eingeladen. Ich nehme an, Sie möchten mich sprechen?«

»Stimmt genau! Also, ich wollte, daß Sie wissen: ich persönlich habe nichts gegen Sie. Ich habe die Papiere dieser Anwältin unterschrieben, weil meine Mutter es von mir verlangt hat. Ich war eher dagegen, und ich find' sie immer noch zum Kotzen, diese Scherereien, die man Ihnen nach so vielen Jahren macht. Nur konnte ich mich eben nicht weigern. Verstehen Sie? Wenn ich nein gesagt hätte oder sowas, dann hätte man lang und breit über die Geschichte diskutieren müssen. Meine Mutter und ich, wir haben nie von diesen Sachen gesprochen. Ist uns lieber so. Verstehen Sie? Also hab' ich unterschrieben. Dürfen Sie mir nicht übel nehmen...«

»Ich verstehe, und ich nehme es Ihnen überhaupt nicht übel.«

Wieder schwiegen sie, der eine war mit seinen Angelleinen beschäftigt, der andere sah ihm zu. Soviel Robustheit, soviel schweigsame Kraft in diesem Körper machte Dick unsicher. Woher kam sie, und zu welchem Zweck war sie an ihn vererbt worden? Die letzten wiederbelebten Erinnerungen, die schmerzlichsten und verworrensten zugleich, hatten ihn mit einer Schande bedeckt, von der er wußte, daß sie ihm erst mit dem letzten Atemzug über die Lippen käme, aber daß er dann auch daran sterben würde. In ihrer alptraumhaften Verschwommenheit, ihrer Maßlosigkeit, ihrem Wahnwitz ließen diese Erinnerungen noch dazu einen Zweifel offen: Wie konnte er einer Vision von Monstern trauen, die im Vollsuff vor ihm aufgetaucht waren? Täuschte sie ihn vielleicht immer noch? Hatte auch er eine direkte Verantwortung am Leben dieses Unbekannten vor seinen Augen? Dick wandte den Blick zum Horizont ab, der verhangen war von zahllosen Regenwänden, einem ganzen Dekor von rosa und malvenfarbenen Schleiern, die schlaff ausgebreitet über dem Wasser hingen. Da entschloß er sich, die Frage zu stellen.

»Verzeihen Sie meine Offenheit: Kennen Sie Ihren Vater? Ich meine: wissen Sie, wer er ist? Ich kann natürlich verstehen, wenn Sie darauf nicht antworten möchten.«

Er hörte sich mit belegter Stimme sprechen. Michel Lacoste setzte seine Arbeit mit konzentrierter Miene fort. Das Runzeln seiner Brauen brachte die Stirn in seinem verschlossenen Gesicht fast ganz zum Verschwinden.

»Mit der Zeit habe ich mir so meine Gedanken über die Sache gemacht. Meine Mutter glaubt, ich wüßte von nichts; aber das stimmt nicht, ich weiß Bescheid.«

Er stützte seine Unterarme auf die Knie, blickte Dick an. Aus der Tiefe seiner schwarzen Augen schimmerte so etwas wie ein amüsiertes Leuchten, vielleicht sogar Sympathie für sein Gegenüber, das so unbehaglich in seinem Trenchcoat dahockte, so etwas wie Dankbarkeit, daß er endlich die Frage gestellt hatte. »Seien Sie ganz beruhigt, Monsieur, Sie können nichts dafür.« Nach einer Weile fügte er, mit einer fatalistischen Geste auf das Meer deutend, hinzu: »Mein wirklicher Vater, der ist auf alle Fälle hier…« Und was Dick daraus folgerte, war nicht unbedingt das, was Michel Lacoste hatte sagen wollen... Dann verfielen sie wieder in Schweigen. Während er seinem Passagier aus dem Boot half, damit er nicht naß wurde, sagte der hühnenhafte Kerl diese letzten Worte: »Was haben Sie eigentlich gegen das Wasser? Davor braucht man keine Angst haben, es tut einem doch nichts.«

Unter Sturmangriffen von Möwen und begleitet vom Lamento des Regens kehrte er zu Fuß zur Villa Éden zurück und dachte dabei noch einmal an seinen Vater, jedoch unter einem Blickwinkel, den er bisher vernachlässigt hatte: er dachte an die Abende im roten Haus. Mit den Jahren redete Horace Freemont immer weniger über das, was er den Tag über gemacht hatte. Die ärztliche Schweigepflicht hatte er natürlich nie verletzt, o nein!, aber hin und wieder hatte er doch ein paar Neuigkeiten erzählt, ganz belanglose, etwa von einem gerade geborenen Baby, ob es ein Junge oder ein Mädchen war, wie es hieß und wie es seiner Mutter ging. Allmählich kam dann aber nichts mehr von ihm zu diesem Thema. Weder seine Frau noch sein Sohn wagten ihm Fragen zu stellen, in gewissem Sinne war es, als hätte er aufgehört zu praktizieren. Als ginge er morgens aus dem Haus und käme abends wieder zurück – einfach nur um auszugehen. Anstatt Geburtshilfe zu leisten, hätte er auch alles mögliche andere tun können. Seine Familie hätte sogar vergessen können, worin seine Tätigkeit bestand (so sehr hatte er sie schließlich aus seiner Person wie aus seinen Gesprächen eliminiert), wenn die Frauen, die er in seiner Praxis empfing, nicht schwanger gewesen wären, denn Hausbesuche zog er bei weitem vor.

Wie hatte Dick vor dieser eindeutigen Tatsache die

Augen verschließen können: Wenn sein Vater es nicht mehr für angebracht hielt, darüber zu reden, dann mußte ihm alles, was seine Kunst berührte, unangenehm oder peinlich geworden sein. Nicht nur waren diese Dinge abends bei Tisch kein Gesprächsthema mehr, sie waren in seinen Augen vielleicht sogar *schlechte Nachrichten* geworden, deren Mitteilung man den Seinen und sich selbst erspart. Dick rief sich eine Fülle von Einzelheiten in diesem Sinne ins Gedächtnis zurück, vor allem die reduzierte Dimension ihrer eigenen Familie, die angeblich durch die rätselhafte, undefinierbare »Krankheit« seiner Mutter begründet war. Obwohl sie vor ihm und vielleicht sogar mit ihrem Ehemann nie darüber gesprochen hatte, war sie nicht die Frau, die sich mit einem einzigen Sohn zufriedengegeben hätte. Also mußte sein Vater seine Haltung geändert haben. Der Mann, der sich diesen Beruf wie ein heiliges Priesteramt, wie ein Instrument des göttlichen Willens – »Wachset und vermehret Euch« – erwählt hatte, mußte ihn schließlich in Frage gestellt haben und sie beide mit Mißtrauen, ja mit einem gewissen Abscheu betrachten. Gott weiß, unter welch schweren Gewissenskonflikten Horace Freemont, der Gerechte, am Ende daran gezweifelt hatte, ob es gerecht und gut sei, Kinder in die Welt zu setzen, ihre Zahl auf Erden noch zu mehren, den Kreis der Familien zu erweitern, die nach ihm riefen – worauf er sich wortlos auf den Weg machte, ein weiteres Mal mit düsterer, würdevoller Miene seinen Fischgrätanzug anzog und seine Arzttasche packte, bis zu jenem Tag, als die eisige Hand in unterwegs angehalten hatte, um seinen Qualen ein Ende machen.

Wie war es zu diesem Gesinnungswandel gekommen? Wie war er dazu gekommen, sich den Plänen des Allerhöchsten zu widersetzen? War auch er wie gewisse Patriarchen aus der Bibel (einer wahren Anthologie von Vatermorden, ganz wie die Mythologie), wie jene alternden Würdenträger, die, von einem Verfolgungswahn zerfressen, ihre Nachkommenschaft als Verheißung ihrer eigenen Verurteilung betrachten, dazu verleitet worden, die Ankunft neuer Generationen mit der Fälligkeit seines eigenen Endes zu verwechseln, in jeder Geburt eine Gefahr zu sehen, so daß er sie aus seinem eigenen Hause verbannte? Oder hatte ihn einfach sein Pessimismus gegenüber der Gesellschaft zu der Auffassung gebracht, die künftige Welt verdiene nicht, daß man irgendein Wesen, auch nur ein einziges weiteres Wesen in sie hineinsetzte, nur um es dem Untergang zu weihen? Hatte sein latenter Puritanismus, der sich jedoch nicht auf religiöse Art äußerte, ihm mit der Zeit einen Haß auf das Leben eingeflößt?

Was immer seine Überzeugungen gewesen sein mochten, er behielt sie für sich. Düster und würdevoll, dunkel gekleidet, von seiner heimlichen Aversion gegen das Kinderzeugen zermürbt, fuhr er dennoch fort zu praktizieren und bezog seine Einkünfte (jedenfalls einen beachtlichen Teil davon) aus dem, was für ihn Irrweg und Herzeleid geworden war. Diese heimliche Mißbilligung teilte er selbst seinen Nächsten nicht mit. Er hielt sie vor allen verborgen, er war nur dem höchsten Richter Rechenschaft schuldig; und doch war das rote Haus gänzlich von ihr durchdrungen. Daher kam wohl auch sein Widerstand, seine eisige, systematische Ablehnung jeder Art von Leben innerhalb seiner vier Wände. Dick hatte seine Phobie gegenüber der Nachkommenschaft also nicht direkt vom Vater geerbt, sondern durch die Aura, die von ihm ausging, durch die Atmosphäre, die er schuf und in die er, Dick, Tag für Tag mehr eintauchte.

Auch wenn man es ihm nicht deutlich zu verstehen gab, war er nicht erzogen worden, um das nächste Glied, sondern um das Ende eines Geschlechts zu werden, eines Stammbaums, der ohne die Panne seiner Erzeuger bereits vor ihm hätte abbrechen sollen. Er war diese Panne, dieser Moment der Schwäche in dem dunklen väterlichen Ratschluß. Er war dieser Überzählige. Sein Vater verbot sich zwar, ihn zu verstoßen, aber er warf sich vor, ihn der Hölle der Zukunft ausgeliefert zu haben. Seine stillschweigende Aufgabe war es nun, sich der Fortpflanzung und der eitlen Hoffnungen auf ein Fortleben zu enthalten. Ohne daß er es wußte und sogar in der Einbildung, er könne sich davon lösen, hatte Dick Horace Freemonts Schwur, beziehungsweise Widerruf bis in seine berufliche Tätigkeit hinein befolgt, sosehr er auch glaubte, er verdanke sie dem Umständen. Der »Spielverderber« hatte die Anweisung genau ausgeführt, er war der Verweigerer, der Partei ergriff gegen das Lebende, der sich hütete vor jeder Bindung, jeder Versuchung und allen familiären Banden und nur mit unfruchtbaren Frauen verkehrte. Würde er jetzt, wo er sich dem Alter näherte, das sein Vater hatte, als er starb, nicht bereuen, daß er sich so getreu an die Vorschrift gehalten hatte und zu jenem verdorrten Reis geworden war, von dem in der Heiligen Schrift die Rede ist?

Michel Lacoste hatte ihn beruhigt. Das war das Wort, das er mit einem Hauch Ironie benutzt hatte. War das nicht genau das, womit Dick von Anfang an rechnete: beruhigt, rehabilitiert, aus der Sache herausgehalten zu werden? Eigenartigerweise aber war seine Erleichterung nun von einer Art Enttäuschung überschattet. Er fühlte sich enteignet. Nicht daß er jemals die Vaterschaft in Betracht gezogen hätte, die man ihm wie eine Chance, etwas nachzuholen, wie ein unverhofftes Geschenk der Vorsehung ungerechtfertigt unterstellte – und keinerlei Instinkt, keine unbedachte Laune hatte ihn zu dem tief in seiner Verlegenheit steckenden großen Jungen getrieben (der außerdem weniger Bauerntrampel war, als er wirkte). Dick hatte nur Mitleid für ihn empfunden – was an sich schon eine unerhörte Reaktion von seiner Seite war. Liebend gern wäre er in der Lage gewesen, ihm sein Mitgefühl auszudrücken, ihm zu verstehen zu geben, daß ihm sein Schicksal des Kind-Mannes durchaus naheging, der in seiner Verlassenheit gefangen und zweifellos zu einer Einsamkeit ohne Ende verurteilt war. Das, worin er sich enteignet fühlte, war von unschärferer Kontur. Es war nur der Schein einer Erwartung, die in ihm nistete, der Ansatz zu einer Hoffnung ohne Ziel, die er selbst zum Narren gehalten hatte und unter der er, das ahnte er, eines nicht mehr fernen Tages grausam leiden würde, wenn sie beständig unerfüllt blieb. Was ihm plötzlich fehlte, war kein durch sein Zutun geborenes Wesen – es war, ohne daß er es sich erklären konnte, ein unbekannter Teil seiner selbst.

In der Nähe der Villa Éden erkannte er eine weibliche Gestalt, die sich in den Garten schlich und die er für Marianne hielt. Sonderbar: sie waren doch erst für den Abend verabredet. Zum Dîner. Als sie näher herangekommen war, erkannte er im Regen Francine Lacoste in einem schwarzen Kleid. Obwohl bereits bis auf die Haut durchnäßt, mit übermüdetem Gesicht und sehr verlegen, schien sie nun ebenso entschlossen, mit ihm zu reden, wie sie es vorher abgelehnt hatte. Er bat sie in den Salon, ging nach oben und holte ein Handtuch, das er ihr wortlos reichte. Sie frottierte sich energisch die nassen Haare (in denen er nun besser als beim ersten Mal die weißen Strähnen sah), dann warf sie das Handtuch auf einen Stuhl, deutete eine machtlose (oder verlegene) Handbewegung an, trat ein paar Schritte (sie trug hohe Absätze) auf die Glastür zu und betrachtete den wieder grün gewordenen, dampfenden Garten. Dick hatte sich nicht von der Stelle gerührt. Nach einer Weile, während sie ihm immer noch den Rücken zukehrte, begann sie mit einer veränderten Stimme:

»Verzeihen Sie bitte, ich sehe grauenhaft aus. Ich habe die ganze Nacht kein Auge zugetan. Ich habe eingehend über das nachgedacht, was Sie mir gestern abend gesagt haben: Was Henri betrifft, glaube ich Ihnen.«

»Na, dann...«

»Nein, unterbrechen Sie mich nicht, bitte noch nicht.«

Er sah, wie ein Beben über ihren Rücken lief. Sie war völlig niedergeschlagen. Als ob sie um Luft rang und keinen normalen Atem finden konnte.

»An eine Menge Dinge habe ich wieder denken müssen... Das ist ganz logisch, unvermeidlich... Aber um Ihnen glauben zu können, mußte ich mich entschließen, ich mußte mich zwingen, auch wenn ich jetzt weiß, daß es wahr ist... Alles, verstehen Sie, mein Leben, diese Geschichte, alles hing an dieser Gewißheit, daß Sie abgehauen waren, nachdem Sie Henri getötet hatten...«

Sie wandte sich um. Ihre Hände kneteten nervös ein kleines Taschentuch, daß sie sich aus dem Gürtel gezogen haben mußte. Ihre geschwollenen Augen blieben trocken. Sie nahm sich zusammen und unterdrückte ihre Tränen. Eine »robuste Frau«, hatte Maître Duffour gesagt.

»Sprechen wir von Henri, ja? Es muß sein. Nach dieser Sauerei im Sägewerk war ich völlig verzweifelt, fix und fertig. Ich glaube wirklich, wenn ich mich nicht umgebracht habe, dann deshalb, weil ich den Eindruck hatte, ich wäre bereits tot... Ich habe Henri sehr gern gehabt, verstehen Sie. Ich war verliebt in ihn, seit ich vierzehn war. Ich wußte, ich war nicht die einzige, aber trotzdem habe ich mich mit ihm zusammen gesehen, später einmal..., verheiratet..., warum nicht? Ich war geduldig... Wenn wir uns nicht sowieso ständig getroffen hätten, wäre ich an jenem Tag nicht mit ihm gegangen, besonders nicht, da er schon ziemlich einen sitzen hatte, als er mich abholen kam. Mit siebzehn schlägt man aber eine kleine Fete und die Aussicht auf ein festliches Mahl mitten in der Not nicht aus. Außerdem sind betrunkene Männer ja keine Seltenheit bei uns. Warum hätte ich also mißtrauisch sein sollen? Als ich dann sah, in welche Richtung das Ganze ausartete, habe ich auch nicht gleich Schiß bekommen. Ich habe einen günstigen Moment abgewartet, habe mir eine Taschenlampe geschnappt und bin abgehauen. Es war stockfinster und hat geregnet. Ich bin den Weg zum See hinuntergerannt. Henri hat mich aber im Nu eingeholt und zurückgeschleift. Und dann haben sie sich ein bißchen mit mir amüsiert, wie sie es nannten... Ich hätte niemals versuchen dürfen zu fliehen. Was sie geil gemacht hat, war meine Angst: ich habe es sofort in ihren Augen gesehen... Natürlich war es eine Vergewaltigung, nur für Henri nicht so ganz. Wenn man bedenkt, daß ich schon seit zwei Jahren mit ihm geschlafen habe... Am meisten hat mir weh getan, daß er derjenige war, der den anderen vorgeschlagen hat, mitzumachen. Zuerst Ihnen … Aber Sie können beruhigt sein. (Als sie einen Schimmer Angst in seinem Blick aufleuchten sah, sagte sie den gleichen, so wenig beruhigenden Satz wie ihr Sohn, und auch mit der gleichen Ironie). Sie können beruhigt sein: Sie haben nicht mitgemacht. Sie waren in einem erbärmlichen Zustand – über den sich die beiden übrigens köstlich amüsiert haben. Die haben nicht lockergelassen, bis Sie sternhagelvoll waren … Ich möchte Sie nicht beleidigen, aber Sie waren total außer Gefecht. Und außerstande, mir zu Hilfe zu kommen. Das hat Dubedat ausgenutzt. Hundsgemein, kann ich Ihnen sagen. Hundsgemein. Danach hat Henri so getan, als wollte er mich trösten, und sie haben noch einmal angefangen. Vor Ihren Augen, und Sie waren immer noch völlig benebelt. Weh haben sie mir getan, furchtbar weh. Verstehen Sie?«

Diese Sorge beschloß ihre Worte. Wie ihr Sohn, wie alle Leute, denen es widerstrebt, sich jemandem anzuvertrauen, fürchtete Francine Lacoste, man würde sie nicht verstehen. Sie wirkte müde, erschöpft. Er wagte es nicht, ihr einen Stuhl anzubieten, sie tat es von allein, setzte sich auf die Kante eines Sessels und knetete weiter ihr Taschentuch, als wäre es ein aus jener Zeit herausgerissenes Stück Stoff.

»Ein paar Tage später, das heißt einen Tag nach der Befreiung von Soulac, kehrte Dubedat als Sieger zurück. Manche haben behauptet, er hätte an der Offensive nicht einmal teilgenommen. Dem ist alles zuzutrauen. Mit Geschenken, mit Lebensmitteln bepackt kam er zu mir, um sich zu entschuldigen. Ich müsse ihr Verhalten verstehen: Krieg sei eben Krieg. Wir hatten alle zuviel gesoffen, du auch, meine Kleine, und so weiter in diesem Stil. Leider hat er auch noch ein anderes Geschenk aus seiner Tasche gezogen: die Jacke, diese englische Drillichjacke von Henri, über und über mit Blut befleckt. Er hat zu mir gesagt, er hätte sie im Sägewerk gefunden, mitten unter Ihren Sachen, von denen kein Stück gefehlt habe, und Sie seien verschwunden. Danach hat alles, was er mir noch sagte, seine Hypothese bestätigt: das zurückgelassene Boot, auch darin Blutflecke, und von Henri keine Spur. Sie waren derjenige, der den Jeep zurückgebracht hat, man hat es ihm mit Sicherheit bestätigt. Dann hat er in allen Lazaretten von Bordeaux nach Ihnen gesucht.«

»Ja, aber für meinen Rücktransport in die Staaten mußte ich meinen Namen und die Nationalität meines Vaters angeben. Alex hat nach einem Kanadier namens Delaveau gesucht, während im Hôpital Robert-Picqué ein Amerikaner namens Freemont lag. So einfach ist das.«

»Versetzen Sie sich in unsere Lage: Wir hatten diese Indizien und die Gewißheit, daß Sie am Leben waren. Sie hatten sich nicht nur nicht gemeldet, um zu erklären, was passiert war, Sie hatten in unseren Augen auch noch was zu verbergen. Sie waren der Mörder, der sich geradezu anbot. Uns kam es wie gerufen, daß wir einen Schuldigen hatten... Ich frage mich, ob ich Henri jemals hätte verzeihen können. Durch Ihr Verhalten wurde er zu einem Opfer. Mein Groll gegen ihn ist mit der Zeit einfach dahingeschmolzen. Und hat sich in Haß auf seinen Mörder verwandelt. Und Dubedat? Damals gab es Leute, die ihm was anhängen wollten, und nicht wenige! Alles, was ihn als Rächer erscheinen lassen konnte, war daher ein gefundenen Fressen. Dank des Kanadiers war er nicht mehr das Schwein, das mich vergewaltigt hat, sondern er wurde zu meinem Verbündeten, um einen

Unschuldigen zu rächen. Als ich merkte, daß ich schwanger war – ein Abbruch kam damals nicht in Frage –, hat er mir zu dem Vornamen Michel geraten, denn er sagte, Henri hätte diesen Namen geliebt. Ständig lag er mir mit Henris Sohn, dem Sohn des geopferten Helden in den Ohren, als ob nicht auch er der Vater gewesen wäre! Und ich, dämlich, wie ich war, und wie dämlich! hatte nichts anderes im Kopf, als an diese Version zu glauben, die mich von meiner Schande reinwusch, die aus mir, können Sie sich ja denken, eine Witwe noch vor der Hochzeit machte, ein armes Ding, das nichts dafür konnte, eine brave ledige Mutter, der man keine Fragen stellt und die sich selbst auch keine mehr stellt. Und ich habe nicht gemerkt, daß er sich auf diese Weise in die Rolle des Onkels ohne Fehl und Tadel oder des großzügigen Schwagers hineinspielte. Gut, Dubedat hat mir geholfen, das stimmt... Auf seine miese Art. Das heißt, in dem er sich immer noch auf möglichst billige Art aus der Affäre zog. Er hat immer getan, was nötig war, nicht mehr und nicht weniger, um sich mein Schweigen zu erkaufen. Damit ich ihm nicht mehr von dem sprach, was sie im Sägewerk getan hatten. Damit wir die Sache vergaßen, er so gut wie ich... Ich glaube, Michel hat nichts davon erfahren. Ich habe nie den Mut gehabt, ihm die Wahrheit zu sagen. Außerdem ist das auch keine Frage von Mut. Aber ich bin sicher, daß er Dubedat instinktiv haßt, und ich gestehe: das freut mich... So sind die Jahre vergangen, indem wir taten, als würden wir nicht an dieselbe Sache denken. Und dann, vor ein paar Monaten, kam Jeff, ich meine, Dubedat, mit einem Artikel aus Paris zurück, in dem etwas über Sie stand. ›Ich habe ihn wiedergefunden, den Dreckskerl!‹ jubelte er. ›Den werden wir zur Kasse bitten, du und ich. Das

Schwein wird zahlen müssen!‹ Er war sich seiner Sache um so sicherer, weil er, wie ich glaube, wirklich davon überzeugt ist, daß Sie Henri getötet haben. Und irgendwie hatte er seinen kleinen Komplizen, seinen Arschkriecher ja gern. Also hat er mir erklärt, Sie säßen aufgrund ihres Berufs nun in der Klemme. Er würde als Zeuge aussagen, Sie hätten mich vergewaltigt und sich anschließend verdrückt. Sie könnten seine Aussage nicht widerlegen, denn er habe Beziehungen in Bordeaux, und mit dem Mord an Henri hätte er Sie in der Hand. Aus Angst vor einem Skandal würden Sie die Kacke auslöffeln und blechen – so sein Ausdruck –, und damit wäre Henri gerächt. Siebenunddreißig Jahre danach würde Henri mit Ihrer Hilfe für Michels Zukunft das tun, was der Tod ihn gehindert hatte, selbst zu tun. Das sei nur gerecht so. Auch das kam mir wieder wie gerufen: Wenn ich eine Wiedergutmachung bekäme, wäre jeder Schatten einer Schuld von Henri genommen. All die Jahre habe ich ihn, ich will nicht sagen geliebt, aber sein Porträt retouchiert. Dubedat hat sich um alles gekümmert; er hat die Anwältin ausgesucht, und ich habe ohne jedes schlechte Gewissen, wie eine Idiotin mitgemacht. Als Sie dann aber mit mir gesprochen hatten, wurde mir klar – und das war vielleicht der Grund, weshalb ich mich vor einer Begegnung mit Ihnen fürchtete –, daß ich mich von Anfang an selbst belogen habe. Daß ich weder an diese Abrechnung nach der Sauferei noch daran, daß diese blutige Jacke ein Beweis dafür war, jemals geglaubt habe. Wenn die Jacke jemanden umgebracht hat, dann Henris armen Vater, als Jeff sie ihm unter die Nase hielt... Jetzt wissen Sie, weshalb ich die ganze Nacht kein Auge zugetan habe: Sie haben mich gezwungen, Henri so zu sehen, wie er wirklich war. Oh, ein hübscher

Junge, charmant, verspielt, sprühend vor Leben, unwiderstehlich für eine siebzehnjährige dumme Gans, aber gnadenlos – und vor allem neidisch. Nicht habgierig, neidisch. Wie manche Kinder, so konnte er es nicht ertragen, wenn jemand etwas besaß, was er nicht hatte. Er war nur scharf auf etwas, was die anderen nicht hatten oder worauf sie selbst scharf waren, sei es auch nur, um es ihnen nachher zu überlassen: mich zum Beispiel... Er war zu allem bereit, wirklich zu allem, um beneidet zu werden, verstehen Sie? Ich bin mir nicht sicher, ob Sie ihn gut gekannt haben; ich dagegen habe ihn beobachtet, seit wir Kinder waren. Ein Hai wie Dubedat, so skrupellos und berechnend war er nicht. Henri war verrückt, ein bißchen *fêlé*, wie man bei uns sagt, also mit einem Sprung in der Schüssel, nichts und niemand konnte ihn zur Vernunft bringen. Erinnern Sie sich noch an die Art, wie er gelacht hat? Hätte er überlebt, so bin ich sicher, er hätte mich eines Tages fallen lassen. Er hätte sich bestimmt mit Dubedat zusammengetan, weil er ihn bewunderte, nein: weil er ihn beneidete. Über kurz oder lang hätte er dann seinen Platz einnehmen wollen, und das wäre übel ausgegangen. Oh, Monsieur Freemont, wenn Sie wüßten, wie weh Sie mir getan haben und wie gut Sie mir getan haben, indem Sie mich an das erinnert haben, was ich immer schon wußte! Warum, meinen Sie, habe ich Michel nichts von seinem Vater erzählt? Immerhin, ein Soldat, auf feige Art umgebracht von einem Verräter, das war doch durchaus ein vorzeigbarer leiblicher Vater. Die Szene im Sägewerk zu verschweigen fiel mir nicht schwer. Ich mochte noch so sehr an Dubedats Theorien glauben, im Grunde meines Herzens wußte ich trotzdem, daß der Junge, den ich geliebt hatte, kein Opfer, sondern nur ein mieses kleines Aas war, und ich wollte nicht noch eine weitere Lüge über ihn hinzufügen. So, das wär's. Verzeihen Sie, daß ich mich so ausführlich und verworren ausgedrückt habe. Abgesehen von einem Guten Tag oder Guten Abend im Geschäft bin ich das Reden nicht gewöhnt, verstehen Sie? Und dann wollte ich Ihnen noch etwas sagen. Da diese Rachegeschichte nun keinen Sinn mehr hat, und auch nie einen gehabt hatte, werde ich auf der Stelle die Anwältin anrufen und ihr mitteilen, daß sie das Verfahren zur Vaterschaftsfeststellung – heißt es so? – einstellen soll.«

Mit einem einzigen lebhaften Schwung hatte sie sich erhoben und ein Lächeln aufgesetzt, das sie auf ergreifende Art verjüngte. Dick trat an sie heran und wollte ihre um das Taschentuch verkrampften Hände in die seinen nehmen, aber er traute sich nicht.

»Da wird Alex, ich meine, Monsieur Dubedat, doch ziemlich empört sein.«

»Ist mir egal. Ich schulde ihm nichts. Schließlich bin ich doch diejenige, die ihm was vorzuwerfen hat, oder?«

»Hören Sie, ich hatte mir zwar vorgenommen, das Thema nicht mehr zu berühren, aber ich muß es tun. Im Gegensatz zu dem, was Sie sagten, bin ich dennoch verantwortlich für das, was Ihnen zugestoßen ist... Sei es auch nur, weil ich Ihnen an jenem Abend in keiner Weise zu Hilfe kam, bin ich ihr Komplize. Ich fühle mich zu einem... (um ein Haar hätte er Alex' Wort *Schadensersatz* benutzt)... zu einer Wiedergutmachung verpflichtet. Oder wenn Sie so wollen: ich schulde Ihnen nichts anderes als den Beistand, den ich Ihnen damals schuldig geblieben bin. Nehmen Sie ihn an, ich bitte Sie darum. Nehmen Sie einfach an. Sagen wir: für Ihren Sohn.«

»Weder für ihn noch für mich. Tut mir leid, aber

das ist Ihr Problem. Wenn ich Sie für Henri zahlen ließe, dann würde ich Dubedat recht geben. Statten Sie lieber ihm einen Besuch ab. Er müßte auf ›Ouranos‹ sein und gerade seinen Champagnerrausch von gestern abend ausschlafen.«

Während sie ihm diesen Rat gab, hatte sich ihr erschöpfter Blick verdüstert. Er erkannte darin den Haß, den er wiederzubeleben geholfen hatte, jenen unzerstörbaren, wachsamen, unerbittlichen Haß, den nur Frauen in sich zu schüren vermögen, um sich ihrer Haut zu wehren.

»Nein, Madame Lacoste. Ich wäre schlecht beraten, wenn ich mich zum Richter aufspielen würde. Ich habe nicht im geringsten die Absicht, Alex wiederzusehen. Mir scheint, das könnte ihm nur Freude machen, denn es gäbe ihm auch noch die Starrolle in dem Melodram, dessen Autor er ist. Nein, ich werde nicht zu ihm gehen.«

Wie alte Bekannte, die das Leben beharrlich getrennt hat und die nun ein weiteres Mal berufen waren, sich nie mehr wiederzusehen, drückten sie einander die Hand: sie taten es ohne Pathos und sahen sich dabei offen und mit dem gleichen armseligen Lächeln in die Augen. Dann öffnete er ihr die Tür. Sie schritt durch den Garten, der einen süßlichen, schweren Duft verströmte, und er sah ihr nach, als sie sich durch die kleine Straße entfernte wie das junge Mädchen von einst.

An diesem Abend speisten Marianne und Dick in der gleichen Auberge wie beim ersten Mal. Das Restaurant war wieder genauso menschenleer, doch es war kein erstes Mal mehr. Das Schweigen kondensierte sich zu einer verlegen machenden Dichte um den Kerzenschein, der nun keine amourösen Erwartungen mehr beflügelte. Er gestand ihr, weshalb er ihrer Dienste bedurft hatte, wobei er sich auf das Wesentliche beschränkte: Francine Lacoste habe in gutem Glauben angenommen, er könne Michels Vater sein. Eine einfache Aussprache hätte aber genügt, um die Verwechslung aufzuklären, deren Urheber, und das würde Marianne sicher nicht überraschen, zweifellos Monsieur Dubedat sei. Er habe ihr doch gesagt, er sei schon einmal in dem Badeort gewesen, aber in Wahrheit deshalb, weil er an der Schlacht von Médoc im Jahr 1945 teilgenommen habe. Die Narbe an seinem rechten Schenkel...

Er berichtete dies in jenem lässig unbekümmerten Ton, den man bei der Erzählung von nebensächlichen, wenn auch haarsträubenden Abenteuern anschlägt. Sie besaß soviel Takt, das Ganze auch so aufzufassen und ihn nicht zu fragen, was hinter diesem »guten Glauben«, auch nicht, was hinter dieser »Urheberschaft« steckte. Sie ließ sich nicht anmerken, wie sehr ihr diese Erklärung durch alles, was damit unterschwellig zur Sprache kam, endgültig die Augen öffnete: nichts von allem, was das Intimste, Harmloseste, Vertrauteste gewesen war, würde von nun an noch wie vordem sein; er hatte sie auf einen Schlag um Jahre älter werden lassen. Sie untersagte es sich sogar, das Alter auszurechnen, das ihr New-Yorker Rechtsanwalt hatte, wenn er fast ein Jahrzehnt, bevor sie geboren wurde, in ihrer Gegend gekämpft hatte, und sie erwiderte lächelnd den Druck seiner Hand.

Nachdem sie miteinander geschlafen hatten (es war nicht wie beim ersten Mal, und nicht nur, weil in dieser Nacht der Regen auf den Balkon trommelte, weil die Kerzen und die Musik fehlten, sondern weil etwas in ihnen weniger spontan war und ihre Zärtlichkeit mit einem Anflug von Trauer umgab), fühlte Dick, daß sich Marianne selbst im Schlaf und im Traum schon von ihm löste. Hätte er dieses diskrete Abrücken einer Enttäuschung der jungen Frau zugeschrieben, so hätte er sicher nicht unrecht gehabt – ganz zu schweigen davon, daß sie seinen nahen Aufbruch bereits spürte, obwohl er ihr noch nichts davon gesagt hatte.

Aus gutem Grund zog er es vor, die Ursache bei sich selbst zu suchen. Sein eigener Drang, sich zu verdrücken, hatte ihn wieder einmal gepackt, sein ewiges Abstandnehmen hatte sich zwischen ihre beiden Körper geschlichen. Diese Trennung fügte sich zu einem ganzen Schwarm früherer Trennungen, die auf die gleiche höfliche Art und im gleichen deprimierend guten Einvernehmen vollzogen wurden. Eine weitere mehr. Eine zuviel. Und leider hatte Marianne nicht einmal das Privileg, das letzte Trugbild zu sein. Weitere würden folgen, mit himmlischen Vornamen, mit seidenglatten, vertrauenerweckenden Gesichtern, mit aufregenden *besonderen Kennzeichen* auf ihrer Haut und mit ihrer heimlichen Lust, ihm ihre Jugendblüte als ein unsagbar zärtliches Geschenk darzubringen. Aber es würde ihm von Mal zu Mal schwerer fallen, seinen Genuß mit ihnen zu finden, von ihnen die Taufe der Welt zu empfangen, da es nicht mehr in ihrer Macht stand, sie ihm zu geben, da sie nicht das Leben, nur sein Abglanz waren; da er von nun an besser wußte, was er nachzuahmen suchte, und auch, wovor er floh, wenn er mit ihnen zusammen war. Das Altern verdarb die fiktive Unschuld des Austausches: morgen, vielleicht übermorgen schon würde irgendein bewußtes Interesse, und nicht mehr ein als Spiel verkleidetes, sondern ein offen forderndes mit von der Partie sein. Unter der

Amazone würde mit zynischer, verletzender Ungeduld, mit ihrem erklärten Kalkül die Halbnutte zum Vorschein kommen. Das Einverständnis, die Eroberung, die Harmonie, all dies würde nicht mehr auf Gegenseitigkeit beruhen, und das obszöne, käufliche Gesicht einer geschäftlichen Vereinbarung würde offen zu Tage treten.

Am nächsten Tag regnete es immer noch. Es war ein Morgen, der förmlich nach Herbst und Jagd roch, die Luft war klamm vor Nebel und schon kalt. Auf der Türschwelle ließ Dick den Schlüssel der Villa in Mariannes Hand gleiten.

»Jetzt muß ich wieder zurück nach Hause.«

»Ich wußte es. Warum hast du es mir eigentlich nicht schon gestern abend gesagt?«

»Also, wenn du einmal nach...«

»Aber selbstverständlich! Auf meiner nächsten New-York-Reise rufe ich dich ganz bestimmt an.«

Dann dämpfte sie die Heftigkeit ihrer Erwiderung, indem sie die Stirn an seine Schulter lehnte und sagte: »Gib mir auch die Schlüssel vom Fiat, ich werde den Wagen zurückbringen. Ich lasse dir ein Taxi kommen. Du wirst nie erfahren, wie wertvoll ich sein kann.« Trotzdem gelang ihr ein Lächeln. Sie umarmten und küßten sich. Dann sah er auch ihr zu, wie sie sich durch den aufgeweichten Garten Éden entfernte, das Gittertor aufquietschen ließ und durch die kleine Straße aus seinem Leben verschwand. Und immer noch fiel ein leichter, dichter Regen auf den Badeort, in dem die Abreise des sagenhaften gelben Koffers des Fremden nun unbemerkt vonstatten ging.

In einem Hotel in Roissy-en-France, das wie eigens dazu gebaut schien, daß Männer ohne Begleitung solche Bilanzen zogen, stellte Dick am Abend fest, daß seit seiner Ankunft die symbolische Anzahl von siebenunddreißig Tagen vergangen war: siebenunddreißig Tage, die für siebenunddreißig Jahre standen und in deren Verlauf ihm klar geworden war, was man unter dem Begriff Folgen zu verstehen hatte. Genauso wie sich kreisförmige Wellenbewegungen noch lange auf der Wasseroberfläche fortsetzen, nachdem der Stein, der sie ausgelöst hatte, in der Tiefe verschwunden ist, bewegt sich die Schockwelle einer Handlung noch lange, nachdem diese getilgt und aus der Welt geschafft ist, weiter auf der Oberfläche des Bewußtseins. Was sie schmerzhaft macht, ist jedoch nicht ihre Heftigkeit – die ja gedämpft wird –, sondern ihre unermüdliche, unerträgliche Wiederkehr.

Wieder hatte er Michel Lacoste vor Augen, wie er schaumumgeben, im Gleichgewicht auf seinem schwankenden Brett balancierend, mit zusammengekniffenen Brauen Ausschau nach einem Ausweg durch die Wellen hielt. Bald würde auch auf ihn die Bezeichnung zutreffen, die Dick so sehr disqualifizierte: alter Knabe (»Junggeselle« suggeriert einen momentanen, korrigierbaren Zustand; man kann aufhören, einer zu sein, und kein Mensch zweifelt daran, daß du dazu imstande wärst. »Alter Knabe« dagegen konstatiert ein frühzeitiges Verdorren der Seele, ein unwiderrufliches Erstarren des Herzens, eine Art Prädestiniertheit, um nicht zu sagen eine besondere Variante der Spezies Mann)... Trotzdem würde er Michels Mutter einen Scheck anweisen. Und wenn sie ihn zurückschickte, würde er es von neuem versuchen.

Im Flugzeug nach New York mußte er an den Unterschied denken, der den jungen Mann, der aus dem Krieg heimkehrte, von dem alten Knaben trennte, der an den Ort des Geschehens zurückgekehrt war, um die dort noch offene Rechnung zu begleichen. Der erste wähnte sich frei und war es nicht, aber er hatte alle Zeit vor sich. Der zweite kannte die Grenzen seiner Freiheit, kannte Gewicht und Art der Bürde, der man sich unterwegs nicht entledigen kann, aber ihm fehlte es an Zeit, um sie besser zu nutzen.

Dick war verblüfft über seine eigene Blindheit: wie hatte er nur glauben können, er sei aus einem anderen Guß als Horace Freemont? Wie hatte er übersehen können, daß das Vaterherz und das steinerne Herz aus der gleichen Materie bestehen, die sich in gleicher Weise zusammenziehen kann, die in gleicher Weise undurchlässig für die Wünsche des Lebens ist? Der erste hatte sich hinter einer unbeugsamen Hochachtung vor dem Gesetz und der Wahrheit verschanzt, was Tugend erfordert; doch er tat es, um sich seine Unverwundbarkeit zu bewahren, um sich nicht mit anderen zu kompromittieren. Der zweite hatte sich in Unbekümmertheit und Lüge verzettelt – was zumindest weniger Anstrengung erfordert –, um sich in keiner Hinsicht zu exponieren, um seine Person gegen den Biß der Leidenschaften zu schützen. Zwei panische Ängste vor den Menschen, zwei Selbstverachtungen hatten zum gleichen Geiz mit Gefühlen geführt, organisierten mit extrem entgegengesetzten Mitteln die gleiche Flucht vor den Prüfungen der Wirklichkeit. Der Puritaner, der überall das Schlechte, das Übel, das Böse sah, hielt es durch die Strenge seiner Moral von sich fern. Der Immoralist, der sogar die Existenz des Bösen leugnete, führte sich durch Ausweichmanöver hinters Licht. Er operierte mit List. Und damit hatte er buchstäblich selbst den Bösen »voller List und Tücke« gespielt – ohne zu bemerken, daß er zu dessen alberner und trivialer Inkarnation geworden war, wie sie dem Geschmack der Zeit entsprach. Gibt es denn ein größeres und weiter verbreitetes Übel als die Verweigerung des Lebens? Kann man es überhaupt noch ausrotten, wenn es sich einmal im Innern festgesetzt hat, wenn man das Risiko des Liebens verlernt hat und die Tage des Menschen gezählt sind?

Dick stellte sich diese Fragen zwischen Himmel und Meer, wo sich nicht mehr die geringste Aussicht auf Flucht am Horizont abzeichnete. Er war nicht dazu berufen, die Antwort zu finden; zumindest nicht er allein... Er schloß die Augen und stellte sich seine Rückkehr folgendermaßen vor: Anstatt in seine Wohnung zurückzukehren, zu seinen dreihundert Quadratmetern eleganter Wüste, seinen fünf offenen Kaminen, in denen nie ein Feuer brannte, würde er sich am Flughafen einen Wagen mieten. Dann würde er den Highway nach Vermont nehmen und zum Friedhof von Saint Johnsbury fahren. Jetzt fühlte er sich zumindest zu Tränen fähig, wie es sich für einen Mann gehört, wenn er seinen Vater wiederfindet und beide einander verzeihen.